Ria Klug

Zehntausend Kilometer

Kriminalroman

Querverlag

Die Handlung, die Figuren und manche Schauplätze dieses Romans sind fiktiv. Ähnlichkeiten mit lebenden und toten Personen sind unbeabsichtigt.

Erste Auflage März 2017

Lektorat: Lara Ledwa

Umschlag und grafische Realisierung von Sergio Vitale unter Verwendung eines Fotos von fotolia (© peapop).
Gesamtherstellung: Finidr
ISBN 978-3-89656-250-0
Printed in the Czech Republic

Bitte fordern Sie unser Gesamtverzeichnis an:
Querverlag GmbH
Akazienstraße 25, 10823 Berlin
www.querverlag.de

1

September 2013

Im Lauf der Nacht war ein aggressiver Wind aufgekommen. In feuchten Böen fegte er über sie hinweg und kühlte alles aus. Sie fror entsetzlich. Allmählich stieg auch noch Übelkeit in ihr auf. Da sie nichts im Magen hatte, bestand jedoch kaum Gefahr, dass sie sich übergeben musste, und weil es nichts mehr zu trinken gab, war ihr Mund zu trocken, um auszuspucken.

Samel drängte sich Schutz suchend an sie, zumindest wollte sie es so fühlen. Seine Nähe schenkte ihr ein wenig Geborgenheit, anders als das unvermeidliche Gedränge der zu vielen Menschen auf diesem luftgefüllten Stückchen Hoffnung.

Sie wünschte, sie könnte schlafen, aber jedes Mal, wenn der Wind Gischt von einem Wellenkamm abriss und über das Boot verteilte, schreckte sie hoch. Das Stück Stoff, das sie bei El Dabaa, ein paar Tage westlich von Alexandria, aus einem Abfallhaufen gezogen und am Strand gewaschen hatte, war völlig durchnässt. Die halbe Nacht hatte es gewärmt, aber damit war es vorbei. Schwer lag es nun auf ihnen. Für eine Fahrt über das Meer war es genauso wenig geeignet wie sie selbst.

Trotzdem, es war ein gutes Stück Stoff von undefinierbarer Farbe. Tagsüber diente es als Sonnenschutz und nachts als Schlafdecke. Während sie nach Westen gefahren war, hatte sie sich die Zeit vertrieben, indem sie darüber spekulierte, was zum Muster gehörte und was bloß Flecken waren.

Da sie nicht mehr viel besaß, war ihr der Stofffetzen zur zweiten Haut geworden, zur Schutzhülle und zum Trost in der Einsamkeit.

Sie hätte gerne gewusst, wie spät es war. Im Osten gab sich die Andeutung eines bleichen Lichts zu erkennen.

Mittags, hatte der Bootsführer gesagt, würden sie ihre Füße in europäischen Sand setzen können.

Einfach würde sie es dort nicht haben, das war ihr klar. Andere hatten Wunderdinge erzählt, wie viel man verdienen könne, wenn man bloß irgendwo bei der Ernte half, und wie schnell man sich ein angenehmes Leben aufbauen könne.

Sie war Realistin genug, um darin ein Gutteil Wunschdenken zu erkennen. Dass es auch in Europa Fremdenfeindlichkeit gäbe, hatte sie gehört, und manche von denen, die den langen Weg aus dem Elend hinter sich gebracht hatten, kämen dort nicht mehr auf die Beine.

Aber wenigstens sollten die Willkür und die Gewalt, denen sie zu Hause und unterwegs ausgesetzt gewesen war, in Europa ein Ende haben. Dort gab es keinen jahrelangen Militärdienst, sondern Demokratie, Schulen und Universitäten, öffentliche Fürsorge und gute Arbeit. Sie war jung und würde sich anstrengen und das reichte ihr als Aussicht.

Zögernd wich die Nacht, allerdings war der Himmel bedeckt und das Meer, das sich gestern noch in ebenmäßig strahlendem Tintenblau präsentiert hatte, war nun zu einem abweisenden, stumpfen Grau verkommen. Weiß schäumend und ruppig türmten sich Wellen, soweit ihr Blick reichte.

Immer wieder sackte das Boot in ein Tal hinein, wurde angehoben und dabei von dem sich sträubenden Meer bespuckt.

Die Frau neben ihr stieß jedes Mal einen kleinen Schrei aus, wenn es bergab ging. Viele andere genauso.

Sie sah zum Bootsführer hinüber. Der bärtige Mann hielt das Ruder umklammert und starrte angestrengt voraus. Wind zerrte an seinem Hut und klappte die Krempe um, sodass er sie ständig zurechtzurren musste. Sein Gehilfe hockte vor ihm und hielt die restlichen Benzinkanister fest.

Niemand solle telefonieren, schon gar nicht mit der Küstenwache, hatte er ihnen eingeschärft. Es komme vor, dass sie abgedrängt würden, wenn sie noch nicht nah genug an Land seien und es keine Augenzeugen gebe.

Sie wusste nicht, ob sie ihm vertrauen konnte. Über die Schlepper wurden schlimme Dinge erzählt und sie hatte selbst schon schlechte Erfahrungen gemacht. Sie war im Sudan entführt und festgehalten worden, bis ihre Mutter in Eritrea das Lösegeld aufgebracht hatte. Trotzdem hatten die Schlepper sie und die anderen anstatt zu einem Boot in Libyen nur bis zur ägyptischen Grenze gebracht und dort einfach ausgesetzt. Immerhin fuhr dieser mit ihnen mit und er hatte sie auch über das vereinbarte Geld hinaus nicht ausgeraubt. Bis jetzt jedenfalls.

»Wie lange dauert es noch?«, fragte Samel leise.

»Nicht mehr lange, mein kleiner, tapferer Held«, flüsterte sie ihm ins Ohr. Sie hatte sich angewöhnt, ihn so zu nennen, nachdem er ihr erzählt hatte, dass die Polizei seine Mutter und seine beiden Geschwister auf dem Weg zum Strand geschnappt hatte. »Lauf!«, hatte seine Mutter geschrien und er war weggerannt. Die Polizisten hatten sich keine große Mühe gegeben, ihn einzufangen, und so konnte er das Boot erreichen, das ihn und all die anderen Eritreer nach Lampedusa, diesem Bröckchen von Europa, nach dem sie sich alle sehnten, bringen sollte.

»*Mereet*!« Dieser Ruf auf Tigrinya schreckte sie auf. Ein junger Mann hatte sich so gut es ging am Bug erhoben und zeigte voraus. Die Aussicht, Land zu sehen, veranlasste andere, sich ebenfalls aufzurichten und Ausschau zu halten.

»*Down!*«, brüllte der Bootsführer, während das Boot wieder in ein Wellental hineinschlug. Diesmal klatschte ein Schwall Wasser über die Bordwand.

Erschrockenes Geschrei erhob sich, Kinder weinten und der Bootsführer rief: »*No panic, only three miles!*«

»Kannst du schwimmen, Samel?«, flüsterte sie in das Ohr des Jungen, als sich kurz darauf ein weiterer Schwall Mittelmeer in das Boot ergoss.

Samel nickte, aber die Angst stand ihm im Gesicht. Kein Wunder, ihr ging es genauso. Sie hatte zwar hin und wieder mit der Familie Ferien am Roten Meer verbracht, wo Onkel und Tante wohnten. Eigentlich dachte sie gerne zurück an den langen Weg aus dem Hochland von Asmara hinab in die Tiefebene bei Massaua, durch die brütende Hitze der Wüste, vorbei am Flughafen, bis sie schließlich ganz tief im Süden die Freihafenstadt Assab erreicht hatten.

Das Haus von Onkel und Tante lag in einem schattigen Garten und war von Bougainvilleen überwuchert, in denen bunte Vögel sangen. Während ihrer Flucht hatte sie sich sehr oft zum Trost für die Qualen diese Bilder in Erinnerung gerufen und sich gefragt, ob sie jemals wieder dort hinkommen könnte. Der stets freundlich lachende Onkel hatte sich sehr viel Mühe gegeben, allen das Schwimmen beizubringen, und irgendwann konnte sie es auch. Aber dort war sie im glasklaren, warmen Meer geschwommen und der sandige Grund hatte zum Greifen nah gewirkt. Wie viel graues Wasser sich hier unter ihr befand, wusste sie nicht. Aber egal, ob einhundert oder eintausend Meter, diese Tiefen waren unfassbar.

In ihre Überlegungen hinein brach das Motorengeräusch ab. Nicht wie in den Momenten, wo sie den Benzinkanister wechseln mussten, was sich immer mit Aussetzern ankündigte. Diesmal brach es einfach ab.

Sie beobachtete, wie der Kanister gewechselt wurde und der Bootsführer an der Starterleine riss. Nichts. Er zog und zog. Der Motor blieb aus.

Sie hörte den Bootsführer trotz des Rauschens fluchen. Er übergab seinem Helfer das Ruder und klappte den Motor aus dem Wasser.

Ohne Antrieb wurde das Boot hin- und hergeworfen und nahm dabei mehr und mehr Wasser auf. Der Bootsführer schrie seinen Helfer an, zeigte mit dem Arm in den Wind, dann brüllte er über das Boot: »*Water out!*« Dabei wies er auf die Wasserflaschen, die zwischen den Füßen dümpelten.

Nachdem ein junger Mann verstanden hatte, was er wollte, folgten andere seinem Beispiel. Aber das Schöpfen mit den wenigen Flaschen konnte das eindringende Wasser nicht aufwiegen, das war ihr sofort klar. Sie zog die Plastiktüte mit dem billigen Ball zwischen ihren Beinen heraus und schob die Grifföffnungen der Tüte über ihre linke Hand. Sie hoffte, dieser Notbehelf würde sie tragen, wenn es darauf ankäme. Eine Schwimmweste, wie sie der Bootsführer trug, hatte sich kaum jemand der Mitfahrenden leisten können, deshalb war sie auf die Idee mit dem Ball verfallen.

Nur ein kleiner Teil der Flüchtlinge würde die Fahrt über das Meer nicht überleben, hieß es. Die Chance war also groß gewesen, heil anzukommen. Wie es jetzt damit stand, war ihr nicht klar. Aber da Tausende flohen, könnte dieses Boot mit ihren gut hundert zusammengedrängten Schicksalsgefährten zu den Verlusten zählen.

Sie sah, wie der Bootsführer eine Abdeckung vom Außenborder abnahm und von Gischtfahnen geduscht an der Apparatur herumsuchte. Es machte nicht den Eindruck, als wüsste er, was zu tun war. Die hohen Wellen, das Angstgeschrei und das hektische Wasserschöpfen wirkten wie die Vorboten der unausweichlichen Katastrophe.

Der Bootsführer überbrüllte den Lärm und streckte dem jungen Eritreer, den er sich vor der Abfahrt als Übersetzer ausgesucht hatte, ein Mobiltelefon entgegen.

Sie konnte nicht verstehen, was gerufen wurde, aber der junge Eritreer schrie laut auf Tigrinya in das Handy.

Wild geschüttelt drehte das Boot mit der Breitseite in den Wind und die Wellen versuchten, es anzuheben und umzukippen.

Wer sich nicht festklammerte, wurde hin- und hergeworfen und drohte über Bord zu gehen.

Sie fasste nach Samels Hand. »Halte dich am Rand fest, egal, was passiert!«, rief sie ihm zu.

Die nächste hohe Woge ergoss ein Gutteil ihres Kamms in das Boot, unmittelbar darauf wurde es so weit angehoben, als sollte das Wasser wieder hinausgekippt werden. Sie hielt sich mit Samel für Momente hoch oben, dann drehte sich die Welt, das Meer war über ihr und stürzte auf sie herab. Hart schlug es über ihr zusammen, riss sie mit, drehte, wendete und zerrte. Sie klammerte sich an die Tüte mit dem Ball, die sie durch die Fluten zog. Weißliche Schleier füllten ihr Sichtfeld, aber dann kam ihr Kopf endlich wieder an die Oberfläche. Sie atmete salzige Luft. Abgerissene, zerpflückte Schreie drangen an ihr Ohr, aber sie sah nur Wellen und Gischt. Unter ihr und um sie herum spürte sie nichts als Wasser. Etwas Großes berührte sie, wurde an ihr vorbeigetrieben. Ein Stück bunter Stoff, der Kopf einer Frau, ein Mund, der nach Luft schnappte. Ein gurgelnder Schrei, ein Bündel wurde ihr entgegengestreckt. Sie griff nach dem Säugling. Eine Welle verschluckte alles. Die heftige Strömung walkte sie durch und fetzte schließlich die Tüte mit dem Ball von ihrem Handgelenk.

Als sie das nächste Mal über Wasser kam, war sie alleine. Kein Mensch, kein Boot, nur Wasser. Die Ahnung einiger gedämpfter Rufe aus einer undefinierbaren Richtung.

Sie steuerte die nächste Woge an und versuchte sich auf deren Rücken hochheben zu lassen. Für einen kurzen Moment konnte sie über ein paar Wellenkämme hinwegsehen. Ein wenig entfernt schaukelte etwas, das der Bootsrumpf sein musste. Die tanzenden Punkte dicht dabei mussten Köpfe sein. Sie glaubte sogar, die dunkle Masse Lampedusas zu erkennen.

Sobald sie zurück ins Wellental befördert worden war, wusste sie nicht mehr, in welcher Richtung sie diese Entdeckung gemacht hatte. Der nächste Wellenkamm, sagte sie sich, und dankte ihrem Onkel und allen höheren Mächten, dass sie schwimmen konnte.

2

Mai 2014

Deutschland hatte Semret sich stets kühl vorgestellt, verregnet und warme Kleider erfordernd. Nun setzte die Hitze ihr zu. Sie überlegte, ob sie die Reihe der Anstehenden vor dem Eingang verlassen und im Schatten der Bäume warten sollte, bis sie schneller drankommen würde. Vor ihr verschwand die Schlange im Dunkel des Gebäudes und sie fragte sich, was dort vor sich ging. Registrieren müsse man sich lassen, hieß es.

Aber was bedeutete das und wie ging das vor sich? So wie in Eritrea? Aggressive Beamte, rüder Ton, die Angst, sich zu verplappern? Asyl sei das Zauberwort, das sie sagen müsse. Kein Problem, das klang so ähnlich wie im Englischen.

Die Sonne brannte ihr auf Kopf und Schultern. Den letzten lauwarmen Schluck aus der Wasserflasche hatte sie schon längst getrunken, aber ihr fehlte die Kraft, um an der Zapfstelle mehr zu holen. Zumal auch da beträchtlicher Andrang herrschte. Das letzte Mal gegessen hatte sie gestern gegen Mittag und ihr Geld war alle. Sie musste also bleiben, denn angeblich bekam man Taschengeld, wenn man registriert war. Und einen Schlafplatz in einem Haus statt der Bank in einer Grünanlage, wo sie die letzte Nacht verbracht hatte.

Jetzt ging es weiter, die Menschen vor ihr bewegten sich auf den Eingang zu.

Nach ein paar Trippelschritten war es damit wieder vorbei. Sie hockte sich hin, damit der stämmige Mann hinter ihr sie beschattete. Allerdings strahlte der gepflasterte Boden enorme Hitze ab.

Eine junge weiße Frau mit einem Arm voller Wasserflaschen tauchte neben ihr auf. Kinder umringten sie, während sie den Wartenden davon anbot.

Aus der Hocke stemmte sie sich hoch, um eine Flasche zu ergattern. Sie streckte die Hand aus, dann aber gaben die Knie unter ihr nach. Der Kreislauf, es ist bloß der Kreislauf, das wusste sie. Die Beine des Stämmigen bremsten ihren Fall, trotzdem schlug sie mit der rechten Seite hart auf. Für einen Moment war sie weg, spürte nichts, sah nichts und hörte nichts.

3

Die schwarze Frau sackte unmittelbar neben ihr zusammen. Britta ging in die Knie, stellte die Flaschen ab und schob ihr eine Hand in den Nacken, um ihren Kopf anzuheben. Der Mann, an dessen Beinen sie hinuntergerutscht war, trat lediglich mit hilfloser Miene einen Schritt zurück.

Britta nahm eine Wasserflasche. Es war die letzte, denn die Kinder hatten die anderen in Windeseile aus der Folie gerissen und mitgenommen. Sie öffnete den Verschluss, hob den Kopf der anderen weiter und drückte den Flaschenhals an die aufgesprungenen, blassen Lippen. Die Augenlider der Frau flatterten, dann blickten dunkle Pupillen Britta an. »Trink«, flüsterte sie und kippte die Flasche stärker. Wasser rann aus den Mundwinkeln über das Kinn, aber die Frau schluckte.

Nach einigen Augenblicken konnte sie die Flasche selber halten. Sie trank langsam und allmählich schwand die Blässe von ihren Wangen.

Britta fand sie erschreckend mager, fast schon ausgezehrt. Weit vorspringende Wangenkochen, die Stirn unter den kurz geschorenen Haaren wirkte kantig. Selbst die feingliedrigen Hände bestanden eigentlich nur aus von Haut überzogenen Knochen. Brittas Finger, die den Kopf der Frau hielten, spürten deren hervorstehende Halsmuskeln, die wie scharfe Grate vom Haaransatz zu den Schultern spannten.

»*What is your name?*«, versuchte es Britta auf Englisch.

»Semret«, kam es leise zurück.

»*Do you need a doctor?*«

Semret antwortete etwas, das entfernt nach Englisch klang. Britta verstand nur »*doctor*« und »*me*«. Sie fragte noch mal und diesmal glaubte sie zu verstehen, dass Semret behauptete, sie sei selbst Ärztin.

»*You are a doctor yourself?*«, fragte sie zur Sicherheit.

Semret nickte.

»*You're okay?*«

Semret nickte wieder.

»*From where do you come?*«, fragte Britta weiter.

»Eritrea.«

»*A very long way*«, meinte Britta. Sie wollte das Gespräch am Laufen halten und glaubte, dass es Semret helfen würde, wenn sie von sich erzählen konnte.

Tatsächlich kam Semret ins Reden, wovon Britta allerdings vieles nicht verstand. Das Englisch klang in ihren

Ohren so eigenartig, nahezu wie eine fremde Sprache. Sie musste viel nachfragen, stellte dabei jedoch fest, dass sie sich Stück für Stück an die Aussprache gewöhnte.

Anscheinend war Semret auf der Suche nach ihrer Tochter, aber als Britta anbot, das Kind auf dem Platz vor dem Amt zu suchen, während sie weiter anstand, wehrte sie ab. Die Tochter sei hoffentlich irgendwo in Berlin oder Deutschland und sie müsse auf dem Amt nach ihr fragen.

Als die Schlange erneut ein Stück vorrückte, half Britta Semret auf die Beine. Dabei wurde offenbar, dass Semret nicht nur sehr dünn war, sondern ihr auch nur bis zum Kinn reichte. Britta überzeugte sich, dass Semret alleine stehen konnte, und zog los, um ihr etwas zum Essen zu besorgen.

Von Semret wurde sie mit einem dankbaren Blick bedacht, als Britta ihr die Tüte mit dem belegten Baguette und eine weitere Flasche Wasser brachte.

Es tat gut zu sehen, wie sie aß und trank. Britta hätte sie am liebsten umarmt, ihre knochigen Schultern umfasst, um von ihrer eigenen Weichheit etwas hinüberfließen zu lassen. Aber da sie nicht das Rote Meer ein zweites Mal für Semret teilen konnte, bezähmte sie den Gedanken und begnügte sich damit, Semret in die Zentrale Aufnahmestelle hineinzubegleiten. Wenigstens würde sie ihr beistehen können, wenn sie hier auf Probleme stoßen würde. Den Angestellten wurde ein gelegentlich ziemlich rüder Ton nachgesagt.

4

September 2014

Zum Teufel, Metins waidwunder Blick würde sie wieder empfangen und Karlas schlechtes Gewissen weiter befeuern. Sie schwitzte heftig, als sie mit schnellen Schritten in den Hof einbog.

»*Merhabalar*, Kawa«, rief Erol ihr zu, während er mit einer grünen Gießkanne und einer Flasche Scheibenklar zur Zwei-eins-sechs-zwei eilte. Das elfenbeinfarbene Taxi wartete mit geöffneter Motorhaube auf seine Zuwendung.

Karla war erleichtert. Glück gehabt, es war zwar schon fünf nach, aber solange der Junge noch Wagenpflege betrieb, konnte sie ohnehin nicht los.

Vor allen Dingen vor der Nachtschicht vergaß sie oft die Zeit, sodass sie in rasender Geschwindigkeit ihre Sachen zusammensuchen und aus dem Haus zur U-Bahn hasten musste. Vier Stationen zur Hermannstraße hatte sie ungeduldig ertragen müssen, bevor sie zu Fuß weiter in die Silbersteinstraße hetzen konnte. Manchmal dachte sie, dass dieses schnelle Atmen durch die Anstrengung, in der Straße mit der schlechtesten Luft Berlins, sie irgendwann tot umfallen lassen würde.

Karla grinste. An diesem Abend hatte sie es überlebt. Zweifach sogar, denn so wie es aussah, hatte auch Erol getrödelt und Metins Blicke blieben ihr erspart. Erol war der Sohn vom Chef, aber ein lieber Junge, immer hilfreich, auch wenn er es nicht darauf anlegte.

Noch ziemlich außer Atem quetschte Karla ihren Rucksack unter den Fahrersitz, nachdem sie ihn passend für ihre Größe nach vorne geschoben hatte.

»Bitte, Kawa, nicht wackeln«, rief Erol.

Sie stieg behutsam aus und gesellte sich zu ihm.

»Nenn mich doch nicht dauernd Kawa. Sag mal, kannst du endlich Gökhan mal klarmachen, er soll nicht in der Taxe rauchen? Das stinkt furchtbar und außerdem lässt er seinen Müll dauernd liegen.«

»Fertig«, sagte Erol. Er klinkte den Haltestab aus und ließ die Motorhaube sanft in den Verschluss sinken.

Karla mochte die Art, wie er mit der Mechanik umging. Stets gefühlvoll und nie grob. Aber Erol mied auch Streit und das war lästig.

»Ich habe es ihm schon gesagt, aber er hört nicht auf mich. Papa denkt, du sollst dich nicht so anstellen, weil er auch raucht. Lüfte noch so lange, bis ich saubergemacht habe.«

Mit seinen langen, feingliedrigen Fingern zog er den Ascher heraus. Gökhan hatte einen Apfelgrieb zu den Kippen hineingequetscht.

Sie half Erol beim Einsammeln von Bonbonpapieren und verknüllten Futtertüten. Sie stopften alles in einen grüntransparenten Plastikbeutel, in dem noch ein Rest Fladenbrot seines Schicksals harrte.

Karla seufzte. »Ist dein Papa da?«

»Nein, der hat eine Tour nach Schönefeld.« Erol leerte den Ascher in die Tüte. Dann klopfte er ihn sachte auf das Pflaster, sodass der Belag herausstaubte. »Kannst du wieder mit mir einkaufen gehen?«, fragte er, während er den Ascher zurück an seinen Platz steckte.

»Schon wieder?« Karla schnaufte. So viel Spaß machte das auch nicht.

»Das dünne Zeug ist so schnell kaputt. Außerdem brauche ich wieder ein paar Sachen für das Gesicht.«

Da musste Karla grinsen. »Gerade damit kenne ich mich am wenigsten aus.«

Nun seufzte Erol. »Ich will dich nicht nerven, aber ich weiß nicht, wen ich sonst fragen soll. Wenn du ein bisschen Zeit mitbringst, lade ich dich danach zum Essen ein.« Er sah Karla so bittend an, dass sie nicht widerstehen konnte.

»Können wir uns dann diesmal was Näheres aussuchen? Es müssen ja nicht gleich die Neukölln Arcaden sein. Wie wär's in der Schönhauser Allee, am Ring? Da kennt dich bestimmt auch niemand.«

Erol runzelte die Stirn. »Ja, vielleicht, ich muss überlegen ... Können wir das dann entscheiden?«

Karla nickte. Diese Ängste konnten einem die Luft abdrehen. Er war zu bedauern, einerseits, aber wie lange wollte er sich davon quälen lassen? Es hatte keinen Sinn, vor den Ängsten davonzulaufen. Das verlängerte nur das Leiden.

Sie hatte ihn schon mehrmals behutsam darauf aufmerksam gemacht, bis jetzt allerdings ohne spürbaren Erfolg.

»Gut, dann mach ich mich los, bevor dein Papa zurückkommt. Ich weiß ja, wie er sich aufregt, wenn ich nicht pünktlich losfahre«, meinte Karla.

»Danke, Karla, meine Schwester.« Es war Karla ein wenig peinlich, dass Erol ein paar Tränen in den Augen hatte, als er sie kurz umarmte. Hatte sie wirklich so viel tiefe Dankbarkeit verdient?

»Das Fahrtenbuch und die Tasche mit dem Wechselgeld liegen drin, hast du gesehen?«, sagte Erol, als sie einstieg.

Karla tauchte ihre Linke in die Türablage. »Okie dokie«, erwiderte sie und drehte den Zündschlüssel.

Erol schloss die anderen Türen, während Karla die Spiegel justierte.

Beim Anschnallen überprüfte sie kurz, ob sie dünner geworden war. Dazu hatte sie den Gurt mit einem roten Faden markiert, den sie mit einer Nadel ins Gewebe gezogen hatte.

Vorläufig keine Veränderung, frustrierend nach einer Woche Diät.

Erol klopfte zum Abschied leicht aufs Dach.

Auf der Straße hielt sich Karla rechts, sie wollte wie immer als Erstes zum Ostbahnhof. Zehn Stunden Schicht lagen vor ihr und sie hoffte auf hundertfünfzig Euro Umsatz, was ihr knapp siebzig Euro ohne Trinkgeld einbringen würde. Während der Schichten überschlug sie häufig, wie viel Prozent von diesem gesteckten Ziel sie schon erreicht hatte.

Manchmal war es ermutigend, meistens jedoch frustrierend.

Eine knappe Viertelstunde später fand sie einen Platz in der Warteschlange am Taxistand vor dem Bahnhofsgebäude. Die Wartezeit an diesem Stand gehörte für Karla noch zu den angenehmsten. Sie traf Kolleginnen, es gab was zu sehen und wenn ihr kalt wurde, konnte sie sich in der Eingangshalle in Sichtweite zum Wagen aufwärmen.

Ende September wurde es nachts bisweilen schon ziemlich frisch.

»He, Kawa, hast du schon jehört? Der Taxenripper hat die sieben-zwei-drei abjerippt«, rief ihr Benni zu, ein Kollege aus dem Grüppchen, das sich zwei Wagen vor ihr gesammelt hatte.

»O nein, Mist. Wer ist gefahren?«, fragte Karla im Näherkommen.

»Kati, die Lange mit den braunen Haaren«, meinte Benni. Er zog eine Packung Zigaretten aus der Jackentasche.

»Verdammt, ist ihr was passiert?« Der Schreck bescherte ihr blitzartig weiche Knie. Zum ersten Mal kannte sie das Opfer persönlich und das ließ die Gefahr bedrohlicher denn je erscheinen.

»Wie man's nimmt. Er hat ihr eins überjezogen und dann ein Messer an den Hals jesetzt. Ooch eene?« Benni hielt ihr die Packung hin.

Karla hob abwehrend die Hände. »Nein, ich hab doch aufgehört. Sie ist also nicht verletzt?«

»Na ja, Platzwunde und Schnitt hier.« Er strich über dem Kragen seiner abgewetzten Lederjacke am Hals entlang. Mit der Hand, die er sonst zum Sackkraulen benutzte. »Nicht arg tief, aber ziemlich lang.«

Zu weiteren Fragen kam es nicht, weil ein Schwall Menschen aus dem Bahnhof zum Stand strömte und die Taxis aufrücken mussten.

Karla beobachtete die Eingangshalle. Sie stellte sich vor, sie könnte Fahrgäste mit Gedankenkraft anlocken, scheiterte aber daran, dass sie jemanden aussuchen musste. Immer wieder irrte ihr Blick ab zu denen, die den Inhalt der Mülleimer untersuchten und Ausschau hielten.

Auswurf, abgehustet von der Gesellschaft, diese Umschreibung kam Karla in den Sinn.

Nur der Personenbeförderungsschein trennte sie selbst von dieser Art der Freiheit. Frei von Besitz, von Verpflichtungen, von Konventionen. Frei vom Respekt der Mitmenschen und nahezu unsichtbar. Manchmal spendierte sie ein Getränk oder etwas Kleingeld und hoffte, das käme zurück, sollte sie jemals dort landen.

Sie blätterte in der *taz*, die wieder mal voll war von Berichten über Ströme von Flüchtlingen, die knappen Unterbringungsmöglichkeiten in der Stadt und das Sterben auf der Flucht. Karla fragte sich, warum andauernd von Zustrom, Welle oder Flut gesprochen wurde. Diese Begriffe beschworen Bilder von Naturgewalten herauf, denen Europa ausgesetzt wäre und die den Wunsch nach Dämmen hervorriefen. Im Kommentar war dazu von Deutschen die Rede, die als größte Gruppe ein Drittel aller Schlepper stellten. Es sei deshalb unangemessen, auf arabische Schlepper oder welche vom Balkan zu zeigen.

Noch mehr Menschen, die auf öffentliche Fürsorge angewiesen sind, überlegte Karla. Da war die Arbeit von Aktivistinnen wie Britta im Flüchtlingsrat dringend nötig und doch nur ein Tropfen auf den heißen Stein. Bitter zudem, dass Britta sich mehr um Flüchtlinge als um Karla kümmerte.

Eigentlich bewunderte sie dieses Engagement. Nur wünschte sie sich, dass Britta ihr öfter ebenso viel Aufmerksamkeit schenken würde. Es war hart, das nötige Geld zusammenzukratzen. Die Stadt vergab mehr Taxikonzessionen, als dem Einkommen der Fahrer guttat. Dafür gab es keine Hilfsorganisation, in der Britta ihr Helfersyndrom ausleben konnte.

Etwas später hatte Karla ihre erste Fuhre. Ein ältliches Ehepaar mit zwei großen Koffern wollte in die Buchholzer Straße nach Blankenfelde.

Eine Tour, die mehr als ein Fünftel des angepeilten Umsatzes einbrachte. Der verstörende Angriff auf die Kollegin war sofort vergessen.

Karla öffnete den Kofferraum. Der Mann wollte sich beim Einladen nicht helfen lassen. Karla stieg wieder ein. Selbst schuld, wenn er einer Frau nichts zutraute.

Während sie das elfenbeinfarbene Gefährt durch die junge Nacht steuerte, saßen die beiden auf der Rückbank, starrten hinaus und schwiegen. Karla beobachtete sie hin und wieder und fragte sich, ob jede Zweierkiste so endete.

Erst als sich das Taxi dem Ziel näherte, ergriffen sie das Wort. Es war ein Streit um die Frage, in welcher Tasche der Hausschlüssel steckte.

Vor einem knuffigen Einfamilienhaus mit akkuratem Vorgarten lud Karla ihre Fracht ab. Beim Wenden dachte sie daran, ob wegen der Ruhe und des weitläufigen Grüns der Umgebung Neid angebracht wäre. Aber sie taugte nach den vielen Jahren in Berlin nur noch als Stadtpflanze, so viel war sicher. Diese Randlage wäre für sie nur zum Eingehen geeignet.

Zurück wählte sie den Weg durch Pankow in die Berliner Straße. Auf der Strecke sollte am ehesten eine Fuhre aufzugabeln sein.

Da sie kurz vor der Brücke über die S-Bahnstrecke nach Bernau immer noch alleine war, bog sie in Richtung U-Bahnhof Pankow ab.

In Höhe des Amalienparks hielt sie ein Mann an. Er trat ein paar Schritte auf die Fahrbahn und bewegte schwerfällig einen Arm wie eine Winkerkrabbe.

Karla rollte heran. Der ist besoffen, dachte sie kurz vor dem Anhalten. Er schwankte und schnitt Grimassen, dabei presste er den anderen Arm unter dem halb offenen Mantel auf den Leib. Während sie noch zauderte, ob sie besser weiterfahren sollte, öffnete er schon die hintere Tür und warf sich aufstöhnend in den Sitz.

»Losfahren«, schnaufte er.

Karla drehte sich zu ihm um.

»Ist Ihnen übel? Bitte kotzen Sie nicht in den Wagen, das würde teuer für Sie.«

Er wedelte energisch mit der Hand.

»Losfahren, schnell.«

»Hören Sie, ich weiß nicht, wohin. Außerdem müssen Sie sich erst anschnallen.«

Der Mann warf einen Blick durch die Heckscheibe. Seine freie Hand fuhr in die Manteltasche und kam mit einer Pistole wieder zum Vorschein.

»Los, los, los!«, presste er heraus.

Die Waffenmündung zeigte ungefähr auf ihre Kopfstütze. Karla erstarrte. Der Taxenripper, er hatte sie erwischt, ausgerechnet sie.

»Bitte, wenn es um das Geld geht …«, keuchte sie.

»Fahren!«, schrie der Mann. Die Pistole zuckte in die Höhe und ein Schuss löste sich mit scharfem Knall. Es staubte aus der Dachpolsterung.

Karla schrie vor Angst, hatte sich jedoch so weit unter Kontrolle, dass sie losfahren konnte.

»Schneller, schneller«, kam es von hinten. Sie gehorchte, so gut es ging.

Ihre Hände zitterten und sie bekam nur schwer Luft. Trotzdem konnte sie sich durch das gewohnte Fahren etwas beruhigen. Der Mann wollte sie offenbar nicht unbedingt verletzen und Stehlen hätte er auch einfacher haben können. Was wollte er also?

»Wohin?«, fragte sie an der Kreuzung zur Berliner Straße.

»Weiter, weiter, schnell ...«

Die Ampel sprang auf Grün und Karla brauste im verschärften Taxentempo, Fahrspuren wechselnd auf die nächste Kreuzung zu.

Sie erlaubte sich kurze Blicke in den Rückspiegel. Der Mann war sicher etwas älter als sie, etwa Mitte fünfzig, und trug die noch teilweise dunklen Haare streng aus der hohen Stirn gekämmt. Ein paar Strähnen hatten sich herausgelöst und hingen wirr herunter.

Er drehte sich dauernd um und spähte in die Gegend.

»Links«, sagte er kurz vor der nächsten Kreuzung.

Karla drängelte in die Abbiegespur, was heftiges Gehupe zur Folge hatte.

»Gut, gut«, kam es von ihrem Fahrgast, als sie bei Gelb über die Kreuzung in die B 96 preschte.

Er sprach mit einem Akzent, den sie nicht einordnen konnte.

Karla beobachtete ihn, wie er sich langsam entspannte. Dann zog er die linke Hand aus dem Mantel. Sie glänzte von hellem Blut. Heilige Scheiße!

Karla musste das Lenkrad fest packen, denn ein Beben schüttelte sie. Hitzewellen und Gier nach Sauerstoff. Nur die Routine verhinderte, dass sie den Wagen gegen einen Kleinbus steuerte. Ihr Blick zuckte immer wieder zum Innenspiegel. Sie konnte kaum begreifen, was sie sah.

Die Hand konnte der Mann bewegen, sie wirkte unverletzt. Demnach musste eine Wunde irgendwo unter der Brust stark bluten.

Sie überlegte, ob sie den Mann nicht sofort in das nächste Krankenhaus bringen müsste. Die scharf hervortretenden Kaumuskeln und die Schweißtropfen, die sich einen Weg von seiner Stirn bahnten, zeigten, dass er Schmerzen litt.

Sie glaubte inzwischen auch, dass er verfolgt wurde. Oder sich verfolgt fühlte. Obwohl kein Polizeiwagen zu entdecken war, weit und breit.

Trotzdem wurde der Mann unruhig. Die Linke steckte wieder im Mantel, mit verdrehtem Kopf hielt er durch die Heckscheibe die Straße im Blick. Die Hand mit der Waffe lag auf der Rückenlehne der hinteren Sitzbank bereit.

Ein dunkler, bullig wirkender Geländewagen erregte seine Aufmerksamkeit. Dieser Wagen kam auf der linken Spur langsam näher. Durch das blendende Scheinwerferlicht konnte man keine Insassen erkennen.

Der Blick des Mannes blieb auf das massive Gefährt geheftet, während es sich allmählich an ihnen vorüberschob.

Er zog den Kopf zwischen die Schultern und duckte sich stöhnend. Die Pistolenmündung blieb auf die getönten Scheiben des anderen Wagens gerichtet.

Karla zog unwillkürlich ebenfalls den Kopf ein. Ihr Magen rumorte. Sie machte sich zum Vollbremsen bereit.

Dann war der Geländewagen vorbei und nichts geschah. Im Innenspiegel beobachtete Karla, wie ihr Fahrgast sich vorsichtig wieder aufrichtete und die Waffe sinken ließ.

In dem Moment, als er den Mund zum Schreien öffnete, hatte Karla die Gefahr selbst erkannt. Der Geländewagen zog den Weg versperrend nach rechts und bremste heftig. Dabei öffneten sich beide rechte Türen und Gestalten beugten sich heraus. Hell leuchtende Gesichter im Licht des Taxis. Pistolen in den Händen.

Karla schrie ebenfalls, riss das Steuer nach rechts in die Lücke zwischen den geparkten Fahrzeugen.

Die linke Stoßfängerecke erwischte die Beifahrertür des Geländewagens. Die Tür knickte um und für einen Wimpernschlag schrammte das Taxi am Kotflügel des anderen entlang.

Karla gab sofort wieder Gas, denn die Lücke erwies sich als die Einmündung eines schmalen Seitenwegs.

Sie fegte in die Durchfahrt zwischen den Häuserblocks. Ihr wurde sofort klar, dass sie in eine Sackgasse eingebogen war. Der Fahrweg führte genau auf einen der Blocks zu.

Auf gut Glück bog sie gleich wieder rechts ein. An einem Parkplatz und einer Grünfläche vorbei. Auf dem breiten Gehweg die Rückseite des langgestreckten Wohngebäudes entlang.

»Bitte, bitte, bitte«, flüsterte sie, erinnerte sich an die noch brennende Dachlampe und schaltete sie aus. Das Fahrlicht ebenfalls. Drückte den Notfallknopf, obwohl der immer noch nicht funktionieren würde.

Sie hatte Glück, der Weg war frei. Nur eine dunkel gekleidete Person mit einem Fahrrad. Sie entwischte dem Kühler knapp. Karla erlitt einen Anfall von Schnappatmung.

Der Block beschrieb einen weiten Bogen, weg von der Hauptstraße zu einer Seitenstraße.

Bevor Karla dort einbiegen konnte, musste sie wegen ein paar Fußgängern stark abbremsen. Sie hörte deren Flüche und Verwünschungen, schrie »Ja, ja, ich muss hier durch« und gab wieder Gas, sobald der Weg frei war.

Sie erinnerte sich, dass hier ein Gewirr von schmaleren Straßen mit kleinen Blocks auf sie wartete.

Einige der uniformen Dreigeschosser beherbergten die Botschaften von Bonsaistaaten wie Kuba, Kapverden und Eritrea.

Sie bog in die Ibsenstraße ab, fragte sich dabei, ob zu häufiges Abbiegen die Gefahr erhöhte, dass sie wieder auf den Geländewagen stießen. Der suchte sicher nach ihnen.

»Soll ich die Polizei rufen?«, fragte sie ihren Passagier. Der verfolgte leise stöhnend und zusammengekrümmt die Route.

Er schüttelte heftig den Kopf. Dazu hob er in einer kraftlosen Geste die Pistole.

Karla verstand es als Drohung. Also kein Griff zum Telefon.

Zum ersten Mal, seit sie für Taxi-Yilmaz fuhr, wünschte sie sich, sie wären an einer Funkzentrale beteiligt.

»Krankenhaus?«, fragte sie.

»Nein, nein, fahren, weiter.« Die Stimme des Mannes knirschte jetzt wie grober Sand.

Sie wischte sich die schweißnassen Hände an der Hose ab. Hoffentlich starb der ihr nicht im Wagen. Es hörte sich fast so an.

Ein Feuerzeug klickte. Der Mann steckte sich eine Zigarette an, die er zwischen den Lippen baumeln ließ. Wegen der Waffe schwieg Karla. Nicht provozieren, nur davonkommen. Wer eine Waffe bereithielt, konnte rauchen, wo er wollte.

Ein entgegenkommender Wagen blendete mit Lichthupe. Es dauerte, bis sie begriff, dass sie die Frontscheinwerfer wieder einschalten sollte.

Am Ende der Straße stießen sie auf Straßenbahnschienen. Jetzt ging es nur noch nach links. Karla dämmerte, dass sie dieses Viertel nur über eine der großen Magistralen verlassen konnte. Nach Nordwesten und zur Stadtmitte waren sie zwischen Bahntrassen gefangen.

Sie rauschte die Björnsonstraße hinab. Sollte sie so frech sein und zur B 96 zurückkehren? Wo würden die Verfolger am wahrscheinlichsten lauern? Angst lähmte ihre Entschlusskraft.

Die Ampel zeigte schon Dunkelgelb. Egal. Sie zischte über die belebte Bornholmer. Die Tramschienen auf dem Mittelstreifen knallten unter den Rädern.

An allen Kreuzungen war sie zappelig. Sie erwartete die Verfolger aus jeder Richtung. Inzwischen war es so dunkel, dass viele Wagen von Weitem verdächtig aussahen. Die helle Lackierung des Taxis leuchtete sicher heraus. Dieser Gedanke zerrte an Karlas Nerven.

Die Ringbahngleise schnitten tief in die Pelle der Stadt ein und versperrten den Weg. Sie konnte nur noch parallel dazu zurück zur B 96 einbiegen.

Karla zauderte. Sie fuhr langsam und beobachtete den Mann auf der Rückbank. Er hustete kraftlos. Sein Teint hatte sich dem Taxielfenbein angenähert.

Karla griff nach dem Telefon.

»Anhalten«, krächzte ihr Fahrgast.

Sie stoppte nach Taximanier auf einer schraffierten Fläche.

Der Mann schob die Waffe in eine Manteltasche, zog die Hand vom Bauch weg und wühlte damit in der anderen Tasche. Er fischte eine Rolle Geldscheine heraus, von der er ein paar löste und über die Sitze warf. Dann beugte er sich stöhnend zur Tür, öffnete sie und schob sich schwerfällig hinaus.

Draußen richtete er sich mühsam auf. Er keuchte erbärmlich, krümmte sich wieder ein Stück zusammen und tappte los. Leicht schwankend strebte er dem Steg über die Gleise zu und verschwand bald zwischen den Passanten.

Karla stöhnte jetzt auch und schloss die Augen. Sie pendelte zwischen Erleichterung und den Nachwehen eines Schocks.

»Hallo, Taxi?«

Der Benz schaukelte, weil jemand durch die offenstehende Tür auf die Rückbank kletterte.

Karla fuhr herum.

»Tut mir leid, ich bin nicht frei«, sagte sie der Frau, die mit zwei Einkaufstüten knisterte.

»Ach, auch nicht in die Trelleborger Straße? Das ist nur ein paar Minuten von hier …«

»Nein, bitte, ich muss sofort los.«

»Ach, schade«, meinte die Dame und nahm ihre Tüten wieder auf. »Igitt«, sagte sie sofort darauf, »das ist beschmiert hier hinten … also so was, und dann riecht es noch ganz ekelhaft nach Zigarettenrauch.«

»Ja, deshalb kann ich nicht.« Karla sprang aus dem Wagen. Sie half der Frau beim Aussteigen, schlug hastig die Tür zu, klemmte sich wieder hinter das Lenkrad und fuhr weg.

Im Rückspiegel sah sie noch, wie die Dame ihre Tüten und Hände untersuchte. Nix wie weg, bevor sie das Blut registrierte.

Nach einem Häuserblock fand Karla eine Parklücke. Abstellen, nur abstellen. Sie zog den Zündschlüssel heraus, öffnete den Gurt, schloss die Augen und überlegte.

Zum Weiterfahren war sie viel zu zittrig, ihr war übel und sie wollte nur in ihr Bett und die Decke über den Kopf ziehen. Riefe sie jetzt die Polizei an, wäre das in den nächsten Stunden kaum drin. Der angekratzte Kotflügel wäre davon auch nicht ungeschehen zu machen.

Sie holte die Thermoskanne mit dem Kaffee aus ihrem Rucksack und goss sich ein wenig davon in den Becher. Die Hände wollten sich nicht beruhigen. Das Gebräu kleckerte. Auch bei den ersten Schlucken rannen ein paar Tropfen auf die Jacke.

Jemand klopfte ans Auto.

Karla zuckte herum, wobei der Rest aus dem Becher in den Fußraum klatschte. Aber es war nur ein Interessent für eine Tour. Sie schüttelte den Kopf und gestikulierte, bis er begriff, dass sie nicht fahren würde.

Sie hörte etwas wie »Blöde Schnalle«, war aber zu keiner Reaktion fähig. Egal, die Stadt war voller Idioten.

Stattdessen sammelte sie die Geldscheine ein. Es waren Hunderter, Fünfziger und ein paar Zwanziger. Insgesamt fast fünfhundert Euro. An zwei Scheinen klebte Blut. Unter dem Sitz lag eine angebrochene Packung Zigaretten. Von Gökhan konnte die nicht sein, das hätte sie beim Aufräumen bemerkt. Auf dem Boden hinter den Vordersitzen lagen noch mehrere ungeöffnete Zigarettenpackungen und zwei Blisterstreifen mit Tabletten. Wie viel sie vom Geld abgeben müsste, würde sie morgen entscheiden. Sie stopfte alles zusammen in den Rucksack und stieg aus.

Draußen warf sie einen eingehenden Blick auf den Blechschaden. Furchen und dunkler Lack, hauptsächlich. Metin würde leiden, so viel war klar.

Er litt ständig. Karla fragte sich manchmal, ob er ein Unternehmen gegründet hatte, damit es ihm nie an einem Anlass dazu fehlte.

Sie überprüfte, ob wirklich alle Wagenöffnungen verriegelt waren, und schleppte sich auf wackeligen Beinen zur S-Bahnstation Schönhauser Allee. Keinesfalls über den Steg, hinter dem blutenden Fahrgast her. Lieber die längere Strecke nehmen. Für Telefonate und Polizei war morgen noch Zeit, das lief nicht davon, so wie sie jetzt.

Sie brauchte nur noch ein bisschen Glück, damit sie keinem der Verfolger begegnete. Wobei sie eigentlich sicher war, dass die sie ohne das Taxi nicht erkennen würden.

5

»Der hat Vicko 'ne Kugel in den Wanst gejagt«, sagte Matte. »Warum? Ihr wart zu viert. Das hätte nicht passieren dürfen.« Nowacyk wischte sich Asche vom Revers, bevor er erneut nach den Zigaretten griff.

»Es ging so schnell. Wolfi war gerade noch dabei, ihm zu erklären, wenn er sich verpisst, passiert ihm nichts. Der Sauhund hat ihn nicht mal ausreden lassen. Sofort gezogen und bumm. Wolfi hat dem aber auch eine verpasst.«

Matte schielte nach der Zigarettenpackung. Nowacyk bot ihm keine an. Matte schwitzte und wusste nicht, wohin mit seinen Händen. Eine Kippe käme ihm jetzt gerade recht, aber wenn er ihn fragte, rastete der aus, garantiert. Er hatte wieder diesen Ihr-seid-beschissene-Idioten-Ton drauf.

»Wo ist Vicko jetzt?«

»Zu Hause. Ich hab ihm was gegeben. Der sieht voll scheiße aus. Als ob er's nicht mehr lange macht.«

Nowacyk presste die Lippen aufeinander. Dadurch wirkten sie noch dünner, als sie ohnehin waren.

»Gerade jetzt, wo die Kassenärztliche Vereinigung unseren Doc am Wickel hat. Habt ihr euch schon um einen anderen Arzt gekümmert?«

»Ja, da gibt's jemanden in Hellersdorf. Hat mir der Rastaheini erzählt. Bernd kümmert sich drum.«

Nowacyk ließ seinen Unmut an der Zigarette aus. So sah es jedenfalls aus, als der Stummel in den Aschenbecher gerammt wurde.

»Ihr seid einfach nur blöd. Aus einem simplen Auftrag macht ihr Wildwest. Mann, Mann, Mann.«

Warum musste er immer die andere Wange hinhalten? Diese Bürde war nicht gerecht. »Da war echt nix zu machen, Boss ...«

Eine wegwerfende Handbewegung stoppte Matte.

»Und das Lager habt ihr dann auch nicht rasiert, oder?«, fragte Nowacyk.

»Das ging ja nicht mehr, nach dem ganzen Krawall.«

»Das erledigt ihr noch. Diese Woche.«

Matte konnte das Stöhnen nicht unterdrücken. »Kann das nicht Nucki mit seiner Vietcongbande übernehmen? Ich müsste mal ordentlich pennen.«

Die Augen klein zusammengekniffen, der Blick vom Boss. Einmal hatte er Bernd eine gescheuert. Wegen Widerworten. Wie so einem Rotzlöffel, obwohl der Bernd mindestens einen Kopf größer war.

»Ihr macht das. Ihr habt die Scheiße verbockt, also bringt ihr das in Ordnung. Das Zeug muss so schnell wie möglich da weg. Außerdem ist auf die Vietnamesen kein Verlass. Denen traue ich nicht.« Nowacyk schwieg einen Moment. »Jedenfalls noch weniger als euch. Was habt ihr danach gemacht? Seid ihr einfach abgehauen?«

Matte fuchtelte mit den Händen. »Wir sind hinter dem Dreckskerl her, aber er hat uns mit 'ner Taxe abgehängt.«

»Mit einem Taxi?«

Wenn Mattes Arme sich in Tentakel verwandelt hätten, wäre Nowacyks Miene sicher weniger überrascht ausgefallen.

»Ja, es gab ein bisschen Bruch an der Karre. Also, die Tür war halb ab, da mussten wir abbrechen. War auch besser wegen Vicko ...«

»Sonst noch Zeugen? Vielleicht jemand, der ein paar Fotos gemacht hat?«

Matte zog den Kopf ein. Diese Lautstärke, das war Alarmstufe rot. »Der Fahrer vom Taxi, sonst niemand. Glaub ich ...«

»Ihr seid ein Haufen beschissener Idioten. Nur beim Gehalt-Einstreichen habt ihr Talent. Habt ihr die Taxinummer?«

Matte zog einen verkrumpelten Zettel aus der Hosentasche.

»Zwei-eins-sechs-zwei«, las er davon ab.

Nowacyk ließ sich den Zettel geben. »Ich kriege raus, in welchen Stall die Kiste gehört, und ihr kümmert euch darum, dass der Fahrer die Klappe hält. Aber kein Rambokram, klar? Ich hab euch schon so oft gesagt, dass Geballer, Schlägereien und so ein Halbstarkenunsinn bloß die

Polizei anlocken, und das ist Scheiße fürs Geschäft. Nur im äußersten Notfall werden Brocken gemacht und nur, wenn ich es anordne, ist das klar?«

Nowacyk reckte das Kinn vor und starrte Matte an.

Schweiß quoll aus Mattes Poren. Innen wie außen. So fühlte es sich jedenfalls an. Hauptsache, er scheuerte ihm keine. Wenn er sich das gefallen lassen musste, konnte er nicht mehr in den Spiegel glotzen.

»Ja, aber der hat einfach …«, stotterte er.

»Schnauze. Wer ist bei Vicko?«

»Wie? Niemand. Soll da jemand …«

»Was ist, wenn der aufwacht und vor Schmerzen alles zusammenbrüllt? Dann kommt der Hausmeister oder die Nachbarn rufen die Bullen. Und dann? Da muss verdammt einer dabeibleiben. Habt ihr denn wirklich keinen Fitzel Verstand in der Birne?«

Matte starrte auf den Boden. Er ärgerte sich über sich selbst. Es stimmte, sie hätten daran denken müssen. Er verließ sich viel zu oft darauf, dass Wolfi schon die richtigen Entscheidungen traf. Das hielt jedoch nur, bis ihm Nowacyk beim Rapport beibog, welche Scheiße sie wieder gebaut hätten. Den Rapport schwänzte Wolfi regelmäßig, weil er angeblich genau dann Wichtiges erledigen musste, diese feige Sau. Stattdessen wurde er runtergeputzt, obwohl er ein besserer Anführer als Wolfi wäre. Wenn man ihn nur endlich mal ließe. »Wolfi hat gesagt …«

Nowacyk schlug auf den Tisch.

»Sabbel keinen Scheiß. Raus mit dir und kümmere dich drum. Sobald ihr wisst, was mit Vicko los ist, ob er durchkommt oder so, sagt ihr Bescheid. Ich rufe euch sofort an, wenn ich weiß, wohin die Taxe gehört, und ihr checkt, wer die gefahren hat, ob der was gesehen hat oder was weiß. Aber piano, ohne den dicken Max rauszuhängen, sonst reiß ich euch die Köpfe ab, kapiert? Lasst euch was einfallen.«

»Wohin kann ich gehen vor deinem Geist, wohin fliehen vor deinem Angesicht«, murmelte Matte.

»Was?« Nowacyk starrte ihn an.

»Jeremiah dreiundzwanzig, vierundzwanzig …«, flüsterte Matte.

»Hau ab und mach was!«, brüllte Nowacyk.

Beschwichtigend hob Matte die Hände, stolperte rückwärts zur Tür. Nur raus hier, bevor noch was passierte.

Ein paar Meter weiter öffnete er die schwere Tür, die auf der anderen Seite mit »privat« beschriftet war. Das Automatenkasino empfing ihn mit flackernden Lichtern im Halbdunkel und elektronischem Fiepen und Klingeln.

Jetzt ein Entspannungsstündchen an einem der Automaten, 'ne Molle dabei, das wär's.

Die Angst vor dem Boss und der Wunsch nach Karriere trieben ihn jedoch hinaus. Morgenlicht stach ihm in die Augen. Er blinzelte zum Wagen rüber, den Wolfi in der Einfahrt zum Haus gegenüber abgestellt hatte.

Von dem feigen Hund gab es weit und breit keine Spur. Ein Großmaul aus dem Wedding, genau das war Wolfi, sonst nix. Matte wühlte sich durch den Verkehr auf die andere Seite. Die Scheißkarre war verriegelt und Matte hatte keinen Schlüssel. An das Blech gelehnt zündete er sich eine Zigarette an.

Vielleicht sollte der Boss das mal sehen. Wenn hier was nicht lief, war das Wolfis Schuld. Aber die Bürofenster zeigten natürlich zum Hof.

»Und, was hat er gesagt?« Wolfi kam mit einem Döner angeschlendert. Aus einer Jackentasche spitzte ein brauner Flaschenhals. Salatfetzen torkelten zu Boden, als sich Wolfis Zähne in eine Spitze des Fladenbrots schlugen.

»Du sollst bei Vicko bleiben«, meinte Matte.

»Ich?« Weiße Soße spritzte von der Oberlippe.

»Ja, du. Hat er gesagt.«

Matte schnipste die Kippe auf die Straße.

»Ich alleine? Und du?«, fragte Wolfi nach zwei weiteren Bissen mit vollem Mund.

»Ich soll dafür sorgen, dass ein Doc kommt und diese Woche das Lager geputzt wird. Die Kiste muss auch repariert werden.«

Wolfi faltete das Papier weiter auseinander. Jetzt lief etwas Soße über seine linke Hand.

»Pass mal auf, Junge«, sagte er, »das mach ich am besten und du passt auf Vicko auf. Ist für dich der bessere Job.«

Matte wollte protestieren, wurde aber durch ein heftiges Hupen davon abgehalten. Ein großer Kombi stand blinkend auf der Straße, die Schnauze in die Einfahrt gerichtet.

»Was willst du, Arschloch?«, rief Wolfi. Er rollte die Schultern und ging zwei Schritte auf den Kombi zu.

»Ich muss da rein«, rief ein Typ mit Basecap aus dem Seitenfenster.

»Du Scheißer, du wartest, bis ich wegfahr«, erwiderte Wolfi.

Er biss erneut vom Döner ab.

Der Typ im Kombi drückte noch mal anhaltend auf die Hupe. Wolfi fuhr herum und pfefferte ihm den Döner auf die Windschutzscheibe. Soße spritzte über das Glas.

Dann fingerte er die Autoschlüssel raus und drückte die Fernbedienung. Vor dem Einsteigen zückte er eine Papierserviette und wienerte gemächlich eine Stelle auf der Motorhaube.

»*Let's go*«, raunte er schließlich.

6

Die beiden Männer gefielen Erol überhaupt nicht. Er fand sie bedrohlich, denn sie bauten sich links und rechts von ihm auf, sodass er sie nicht beide zusammen ansehen konnte. Die Hände hielten sie in den Jackentaschen, ihre Blicke wanderten unablässig herum.

»Wo ist das Taxi zwei-eins-sechs-zwei?«, fragte der im Parka ohne irgendeine Begrüßung.

»Noch nicht da. Ist was damit?« Erol wusste, dass Auseinandersetzungen auf der Straße gelegentlich mit harten Bandagen ausgefochten wurden, aber dass jemand deshalb den Betriebshof aufsuchte, war bisher noch nicht vorgekommen.

Der Frager wechselte einen kurzen Blick mit dem grauhaarigen Typen neben ihm.

»Wann kommt das her?«

»Sollte eigentlich schon hier sein. Papa ruft gerade deswegen an. Warum wollen Sie das wissen?« Erol zog ein Taschentuch heraus und schnäuzte sich.

»Wir müssen den Fahrer was fragen.«

»Ist noch nicht da, wie ich schon sagte. Kann ich Ihnen irgendwie helfen? Worum geht's denn?«

»Eine Zeugenaussage wegen einem Unfall«, sagte der im Parka, nachdem er erneut einen Blick mit dem Grauhaarigen gewechselt hatte.

Erol entspannte sich ein wenig. »Sind Sie von der Polizei?«

»Genau«, sagte der Grauhaarige.

Der im Parka grinste ansatzweise.

»Also, ich weiß auch nicht, wo Kawa steckt. In ein paar Minuten kommt die Tagschicht und sie ist noch nicht da.« Erol hob bedauernd die Schultern. »Und ich muss mich noch um den Wagen kümmern. Vielleicht hat Papa sie erreicht. Er kommt sicher gleich runter. Ist da was passiert?«

Der im Parka wechselte wieder Blicke mit seinem Begleiter.

»Also eine Frau«, meinte er dann. »Ist sie gestern so gegen elf gefahren?«

»Ja, um acht geht die Schicht los«, erwiderte Erol. Er konnte seine Neugier kaum bezähmen, hoffte aber noch, die Polizisten würden von sich aus etwas erklären.

»Wie heißt sie?«

»Kawa.«

»Und weiter? Adresse und Telefon?«

Das fand Erol wieder ziemlich brüsk. Freundliches Fragen und Höflichkeit erwartete er allerdings von der Berliner Polizei nicht.

Schritte hallten in der Einfahrt. Die Männer drehten sich um und blickten Gökhan entgegen, der mit einer Zigarette im Mundwinkel herankam.

»*Merhaba*, Erol. Wo ist die Kiste?« Gökhan sah die Männer nur kurz an. Dafür drehte er sich suchend um die eigene Achse.

»Noch nicht da«, antwortete Erol.

»Scheiße«, brummte Gökhan. »Kannst du der Schnalle nicht mal sagen, dass sie den Wagen pünktlich abliefern soll?«

Erol hob die Hände. »Vielleicht hat sie noch eine gute Tour bekommen«, meinte er.

»Und ich soll hier rumstehen und warten, bis sie noch mehr Kohle geschaufelt hat? Scheiße.«

»Papa ruft sie gerade an«, sagte Erol. Er mochte nicht, wie Gökhan über Kawa sprach.

»Voller Name und Adresse von der Tussi«, sagte der Polizist im Parka wieder.

Erol öffnete den Mund, aber Gökhan kam ihm zuvor. »Wer ist 'n das?«

»Polizei, die wollen …«

»Die? *Asla!*« Gökhan schüttelte heftig den Kopf. »Hast du dir Ausweise zeigen lassen?«, fragte er laut.

Der im Parka wendete sich Gökhan zu. »Wer bist du und warum mischst du dich ein?«

Gökhan stemmte die Arme in die Hüften und schob den Kopf vor. Seine Augen quollen noch mehr heraus als gewöhnlich. Eine lächerliche Pose von einem moppeligen Weichling wie Gökhan, fand Erol.

»Zeig du erst mal einen Ausweis, nie im Leben seid ihr Bullen«, zischte Gökhan.

Der Grauhaarige warf dem im Parka einen Blick zu und schüttelte dabei fast unmerklich den Kopf. »Hör mal, wir machen hier nur unsere Arbeit. Wenn du Ärger machst, wird's dir noch leidtun«, sagte er zu Gökhan.

Der öffnete den Mund und stach mit dem Zeigefinger in Richtung des Grauhaarigen. Bevor er weiterreden konnte, kam Metin aus dem Büro.

»Du musst den Van nehmen, Gökhan. Kawa ist bei der Polizei, sie hatte irgendeinen Unfall«, rief Metin. Er wedelte mit dem Autoschlüssel und der Tasche mit Fahrtenbuch und Wechselgeld.

»Warum denn das?«, rief Gökhan. Leise vor sich hin schimpfend trabte er Metin entgegen.

»Also jetzt, Name und Adresse von dieser Frau«, knurrte der im Parka. Sein Begleiter behielt Metin, Gökhan und den ganzen Hof im Auge.

Inzwischen hegte auch Erol Zweifel, ob er es wirklich mit Polizisten zu tun hatte. Zumal sein Vater gesagt hatte, dass Kawa bei der Polizei war.

»Sie ist doch gerade bei der Polizei«, erwiderte er.

»Trotzdem, wir brauchen das jetzt.« Der Mann trat einen Schritt auf Erol zu.

»*Baba?*« Er drehte sich hilfesuchend zu Metin um. Metin drückte Gökhan Schlüssel und Tasche in die Hand, wobei er ziemlich genervt auf seinen Fahrer einredete, und kam dann heran.

Die Männer wechselten wieder Blicke. Der Grauhaarige stieß mit starren Fingern in Erols Bauch.

»Wir kommen wieder«, fauchte er. Mit einer Handbewegung forderte er seinen Begleiter zum Weggehen auf. Der im Parka rempelte dabei Erol an und trat ihm auf den Fuß.

»Mistkerl«, rief Erol ihm hinterher.

Der Parkatyp drehte sich um, formte eine Pistolenhand und pustete anschließend über seine Zeigefingerspitze. Kurz danach waren sie in der Durchfahrt verschwunden.

»Wer war das?«, fragte Metin stirnrunzelnd auf Türkisch.

»Keine Ahnung«, meinte Erol. »Irgendwas muss das mit dem Unfall zu tun haben, den Kawa gebaut hat. Sie wollten wissen, wo Kawa wohnt, und haben behauptet, sie wären von der Polizei. Dafür haben die sich aber einfach zu schlecht benommen.«

7

»Warum sind Sie nicht sofort zu uns gekommen oder haben uns gerufen?«

Dem Beamten kräuselte Unverständnis die Stirn.

»Ich war völlig fertig und wollte nur nach Hause«, erwiderte Karla. Sie hegte Schuldgefühle und bemerkte selbst, wie gedämpft und unsicher sie klang.

»Und weshalb sind Sie jetzt gekommen?«

»Der Mann hatte eine Waffe und hat den Rücksitz vollgeblutet. Muss ich so etwas nicht melden? Außerdem hat die Taxe einen Blechschaden.«

»Wollen Sie Anzeige erstatten?« Der Beamte blickte ein paar Kollegen hinterher, die hinauspolterten.

Der hört sich so an, als wäre eine Anzeige für ihn eine Zumutung, fand Karla. »Muss ich doch, oder? Schon allein wegen des Autos.«

»Gibt es denn Zeugen für die Karambolage?«

Karla zuckte mit den Schultern. »Ich weiß nicht, ich war viel zu aufgeregt, um darauf zu achten.«

»Hier waren schon Frauen, die eine Beule in den Wagen gefahren haben und sich aus Angst vor ihrem Mann eine Geschichte ausgedacht und Anzeige erstattet haben«, meinte der Polizist und kratzte sich am stoppeligen Kinn.

Auf der Wache herrschte ein reges Kommen und Gehen. Gesprächsfetzen wehten durch die Räume.

Karla starrte ihn an und überlegte, ob er das wirklich gesagt hatte. Eigentlich musste sie sich seine Unverschämtheit verbitten und ihn in die Schranken weisen. Aber sie war nur müde und erschöpft. Kein Wunder, das Einschlafen hatte viel zu lange gedauert, um so früh schon wieder unterwegs zu sein.

»Ich bin nicht verheiratet«, sagte sie schließlich nur.

Jetzt zuckte der Beamte mit den Schultern.

»Haben wir alles schon gehabt, aber wie Sie meinen. Kommen Sie mit. Wir suchen uns ein ruhiges Plätzchen und schreiben ein Protokoll.«

Für Karlas Ohren schwang ein bedauernder Unterton in seinen Worten mit. Sie folgte ihm in einen Raum mit ein paar PC-Arbeitsplätzen. Zwei weitere Beamte saßen dort und steppten auf Tastaturen. Es war zu warm und roch nach feuchten Klamotten.

»Zuerst brauche ich Ihren Namen und Ihren Personalausweis«, sagte der Polizist, während der Rechner aus dem Standby aufwachte.

»Lehwalder.«

Karla zog die Brieftasche aus der Jacke und reichte den Ausweis rüber. Von ihrem ungepolsterten Formholzstuhl konnte sie dem Beamten ins Gesicht und auf die Finger sehen.

»Welcher ist Ihr Rufname, Karla oder Walentina?«, fragte er.

»Karla.« Den zweiten Namen, der von der polnischen Großmutter ihres Vaters stammte, konnte sie auch nach achtundvierzig Lebensjahren nicht leiden. Sicher lag es daran, dass ihr Grundschullehrer stets beide Namen verwendet hatte und die anderen Kinder ihr oft »Kallewalle« hinterhergerufen hatten. Je mehr sie sich darüber geärgert hatte, umso häufiger war sie so genannt worden. Komisch war, dass sie sich auch so gefühlt hatte. Von ihrer Mutter in ein zutiefst gehasstes, bunt geblümtes Trägerkleidchen gesteckt. Zöpfchen baumelten auf eine weiße Bluse mit Spitzenkrägelchen herab. Süß sehe sie aus, hatten die Erwachsenen gesagt, während sie selbst starr wie ein Zaunpfosten dagestanden und sich gewünscht hatte, sie wäre unsichtbar.

Ein ähnliches Gefühl begegnete ihr auch heute noch gelegentlich. So wie in diesem Moment auf dem Revier unter den Augen dieses Polizisten. Wenn es wenigstens eine Beamtin gewesen wäre. Aber nein, ausgerechnet so ein gelangweilter Jungspund, der keinen Bock auf die Arbeit hatte.

Karlas Handy piepste. Es war Metin. Sie bekam auf der Stelle ein noch schlechteres Gewissen, weil sie ihn noch nicht angerufen hatte. Hastig erklärte sie ihm, dass es einen Zwischenfall gegeben hatte und sie deswegen auf der Polizeiwache war. Dann musste sie ihn beruhigen, weder dem Wagen noch ihr sei etwas Ernsthaftes zugestoßen. In dieser Reihenfolge. Metin atmete hörbar auf, als sie ihm erklärte, das Taxi sei durchaus fahrbereit. Er sagte, dass er Erol zum Abholen des Wagens schicken werde. Sie versprach, dass sie später noch bei ihm reinschauen würde.

Der Beamte hatte offenbar zugehört, denn seine Finger verharrten reglos über der Tastatur.

»Wohnen Sie immer noch in der Hobrechtstraße?«, fragte er, als sie ihr Gespräch beendet hatte.

»Ja, so wie es da steht.«

»Haben wir hier ständig, dass Leute zigmal umziehen und nichts in den Ausweis eintragen lassen. Dann wundern die sich, wenn wir sie so lange festhalten müssen, bis wir das geklärt haben«, murmelte der Beamte. Er hielt den Blick nun wieder starr auf den Bildschirm gerichtet. Karla bemerkte, dass er oft die Entfernen-Taste benutzte.

Schließlich schaute er auf. »Bevor es losgehen kann, muss ich Ihnen die gesetzliche Belehrung erteilen. Also, ich werde Ihnen Fragen stellen. Falls Sie einen Angehörigen oder sich selbst durch die Beantwortung belasten, müssen Sie nicht antworten. Sie haben ein Zeugnisverweigerungsrecht. Haben Sie das verstanden?«

Karla schloss kurz die Augen. Das ging ja gut los. Nur gut, dass sie das nicht letzte Nacht über sich ergehen lassen musste. »Hab ich. Aber das ist irrelevant.«

»Umso besser. Dann erzählen Sie mir das Ganze noch mal der Reihe nach.«

Es dauerte fast eine Stunde, bis Karlas Bericht in Protokollsprache verwandelt war.

»Gibt es Beweismittel?«, fragte der Beamte, an dessen Hemd sich unter den Achseln Schweißflecken gebildet hatten.

Karla zog zwei Zigarettenpackungen aus ihrem Rucksack und legte sie neben die Tastatur.

»Sie dürfen hier nicht rauchen.« Der Beamte zerrte an seiner Krawatte.

»Ich rauche nicht. Die Päckchen hat der Mann im Wagen verloren.«

Der Beamte wollte danach greifen, besann sich aber im letzten Moment. Er zog einen Kuli aus der Hemdbrusttasche und drehte damit eine Packung.

»Unverzollt«, brummte er. »Sonst nichts?«

Karla kämpfte mit sich, ob sie das Geld erwähnen sollte. Die Aussicht auf einen anständigen Wochenverdienst überwog. Als Entschädigung für den Stress, dachte sie. Die Tabletten verschwieg sie gleich mit, denn sie hatte den Blisterstreifen zu Hause vergessen und keine Lust, ihn holen zu müssen.

»Nein, ich habe jedenfalls nichts weiter gesehen. Allerdings …« Die Erinnerung schmerzte. »Blut. Ich glaube, da müsste Blut auf dem Rücksitz sein. An dem Päckchen da ist auch Blut.«

Der Beamte zog scharf die Luft ein. Er drehte die Packung noch mal. Dann seufzte er.

»Da brauchen wir die Kriminaltechnik.« Er überlegte einen Moment. »Wo ist der Wagen jetzt? Sind Sie damit hergekommen?«

»Nein, ich habe ihn in der Dänenstraße stehen gelassen und bin nach Hause. Mein Chef wollte ihn abholen lassen.«

»Können Sie ihn anrufen, damit er ihn stehenlässt?«

Karla nickte und fischte ihr Handy aus der Tasche.

Metin meldete sich sofort. »Alles kaputt«, meinte er, als Karla von dem Wagen anfing. »Was hast du gemacht? Der Kotflügel muss neu, ein Loch im Dach, Blut im Auto. So kann man nicht mehr fahren. Das wird teuer …«

»Ich kann nichts dafür, Herr Yilmaz. Ich wollte nur Bescheid sagen, dass die Polizei den Wagen untersuchen will. Erol hat ihn schon zurückgebracht, oder?«

»Sollst doch Metin zu mir sagen. Ja, hat er. Alles Schrott. Wenn das so weitergeht, bin ich pleite.«

»Moment, Metin, bleiben Sie dran, bitte.«

»Der Wagen steht schon wieder in der Firma«, berichtete Karla kurz dem Polizisten.

»Stehenlassen, nichts anrühren, nicht saubermachen oder so«, rief der.

»Haben Sie gehört?«, fragte Karla ihren Chef. »Ihr dürft nichts an dem Wagen machen.«

»Ja, verstehe schon.« Metin klang gequält.

Karla hörte ihn etwas auf Türkisch brüllen. Obwohl sie schon fast drei Jahre für Taxi-Yilmaz fuhr, kannte sie nur einzelne türkische Worte. Hauptsächlich die Namen der Leckereien, die Birgül zu Festtagen fabrizierte und oft großzügig an alle verteilte.

»Ist gut«, meldete sich Metin wieder. »Wann kommen die?«

»Ich weiß nicht, da muss ich fragen.«

»Sag ihnen, sie sollen schnell kommen, ich muss Geld verdienen.«

»Ja, mach ich.«

Mit einem Knurrlaut zum Abschied unterbrach Metin die Verbindung.

Karla seufzte und steckte das Telefon ein. »Und jetzt?«, fragte sie.

»Jetzt lesen Sie sich das Protokoll durch und unterschreiben, wenn alles so richtig ist. Ich hole in der Zwischenzeit den Fingerabdruckleser.«

Er reichte Karla drei Blätter, die gerade aus einem Drucker quollen.

8

Metin schaute nicht schlecht, fand Karla, als sie aus dem Streifenwagen stieg, mit dem sie auf den Firmenhof gefahren worden war.

»Verhaftet?«, fragte er mit großen Augen.

»Nein, die wollen nur den Wagen sehen und haben mich mitgenommen.«

»Der da?«, fragte die Beamtin, die gefahren war. Dabei ließ sie ihre Haarpracht bis auf den Zopf unter der Dienstmütze verschwinden.

Karla brauchte ein paar Sekunden, bis sie die Frage verstand. »Ja, das ist der Wagen«, erwiderte sie.

Gefolgt von Metin schlenderten die beiden Polizisten zu dem Taxi hinüber. Metin wies mit beiden Händen anklagend auf die linke vordere Ecke des Benz.

»Alles kaputt!«, rief er. »Und da.« Nun zeigte er zum Dach hoch.

Karla entdeckte eine Erhebung im Blech, die wie ein Aknepickel wirkte. Sie trat ein paar Schritte näher. Der Pickel wies in der Mitte ein Loch auf. Ihr Puls beschleunigte sich, denn sie stellte sich unwillkürlich vor, wie dicht das Projektil über sie hinweggesaust sein musste.

Die Polizisten öffneten nun die Hecktüren und beugten sich von beiden Seiten über die Rückbank.

Der ältere Beamte mit dem Schnurrbart richtete sich auf und zog ein Handy heraus.

»Ick sag Bescheid, dass die KT 1 kommen muss.«

Er zog sich in den Streifenwagen zurück und telefonierte.

»Haben Sie schon irgendwas am oder im Wagen gemacht?«, fragte die Beamtin währenddessen.

»Nur geguckt«, meinte Metin.

»Haben Sie irgendwas im Wagen gefunden?«

»Erol!«, rief Metin.

Der Junge schaute aus der Garage heraus. Er reinigte seine Finger mit einem alten Lappen. Metin winkte ihm, dass er kommen solle, und rief noch etwas auf Türkisch.

Erol schlenderte heran, schenkte Karla einen fragenden Blick, zog ein Handy aus der Hosentasche und hielt es der Polizistin hin. »Das lag unter dem Fahrersitz«, sagte er dazu.

Die Polizistin drehte sich zu Karla. »Gehört das Ihnen?«

Karla schüttelte den Kopf. »Ich habe meins.«

»Kann das Ihrem Fahrgast gehört haben?«

»Kann sein.« Karla sah genauer hin. Auf dem Display und der Seite sah es nach bräunlichem Schmier aus. Wieder eine Hitzewelle, wieder der Magen. Wieder die drängende Erinnerung an den gestrigen Abend. »Die Flecken da«, flüsterte sie mit zu viel Spucke im Mund, »ist das Blut?«

Erol zuckte zusammen. Er öffnete die Hand, als wäre das Telefon heiß.

»Bitte, können Sie das nehmen?«, fragte er die Polizistin.

Die zog einen Plastikbeutel aus der Jackentasche, öffnete ihn und stülpte ihn über das Handy. Dann ließ sie das Telefon vorsichtig hineinrutschen.

Ihr Kollege kam zurück. »Okay, die kommen. Wir sollen sicherstellen, dass da niemand mehr rangeht, und die brauchen Fingerabdrücke von allen, die mit dem Wagen zu tun hatten.«

»Was bedeutet das?« Mit zerfurchter Stirn sah Metin die Beamten an. »Ich muss den Wagen reparieren lassen. Wann kann ich das machen?«

»Wissen wir nicht. Das müssen Sie mit dem Erkennungsdienst klären. Vielleicht wollen die den Wagen mitnehmen.«

»Mitnehmen?«, rief Metin. »Wohin?«

»Ins LKA zum Untersuchen«, brummte der Polizist.

Karla sah schon, dass er keine Lust auf eine Diskussion über diese Sache hatte. Er drehte sich weg und marschierte zum Streifenwagen.

»Wohin?«, rief Metin. »Wie lange?«

Er tat Karla leid. Sie wusste, wie viel er schuftete und wie knapp das Geld auch bei ihm war. Metin hatte die ganze Familie eingespannt. Erol musste auf sein Geheiß Automechaniker werden, die Tochter Özlem kümmerte sich um die Buchhaltung und Birgül, seine Frau, musste die Wagen reinigen. Selbst Gökhan gehörte zur Verwandtschaft und wollte beschäftigt sein. Ohne das zweite Taxi entstünde ein Loch in der Kasse. Besonders quälend, weil der Van noch nicht abbezahlt war.

»Beruhigen Sie sich, Herr Yilmaz. Die Kollegen machen das, so schnell sie können«, sagte die Polizistin, der ihr Kollege die Beruhigungsansprache überlassen hatte.

Metin hob die Arme und ließ sie gegen seine Oberschenkel klatschen.

»*Baba*«, sagte Erol leise und legte ihm eine Hand auf die Schulter. Metin sah ihn kurz an, drehte sich weg und verschwand türenknallend im Haus.

»Sie müssen das verstehen«, sagte Erol zur Polizistin. »Er hat als LKW-Fahrer angefangen und sich alles erarbeitet. Jetzt hat er Angst um seine Existenz. Das Geschäft geht nicht so rosig.«

»Wir müssen unsere Arbeit machen«, erwiderte der Polizist, der jetzt, wo Metin sich verzogen hatte, mit Dienstsiegel und Absperrband zurückkam.

Karla und Erol beobachteten, wie die Türen des Taxis und jede bewegliche Karosserieöffnung mit einem Dienstsiegel gesichert wurden.

»Am besten verriegeln Sie zusätzlich und geben den Schlüssel nicht raus, nur an unsere Kollegen. Und alle, die mit dem Wagen zu tun hatten, halten sich dann bitte bereit zum Fingerabdrücke-Nehmen«, meinte der Polizist, während seine Kollegin ein paar Schleifen Absperrband um den Wagen wickelte.

Erol nickte. Er zog den Schlüssel heraus und betätigte die Fernbedienung. »Gökhan ist aber unterwegs«, meinte er dann.

»Wer?« Der Polizist runzelte die Stirn.

»Der andere Fahrer«, sagte Karla. »Der ist mit dem Van unterwegs, stimmt's?«

Erol nickte wieder. »Muss ich ihn anrufen und herholen?«

»Ja, wenn unsere Kollegen da sind.«

Erol überlegte einen Moment. »Die waren heute noch nicht hier, oder?«

»Nicht, dass ich wüsste. Warum?«

»Da kamen heute Morgen zwei Männer auf den Hof. Die haben nach Kawa, ähm, also Karla gefragt und sagten, sie wären von der Polizei.«

»Haben die sich ausgewiesen?«

»Nein, ich habe aber auch vergessen, danach zu fragen«, meinte Erol langsam. »Gökhan hat behauptet, das wären keine Polizisten.«

Eine Gänsehaut überzog Karlas Rücken. Sie hatte die Verfolger gestern Abend zwar nur kurz gesehen, aber sie wusste, dass es mindestens drei gewesen sein mussten. Zwei hatten sich auf der rechten Seite aus dem Geländewagen herausgebeugt und schließlich musste da noch jemand am Steuer gesessen haben.

»Kannte Herr Gökhan die zwei?«, fragte die Polizistin.

»Ich glaube nicht. Er hat nur gesagt, dass die nicht wie Bullen aussehen würden.« Erol hielt kurz inne. »Entschuldigung«, murmelte er mit gesenktem Kopf.

»Und dann?«

»Sind sie sauer geworden.« Erol sah kurz hoch.

»Wär ich auch«, meinte der Polizist. »Und weiter?«

»Dann kam mein Papa dazu und sie sind weggegangen.«

»Das klingt nicht nach Polizei«, sagte die Beamtin. »Können Sie sich denken, wer nach Ihnen fragt?«, fuhr sie an Karla gewandt fort.

»Höchstens die, die meinen Fahrgast verfolgt haben. Vielleicht sind die jetzt hinter mir her.« Karla fand ihre Stimme reichlich zittrig.

Die Beamten tauschten einen kurzen Blick.

»Vermutlich kommt jemand von der Kripo auf Sie zu. Denen müssen Sie das alles noch mal erzählen«, meinte die Polizistin schließlich. »Wir sind hier jetzt fertig. Sollen wir Sie irgendwohin mitnehmen, Frau Lehwalder?«

»Wenn Sie mich in der Hobrechtstraße absetzen könnten? Ich muss mich dringend hinlegen. Meine Fingerabdrücke habe ich schon auf der Wache abgegeben.«

9

Semret ließ sich von der Rolltreppe an die Oberfläche tragen.

»Bei den goldenen Tänzern«, hatte Sébas ihr am Telefon erklärt.

Bisher war ihr diese Plastik auf dem Hermannplatz nicht aufgefallen, was auch daran lag, dass sie sehr selten hier vorbeikam.

Zwischen Marktständen und dem Gewusel von Leuten hielt sie nach Sébas Ausschau. Wenigstens war er schwarz, während die meisten hier weiß waren.

Das war eines der wenigen Dinge, in denen sie und Sébas sich glichen. Sie fragte sich, welche Aufgabe er diesmal für sie aufgetrieben hatte. Beim letzten Mal hatte sie ein paar Männer aus Westafrika versorgen müssen, die sich auf einem Dach verschanzt hatten. Sie hatten gedroht, hinunterzuspringen, wenn sie nicht in Berlin bleiben durften. Gebannt hatte sie nach oben gestarrt, wo ein paar Deutsche eine rote Fahne und ein beschriftetes weißes Tuch drapiert hatten. Die Schwarzen hielten sich eher im Hintergrund auf. Gefilmt von der Polizei wurden sie aber letztlich doch alle.

Es war abenteuerlich gewesen, wie Sébas sie in das abgesperrte Schulgebäude hineingeschmuggelt hatte. Warum er das getan hatte, wusste sie nicht. Dadurch gab es garantiert nichts zu verdienen. Im Gegenteil, er hatte ihr später Geld zugesteckt, das er bestimmt nicht von den Schwarzen bekommen hatte, so abgerissen, wie die aussahen. Das war einer der Unterschiede zwischen Deutschen und Geflüchteten. Selbst wohlhabende Deutsche trugen verwaschene und zerfetzte Klamotten. Ob sie sich ihres Reichtums schämten? Merkwürdiger Gedanke. Sébas war jedoch auch einer, der merkwürdige Dinge tat, deswegen sprach sie ihn nicht darauf an. Wegen der Sprachbarriere wäre es wahrscheinlich ohnehin sinnlos, ein kompliziertes Thema zu besprechen.

Auf dem Dach gab es ein paar Prellungen, Blutergüsse und Platzwunden in einer uneinsehbaren Ecke zu behandeln. Folgen von Handgemengen und Polizeieinsätzen in den Tagen zuvor. Zum Glück keine ernsthaften Verletzungen. Für intensivere Behandlungen fehlten ihr Instrumente und Ausrüstung.

Semret war froh, als sie wieder unerkannt herausgekommen war und auf der Straße stand. Ein Dach war für sie kein angenehmer Ort.

Vor diesem Abenteuer hatte sie jemanden mit einer Stichwunde im Oberarm verarzten müssen.

Natürlich verstand Semret, warum gerade sie geholt wurde. Da liefen Machenschaften, die gegen das Gesetz verstießen und deshalb nicht in einem Krankenhaus oder anderswo offenbar werden sollten.

Trotzdem war es für sie ein Glück. So konnte sie das Geld verdienen, das sie brauchte, wenn sie in Deutschland bleiben und als Ärztin zugelassen werden wollte. Und das wollte sie.

Dafür benötigte sie Asyl oder wenigstens eine Duldung und Geld, viel Geld. Der Vorbereitungskurs für die Approbation kostete über zweitausend Euro und sie musste das Sprachzertifikat B2 in Deutsch erwerben. Noch mal siebenhundert Euro, wenn es nicht ewig dauern sollte. Sie durfte auch ihre Familie nicht vernachlässigen, die jetzt, wo sie Semret in Deutschland wusste, auf Unterstützung wartete. Insbesondere, weil sie als Angehörige von Fahnenflüchtigen von den eritreischen Behörden drangsaliert wurden. Da war eine Menge Schmiergeld nötig, um größeren Schaden abzuwenden. Raus aus dem Heim in Hellersdorf wollte Semret auch. Mit drei anderen in einem Zimmer. Nie hatte man Privatsphäre. In der Irakerin Safiye hatte sie zwar so etwas wie eine enge Freundin gefunden, der sie half und von der sie unterstützt wurde, aber egal wie nett die anderen waren, sie wollte da raus. So wie Sébas, der es mit dunklen Geschäften geschafft hatte. Sie wanderte auf einem Grat, das war ihr klar. Würde sie erwischt werden, könnte Abschiebung die Folge sein.

»He, Semret«, rief Sébas. Er winkte ihr vom Kaffeestand zu.

Er trug wie immer seine Rastafarimütze und darunter eine verspiegelte Sonnenbrille. Ein wandelndes Klischee, aber sie vermutete, das war durchaus so gewollt.

Semret schlenderte zu ihm hinüber. Sébas bekam einen Becher Espresso. Mit spitzem Mund nahm er ein Schlückchen, bevor er Semret breit angrinste. »Du auch?«

Semret schüttelte den Kopf. Sie musste sparen und einladen lassen wollte sie sich von Sébas nicht. Sie befürchtete Verpflichtungen. Er gehörte womöglich auch zu der Sorte Mann, die glaubte, sie könne sich etwas herausnehmen, wenn sie Geld investiert hatte. Ohnehin hatte sie es sowohl während ihrer Flucht als auch hier in Berlin und der Flüchtlingsunterkunft ständig mit Männern zu tun, die glaubten, sie könnten sich etwas herausnehmen. Manchmal zweifelte sie, ob es überhaupt andere gab.

»Wir müssen gehen, da entlang«, meinte Sébas in dieser kruden Mischung von Englisch, Französisch und Deutsch, mit der er sich mit Semret verständigen konnte. Er zeigte zum Ende des Platzes, wo gerade einer der gelben Doppeldeckerbusse vorbeibrummte.

»Wieder in den Park?«, fragte Semret. Sie wunderte sich, dass die deutschen Behörden nicht dagegen einschritten. Der Handel mit Drogen und anderen illegalen Waren grassierte dort. Früher war sie überzeugt gewesen, so etwas gäbe es in diesem Land nicht.

»Nein, woanders. Komm.« Sébas fasste sie am Ellenbogen und zog. Ein kleiner Schritt zur Seite brachte Semret aus seiner Reichweite. Er lachte und es war klar, dass er sie verstanden hatte.

Semret folgte ihm zu einer Fußgängerampel. Grün wartete er nicht ab, sondern nutzte die erste Verkehrslücke. Auf der anderen Straßenseite musste er auf Semret warten. Er überbrückte die Pause, indem er einen kleinen Schluck von seinem Kaffee trank. Den Pappbecher stellte er neben den Becher einer Frau, die im Eingang eines Geschäfts saß und bettelte. Sébas führte Semret die stark befahrene Querstraße entlang bis zur nächsten Kreuzung. Dort blieb er stehen und sah sich um.

Von einem schräg in einer Einfahrt abgestellten Wagen löste sich ein weißer Mann und kam auf sie zu. Sébas winkte ihm, sagte: »Hi, wie geht's?«

Der Mann nickte nur und meinte: »Hab euch schon gesehen.«

Semret streifte er nur mit einem Blick. Ihr war es nur recht, denn sie verabscheute ihn auf Anhieb. Das lag nicht an seinen aus der Stirn zurückgegelten Haaren und seiner hundekackefarbenen Lederjacke. Sein Gang und seine ganze Haltung drückten aus, dass er sich als Chef der Gegend fühlte. Die Art, wie er Sébas ansah, empfand Semret als beiläufig milde. So, wie ein Herrchen seinen Hund, der die Pantoffeln bringt, ansieht. Er mag uns nicht, weil wir schwarz sind, ein Rassist. Semret spürte ein leichtes Zittern.

Der Weiße zeigte auf sie. »Die ist wirklich Arzt, nicht bloß 'ne beschissene Krankenschwester?«

»Ja, ja«, rief Sébas. »Ich habe schon mal gesehen, wie sie jemand verarztet hat. Die kann das.«

Der Mann nickte wieder. »Na gut, dann sag ihr, sie soll einsteigen.«

»Du sollst einsteigen«, sagte Sébas.

»Das habe ich schon verstanden«, erwiderte Semret. »Wo will er uns hinbringen?«

Sébas hob die Schultern und drehte die Handflächen nach oben. »Keine Ahnung. Ist eine Überraschung.«

Semret zögerte.

Der Mann wedelte mit der Hand. »Los jetzt«, sagte er. Sébas wollte schon einsteigen, aber der Mann hielt ihn zurück.

»Dich brauch ich nicht. Ein paar Brocken Deutsch versteht das Äffchen ja und Englisch kann ich selbst.«

»Okay«, sagte Sébas nur und trat einen Schritt zurück.

»Ich will, dass Sébastien mitkommt«, sagte Semret laut.

Der Mann sah Semret kurz an. Er wirkte verwundert, so als ob es ihn überraschte, dass sie verstand, worum es ging. Oder, dass Semret eine Meinung hatte und sie auch noch äußerte.

Er schüttelte langsam den Kopf. »Den brauchen wir nicht«, brummte er. »Der stört bloß mit seinem dummen Geschwätz.«

Nun trat auch Semret einen Schritt zurück. Sowohl der Mann als auch das Arrangement weckten ihr Misstrauen. Sie hatte auf der Flucht nach Europa ein Gespür für Gefahren entwickelt, mit dem sie später vergleichsweise gut durchgekommen war. Hier schrillten alle Alarmglocken.

»Was ist los?«, fragte der Mann. »Brauchst du eine Extraeinladung?«

»Nur mit Sébastien.« Semret trat einen weiteren Schritt zurück. Sie mochte Männer generell nicht, zudem hatte sie zu viele schlechte Erfahrungen mit ihnen machen müssen. Sébas war ihr jedoch tausendmal lieber als dieser Mistkerl mit seiner unterschwelligen Aggressivität.

»Was ist mit der?«, brüllte der Mann Sébas an.

Ein paar Passanten drehten sich zu ihnen um. Sébas zog den Kopf zwischen die Schultern und drehte die Handflächen nach oben. »Cool, Mann, bleib cool. Sie hat Angst, siehst du doch. Ich komme besser mit.«

»Verdammte Scheiße, blöde Schnalle.«

Der Mann riss zwei Wagentüren auf der Beifahrerseite auf, stiefelte auf die andere Seite und warf sich hinters Steuer.

»Okay?«, fragte Sébas leise.

Semret nickte. Das Geld war ein gewichtiger Grund.

Sie wartete neben der Hintertür, bis Sébas auf dem Beifahrersitz saß, und kletterte auf die Rückbank.

Die Fahrt verlief für Semret so, wie es die Begegnung mit dem Mistkerl erwarten ließ. Nach wenigen Metern zündeten sich die Männer Zigaretten an, mit deren Qualm sie dem Wageninneren die Atemluft entzogen. Unterstützt vom Fahrstil stieg Übelkeit in Semret auf.

Nach schier endlosen Minuten, in denen sie gegen das Spucken ankämpfte, quetschte der Fahrer die Kiste auf den Parkplatz eines abgewetzten Wohnturms.

Sie mussten mit dem engen Aufzug in den achten Stock hinauf, eine weitere harte Prüfung für Semret. Auch wenn die Männer nicht rauchten, rochen sie und leider nicht nur nach Rauch.

Nach dem Klingeln verdunkelte sich der Türspion. Dann öffnete ein Mann. Strähnige, graue Haare, die ausgefransten Spitzen fielen weit über den Kragen. Dazu steckte eine brennende Zigarette zwischen seinen nikotinbraunen Lippen.

An das ungepflegte Aussehen vieler Männer in Deutschland hatte sich Semret noch nicht gewöhnt. Der Grauhaarige war ein besonders abstoßendes Exemplar. Dagegen wirkten seine blauen Augen eher harmlos, milde, im Gegensatz zu denen des Fahrers.

»Hi«, sagte Sébas.

Der Grauhaarige nickte nur, während er sie einließ.

»Wie sieht's aus?«, fragte der Fahrer den Grauhaarigen, nachdem er die Tür hinter ihnen geschlossen hatte.

»Weiß nicht. Hab ihm noch was gegeben. Gesagt hat er nix, nur so rumgestöhnt«, erwiderte der Grauhaarige.

»Die kümmert sich jetzt«, sagte der Fahrer und bog aus dem Flur in die offenstehende Küche ein. Sébas folgte ihm und der Grauhaarige wollte sich anschließen.

»Zeig ihr, wo. Und du bleibst bei ihr und passt auf.«

»He, Wolfi, kannst du nicht mal ...«

Der Fahrer starrte den Grauhaarigen bloß an.

»Schon gut«, murmelte der, »ich mach schon.« Er öffnete eine Tür gegenüber. »Hier«, meinte er zu Semret.

Ein Schlafzimmer: Schrank, Stuhl, Kleiderhaufen. Auf dem breiten Bett lag ein Mann, angestrengt atmend, die ausgetrockneten Lippen leicht offen.

Semret trat näher. Der Mann war weißer als seine Bettwäsche.

Als Erstes öffnete sie das Fenster. Es war dringend nötig. Danach schlug sie die Bettdecke zurück.

Der Mann trug ein T-Shirt, das bis unter die Arme hochgeschoben war. Auf dem Bauch lag ein gefaltetes Handtuch. Sie hob es an und bemerkte, dass es festklebte. Eine Blutkruste umrandete die Klebestelle.

»Ich brauche eine Schüssel warmes Wasser«, sagte Semret dem Grauhaarigen, der an der Tür stehengeblieben war.

Sie musste es noch zweimal wiederholen, bevor der verstand.

Während sie alleine war, überprüfte sie Puls und Herzschlag, zog die Lider hoch und betrachtete die Pupillen.

Fieber hatte der Mann sicher, er fühlte sich unnatürlich warm an. Sie vermutete auch, dass er unter Drogen stand. Kokain oder etwas Ähnliches, als Schmerzmittel.

Mit dem Wasser aus einem Topf löste sie Stück für Stück das Handtuch von der Wunde.

Es bestätigte sich, was sie schon ahnte. Jemand hatte dem Mann ein Loch unter die kurzen Rippen geschossen.

Sie kannte solche Wunden. Bei ihrem Militärdienst im Lazarett von Mendefera hatte sie viele davon gesehen und weitaus schlimmere. Der Grenzkrieg mit Äthiopien verwandelte im Frühjahr 1999 täglich Hunderte junger Menschen in blutende, schreiende Verstümmelte. Bis zur absoluten Erschöpfung hatte sie Fremdkörper entfernt, zerrissenes Fleisch zusammengeflickt, amputiert. Damals hatte sie wenigstens Werkzeuge und Instrumente gehabt. Jetzt hatte sie nichts, außer ihrem Wissen, das in Deutschland nichts galt, bevor es nicht für viel Geld amtlich bestätigt wurde.

Mithilfe des Grauhaarigen drehte sie den Mann so weit auf die Seite, bis sie feststellen konnte, dass das Projektil noch im Körper stecken musste.

Der Mann stöhnte und seine Augenlider flatterten, als sie ihn wieder auf den Rücken sinken ließen.

»Er muss sofort in eine Klinik und operiert werden. Ich kann nichts tun.«

Der Grauhaarige zog die Augenbrauen zusammen. »Was?«

»Klinik«, erwiderte Semret langsam und laut, weil ihr klar wurde, dass der Grauhaarige ihr Englisch nicht verstand.

»Nee, du sollst ihn zusammenflicken. Oder kannst du das nicht?«

Semret wich ein Stück vor seinem Mundgeruch zurück. Sie schüttelte den Kopf. »Ich kann das hier nicht. Er braucht eine Klinik.«

»Klinik, Scheiße«, rief der Grauhaarige. Er stürmte hinaus.

10

Eine Tür klapperte, leise zwar, doch vernehmlich. Dann knarrten Dielen. Karlas Herzschlag puckerte heftig in ihrer Kehle.

Sie wusste nicht, wo sie war. Ein Gefühl unbekannter Bedrohung hatte sie aus dem Schlaf geschreckt. Jetzt lauschte sie benommen, bis sie Schlüssel klimpern hörte und ein Klackern von abgeschüttelten Schuhen.

Die Uhr zeigte halb fünf. Karla schloss die Augen und wartete, bis der Schreck abgeklungen war. Währenddessen hatte sich das Dielenknarren in die Küche verlagert. Der Wasserhahn wurde geöffnet. Dann knisterte der Wasserkocher und der Stuhl beim Fenster ächzte unter Belastung.

Die Decken wollten Karla nicht freigeben. Sie schob sich mit großer Willensanstrengung zum Bettrand und setzte sich auf.

Schwindel, wie zu erwarten. Sie schleppte sich am Bücherregal entlang zum Fenster und öffnete den Vorhang. Helles Nachmittagslicht flutete herein.

Vor ihrem Haus versperrten keine Blätter die Sicht. In den Baumkronen auf der gegenüberliegenden Straßenseite breitete sich hingegen zunehmend der Herbst aus.

Karla fühlte sich überhaupt nicht nach Arbeiten, aber sie hatte vergangene Woche schon ein paar freie Tage gehabt und musste dringend weiter Geld verdienen. Andererseits fragte sie sich, ob der Wagen überhaupt schon wieder zur Verfügung stand. Auf eine Schicht mit dem Van hatte sie erst recht keine Lust.

Sie löste sich vom Fenster und zog einen Pulli über. Ihr schlafmatter Körper schrie nach Kaffee.

Britta saß in der Küche hinter einem dampfenden, nach Rooibos riechenden Pott und las.

»Guten Morgen«, sagte sie lächelnd. »Ausgeschlafen?«

»Geht so«, meinte Karla, tappte zum Herd und strich im Vorbeigehen über Brittas kurzgeschnittene, helle Haare, die über der Stirn eine Art Vordach bildeten.

»Krieg ich keinen Kuss heute?«

»Lass mich erst einen Kaffee aufsetzen«, brummte Karla, »das ist jetzt wichtiger.«

»Trink nicht so viel Kaffee«, erwiderte Britta. »Es ist kein Wunder, dass du nicht gut schlafen kannst.«

Karla füllte die Espressokanne und setzte sie auf die kleine Gasflamme. Dann beugte sie sich zu Britta hinunter und gab ihr einen flüchtigen Kuss in die Nähe des Mundes.

»Du warst früh zu Hause gestern Nacht. War irgendwas?«, fragte Britta. Sie hob den Teepott vor den Mund und pustete sanft.

»Ich hatte einen verletzten und bewaffneten Typen auf der Rückbank, der von welchen verfolgt wurde. Als ich ihn los war, musste ich sofort aufhören.«

Britta setzte die schwappende Tasse ab und erhob sich halb.

»O Gott, du Arme. Dir ist doch hoffentlich nichts passiert?«

Von der Hakenreihe unter dem Bord, an dem die Tassen baumelten, nahm sich Karla ihren Lieblingspott.

»Wenn ein Schock nichts ist, ist mir nichts passiert«, meinte sie. Sie löschte die Flamme unter der röchelnden Espressokanne und goss den Kaffee über die goldene Krone, die der Frosch auf dem Boden des Kaffeepotts trug.

Britta schüttelte den Kopf, während sie sich wieder setzte.

»Du solltest einfach nicht mehr nachts fahren. Das ist so gefährlich und ich habe ständig Angst um dich.«

»Du weißt, dass ich das Geld brauche. Wenn ich tagsüber fahren würde, müsste ich viel mehr Stunden schrubben. Außerdem macht Gökhan die Tagschichten wegen seiner Familie. Ich müsste also woanders arbeiten. Ob ich noch mal so einen freundlichen Chef bekomme, ist fraglich.«

Der erste Schluck Kaffee rann angenehm heiß und bitter über die Zunge.

Britta sah sie unverwandt an und Karla wusste, was nun kam.

»Ich muss mich allmählich wirklich für das Referendariat bewerben. Wenn ich das in Berlin mache, bekomme ich weniger Geld, als wenn ich das in Niedersachsen mache. Außerdem werde ich hier nicht verbeamtet, das weißt du.« Britta knetete ihre Hände.

Schlank und kräftig waren sie und erinnerten Karla gelegentlich daran, wie gerne sie von ihnen angefasst worden war. Damals, als sie sich kennenlernten und sie noch nicht Nacht für Nacht ein Taxi durch die Stadt steuerte.

»In Berlin möchte ich nicht Lehrerin sein. Immer noch nicht«, sagte Britta sanft, aber bestimmt.

Jedes Mal, wenn das Gespräch in diese Richtung geriet, trat Karlas Hirn in den Bummelstreik und es kam zu schwerwiegenden Betriebsstörungen. Nach und nach legte sie den Frosch frei, der sie von unten stoisch angrinste.

Schon wieder diese Diskussion. Dafür war sie überhaupt nicht in Stimmung. Konnte Britta sich das nicht denken? »Ich kann mir einfach nicht vorstellen, Berlin zu verlassen und nach Mellendorf zu ziehen. Da liegt der Hund begraben. Außerdem können mich deine Eltern nicht leiden«, erwiderte Karla schließlich verdrossen.

Britta verzog das Gesicht. »Ist es nicht eher umgekehrt?«

Karla setzte ihren Kaffeepott zu heftig ab. »Warum soll ich sie leiden können, wenn sie mich ablehnen? Die träumen doch immer noch davon, dass du einen Kerl heiratest und einen Enkel wirfst.«

Britta zog die Augenbrauen hoch. »Einen Enkel können sie ja bekommen«, erwiderte sie nach einer kurzen Pause. »Aber dann bitte nicht in Berlin. Wenn wir bei meinen Eltern in der Nähe wohnen, können sie sich viel um ihren Enkel kümmern und wir können arbeiten. Und statt Berlin haben wir eben Hannover. Da gibt es auch ein paar Dreckecken, falls dir die fehlen.«

Karla schnaufte, erhob sich und schraubte mithilfe eines Topflappens die heiße Espressokanne auf. »Und was soll ich da arbeiten? Taxifahren geht nicht, dazu müsste ich eine Ortskenntnisprüfung bestehen. Außerdem muss ich mich um Erol kümmern, er geht sonst ein.« Die unwirsche Schaufelei, mit der sie den Siebeinsatz füllte, verstreute Kaffeepulver auf der Spüle.

»Muss es denn unbedingt Taxifahren sein? Du kannst auch was anderes machen.« Britta fasste Karlas Unterarm.

»Ja, was denn? Ich jobbe seit fünfzehn Jahren und das Taxifahren war bisher noch das Beste von allem.«

Britta nahm ihre Hand wieder weg. »Und gestern Abend? Gehört das ebenfalls zum Besten?«

»Das war Pech und kommt nicht dauernd vor.« Karla entzündete die Gasflamme. »Ziemlich selten sogar.« Sie drehte sich um, lehnte den Hintern an die Spüle und verschränkte die Arme vor der Brust. »Ich sollte Lotto spielen«, fügte sie nach einer kleinen Pause hinzu.

Britta stützte den Kopf auf und sah zur vergilbten Zimmerdecke hinauf. »Als Germanistin könntest du bestimmt einen Job bekommen. In Hannover eher als in Berlin. Du könntest dir auch Zeit für eine Neuorientierung lassen. Ich werde genug für uns beide verdienen. Nicht im Referendariat, aber nach dem zweiten Staatsexamen. Mit A-13 kommen wir rum, auch mit Kind.«

Karla schwieg. Sie lauschte dem Brodeln in der Kanne und dachte an eine Wohnung in Mellendorf, diesem verpennten Oberschichtsnest bei Hannover. Ein schreiendes Baby, die Mülltonne voller verkackter Windeln und Britta im Dienst. Dafür kämen dreimal täglich ihre Eltern, die nach dem Rechten, beziehungsweise dem Enkel sehen wollten. Sie würden die Nase rümpfen über die Sauberkeit und die Einrichtung, aber keinen Ton dazu sagen. Zumindest so lange, bis sie jeden Widerstand Karlas erstickt hätten, die Putzhilfe täglich Reinigergeruch verbreitete und die Studentenmöbel beim Sperrmüll gelandet wären. Hannover oder gar Berlin verkümmerten zu einem fernen Traum, einem Wolkenkuckucksheim. Abends Weggehen wäre wegen dieser quäkenden Made, zu der sich alsbald eine zweite gesellen würde, nicht möglich. Stattdessen Couch, Fernsehen und samstags Gehweg fegen. Mit einer weiteren Portion Kaffee in ihrer Froschtasse setzte sie sich wieder an den Tisch.

Britta schob ihren Tee beiseite, beugte sich vor und nahm Karlas Hände in ihre. »Soll ich mich für das Referendariat in Berlin bewerben? Dann hättest du noch Bedenkzeit. Wir könnten uns ab und zu in Hannover umsehen. Vielleicht gefällt es dir ja doch.«

Eine Klippe, dachte Karla, weich gepolstert und schön anzusehen, aber trotzdem eine Klippe. Springen ist wie Selbstmord: Kurz fliegen, in einen Sumpf einschlagen und versinken. Das Ersticken würde den Rest des Lebens dauern.

Das Telefon rettete sie vor der nötigen Erwiderung.

Britta nahm ab. Nach einem Augenblick Zuhören mit zusammengeschobenen Brauen sagte sie »Moment« und reichte den Apparat rüber. »Polizei, für dich.«

Karla stöhnte leise, bevor sie sich mit einem spröden »Ja?« meldete.

»Frau Lehwalder? Kaminski, Kriminalpolizei. Ich würde mich wegen des Vorfalls gestern Abend gerne mit Ihnen unterhalten. Hätten Sie Zeit, zu mir ins LKA zu kommen?« Karla seufzte. Darauf hatte sie wenig Lust. »Kommt drauf an. Wann und wo?«

»Heute muss es nicht mehr sein. Haben Sie morgen tagsüber Zeit? Wir sind am Tempelhofer Damm zwölf.«

Mit einem Kuli aus dem Glas mit den Stiften notierte Karla die Adresse auf den Rand der *taz* vom Vortag. »Worum geht es eigentlich? Ich habe schon alles zu Protokoll gegeben.«

»Ich habe noch spezielle Fragen und möchte, dass Sie sich ein paar Bilder ansehen. Vielleicht können wir Ihren Fahrgast identifizieren.«

»So genau kann ich mich eigentlich nicht an ihn erinnern. Die Aufregung und dann musste ich ja den Verkehr im Auge haben. Ich bin schon froh, dass ich niemanden angefahren habe.«

»Das verstehe ich, Frau Lehwalder. Aber vielleicht können Sie doch jemanden identifizieren. Wir müssen es zumindest versuchen«, sagte Kaminski. Ihre Stimme klang nun weich und einfühlsam.

Karla trank einen weiteren Schluck Kaffee. »Ich weiß noch nicht, ob ich heute Nacht arbeite. Dann könnte ich frühestens morgen ab vierzehn Uhr«, meinte sie zögernd.

»Prima. Wollen wir dann vierzehn Uhr sagen?« Die Polizistin klang tatsächlich erfreut. »Wir sind die Abteilung

LKA 44. Fragen Sie nach Kriminalkommissarin Kaminski von der Gemeinsamen Ermittlungsgruppe Zigarettenhandel.«

»Ach, deswegen«, brummte Karla.

»Rauchen Sie?«, fragte die Kommissarin prompt.

»Nein, nicht mehr.« Karla schnaufte. »Ich hasse diese ewige Qualmerei, vor allem in der Taxe. Mein Kollege raucht ständig im Wagen. Ekelhaft.«

Britta verließ den Tisch und verschwand in ihrem Zimmer.

»Weiß er denn nicht, dass Rauchen im Taxi verboten ist? Schon seit 2007. Sie könnten ihn anzeigen«, kam es aus dem Hörer.

Karla schüttelte den Kopf. »Der Kollege ist mit dem Chef verwandt und der raucht auch. Außerdem finde ich Anzeigen nicht so geil.«

»Verstehe. Nun ja, ich rieche manchen Tabak ganz gerne«, erwiderte die Kommissarin. »Aber das wollen Sie sicher nicht wissen. Ich erwarte Sie also morgen um zwei bei mir. Ich komme zum Empfang und hole Sie ab. Und bitte vergessen Sie nicht Ihren Personalausweis.«

Nach dem Gespräch fühlte sich Karla höchst seltsam. Obwohl sich die Kriminalpolizei der Sache annahm, kam sie sich nicht sicherer vor. Im Gegenteil, es klang so, als zeigte der Vorfall eine umfangreichere Dimension, als sie bisher für möglich gehalten hatte. Sie musste wieder an die Männer denken, die nach ihr gefragt hatten. Auch darüber würde sie dringend mit der Kommissarin reden müssen.

Britta wartete ebenfalls auf eine Antwort. Macht hat, wer Fragen stellt und Anspruch auf Antworten erheben kann.

Der Frosch hockte inzwischen in einem kalten Fußbad.

»Was meinst du?«, fragte ihn Karla.

Sie erntete lediglich ein süffisantes Grinsen.

11

»Frau Lehwalder? Kaminski, freut mich. Schön, dass Sie kommen konnten.« Großgewachsen, schlank, dunkelhaarig. Sie trug Jeans, Sweatshirt und Chucks. Die Selbstsicherheit, die sie ausstrahlte, wie sie mit ausgestreckter Hand ankam, erregte Karlas Abneigung. Die langen, sehnigen Finger berührte sie nur unwillig.

»Kommen Sie«, sagte die Polizistin. »Treppe oder Aufzug?«

»Treppe«, knurrte Karla, die sich keine Blöße geben wollte.

Nach wenigen Stufen bereute sie das. Mit Kaminskis federnden Schritten konnte sie nicht mithalten.

»Wir müssen noch weiter rauf. Sollen wir nicht doch lieber den Aufzug nehmen?«, fragte die Kommissarin auf der nächsten Etage, die ihr selbstbewusster Hintern mühelos mehrere Stufen vor Karla erreicht hatte.

»Nein, ich brauche Bewegung«, erwiderte Karla so flüssig, wie ihre Atemluft zuließ.

»Sie keuchen aber ganz schön«, meinte Kaminski kurz danach. »Haben Sie nicht gesagt, dass Sie nicht rauchen?«

»Nicht mehr«, stieß Karla hervor.

»Gut so. Eins höher müssen wir noch.«

Wenigstens schwieg Kaminski nun und passte ihren Schritt den schwerfälligen Bewegungen Karlas an.

Nach der letzten Stufe blieb Karla stehen und zog die Jacke aus. Dabei überprüfte sie mit verstohlenen Blicken, ob schon Schweißflecken auf ihrem Hemd sichtbar waren.

Kaminski führte sie in einen typischen Behördenflur, in dem nüchterne Farben unangemessene Lebensfreude zu ersticken suchten. Ihren dunklen Haarschopf steckte sie kurz in ein Zimmer und sprach ein paar Worte mit jemandem.

»Ein Kollege kommt noch dazu«, erklärte sie Karla.

Das Büro der Kommissarin trotzte mit ein paar Fotos an der Wand und einer Topfpflanze dem allgemeinen Grau. Sie bot einen Stuhl an und drehte den Monitor ihres Rechners ein Stück herum, sodass Karla den Bildschirmschoner sehen konnte.

»Wenn mein Kollege hier ist, erzählen Sie uns zuerst, was sich vorgestern Abend abgespielt hat.«

»Interessieren Sie sich wirklich nur wegen der Kippen dafür?«, wollte Karla wissen. »Irgendwie kommt mir das doch unwahrscheinlich vor.«

Kaminski lächelte sie an. Herablassend, wie Karla fand.

»Sie haben recht, Frau Lehwalder, das ist nicht der alleinige Grund. Sie haben bei der Polizei angegeben, es sei eine Schusswaffe im Spiel gewesen. Außerdem enthielt das Handy keine SIM-Karte, war aber voll aufgeladen und ansonsten gebrauchsfähig. Alles zusammen spricht für Organisiertes Verbrechen. Das möchten wir gerne abklären.«

»Organisiertes Verbrechen wegen unverzollter Kippen? Na ja, die werden von halb Berlin gequalmt«, meinte Karla.

»Das ist das Problem, Frau Lehwalder. Fehlendes Unrechtsbewusstsein. Alle wollen ein paar Euro Steuern sparen, aber trotzdem soll ihnen der Sozialstaat unter die Arme greifen. Zigarettenschmuggel ist kein Kavaliersdelikt. Dem Fiskus entgehen dadurch jährlich vier Milliarden Euro.«

Karla staunte. »So viel? Das wusste ich nicht.«

Die Kommissarin nickte zustimmend. »Das wissen viele nicht, genauso wenig, wie die Käufer wissen, dass diese Zigaretten viel mehr Giftstoffe enthalten als die aus regulärer Produktion. Manchmal finden wir bei Analysen sogar hochgiftige Kohlenwasserstoffe aus Schmierstoffen von den Produktionsmaschinen. Zudem reden wir bei den Schmuggelkartellen inzwischen von Vollsortimentern. Da gibt es Zigaretten, Rauschgifte, Medikamente, sexuelle Dienstleistungen, gefälschte Dokumente et cetera.«

Kaminskis Kollege erschien und unterbrach so ihre Erklärungen.

»Danilo Kress, ich bin Zollinspektor.« Er reichte Karla eine sehnige Hand.

Sie fasste sich angenehm an, wie Karla fand. Dabei betrachtete sie fasziniert sein blondes Strubbelhaar, das ähnlich dem Brittas getrimmt war. Er wirkte freundlich und offen, im Gegensatz zur Kommissarin, die Karla arrogant und selbstverliebt vorkam.

»Kaffee?«, fragte Kress obendrein.

Karla nickte. »Gerne.«

»Irgendwelche Additive?«

Karla musste lachen. »Mit Milch und Zucker, bitte.«

Der Zollinspektor holte Kaffee für alle. Kurz darauf saßen sie und rührten in ihren Bechern.

»Sie fahren Taxi?« Kress sah sie neugierig an. »Seit wann? Und macht Ihnen der Job Freude?«

Karla zuckte mit den Schultern. »Seit fünf Jahren kutschiere ich Spinner durch die Gegend. Ist halt ein Job. Manchmal mach ich es gerne und manchmal geht er mir auf den Wecker. Die Fahrerei in Berlin ist gruselig. Fußgänger, Radfahrer, Straßenbahnen, Busse, Touristen, alles kreuz und quer auf beschissenen Straßen. Niemand hält sich an Regeln und Verbote.«

»Oha«, meinte Kress, »da kommen Abgründe zum Vorschein.«

Seiner Miene entnahm Karla, dass er es nicht ernst meinte. Sie lachte auf. »Abgründe? Es ist doch so: Taxifahrer hassen Radfahrer. Radfahrer hassen Fußgänger. Fußgänger hassen Autofahrer. Autofahrer hassen Busfahrer. Busfahrer hassen Fahrgäste und alle zusammen hassen Touristen. Berlin ist ein Irrenhaus. Es wäre gut, wenn die eine Hälfte der Berliner die andere betreut und am Sonntag werden die Rollen gewechselt. Wir wären immer gut versorgt.«

Jetzt lachte Kress herzhaft. »Es klingt, als würden Sie sich in Berlin ausgesprochen wohl fühlen.«

»Nicht wahr?«, meinte Karla.

»Ich würde gerne zur Sache kommen. Erzählen Sie uns bitte möglichst detailliert, was Sie vorgestern Abend mit Ihrem Fahrgast erlebt haben«, sagte Kaminski.

»Ich habe das schon alles zu Protokoll gegeben. Mehr als dort steht, weiß ich nicht«, meinte Karla.

»Schauen Sie, Frau Lehwalder, es kommt immer wieder vor, wenn wir Zeugen ein zweites Mal erzählen lassen, dass sie sich an weitere Einzelheiten erinnern«, sagte Kress.

Karla schnaufte. »Na gut, wenn Sie meinen.« Sie berichtete, während die Polizisten mitschnitten und das Protokoll der ersten Aussage damit verglichen.

»Der Akzent, können Sie den genauer beschreiben?«, fragte Kaminski.

»Puh, keine Ahnung. Vielleicht irgendwie osteuropäisch.«

»Was hat er zu Ihnen gesagt, im Wortlaut?«

Karla stützte den Kopf auf die Hand und dachte nach. Die ganze Szene war in einen Nebel gehüllt, der die Erinnerung erträglich, aber unscharf machte.

»Ich glaube, er sagte ›losfahren‹ und ›los, los, los‹.«

»Das versuche ich mal«, sagte die Polizistin. Sie wiederholte die Worte und färbte dabei die Vokale dunkel ein. »So?«

Karla schnaufte. »Ja, vielleicht. Ich weiß das wirklich nicht mehr. Er hatte eine tiefere Stimme und man konnte schon hören, dass er Schmerzen hatte.«

Kaminski sah Kress an.

Der zuckte mit den Schultern. »Ich kann das nicht nachmachen. Akzentimitation gehört bei uns nicht zur Ausbildung.«

Karla dachte an das, was Erol am Tag zuvor erzählt hatte. »Was ist eigentlich mit den Männern, die bei meinem Chef nach mir gefragt haben? Das macht mir Sorgen.«

»Ich habe davon gehört«, erwiderte Kress. »Wir werden uns deswegen mit Ihrem Chef in Verbindung setzen. Für uns hier spielt das jetzt keine Rolle, Sie waren ja nicht dabei.«

»Sie nehmen das erstaunlich gelassen. Was, wenn die mir an den Kragen wollen? Was, wenn das die Verfolger mit den Pistolen waren? Was, wenn die mir bei nächster Gelegenheit auflauern? Spielt das alles keine Rolle für Sie?« Karla war stetig lauter geworden. Sie wollte, dass ihre Sorgen ernst genommen wurden.

»Noch wissen wir nicht, was es damit auf sich hat. Aber wir werden natürlich verstärkt ein Auge auf den Betriebshof Ihrer Firma haben«, sagte Kaminski.

»Das beruhigt mich ungemein«, knurrte Karla. »Mit dem Zweiten sieht man aber besser.«

»Je eher wir etwas über Ihren Fahrgast herausfinden, desto früher können wir eingreifen. Ich möchte da gerne weitermachen«, meinte die Kommissarin anscheinend ungerührt.

»Das nenne ich echte Prioritäten setzen«, murmelte Karla.

»Ja, das müssen wir, aber lassen wir das«, meinte Kaminski. »Ist Ihnen bei Ihrem Fahrgast eine andere Besonderheit aufgefallen? Etwas, das ihn von anderen unterscheidet? Eine Narbe, zum Beispiel. Oder Ohrstecker, Ringe an den Fingern, Halskette oder Armreif, solche Sachen.«

»Ich war so aufgeregt, weil ich dachte, entweder der killt mich oder die anderen. Ein Unfall hätte auch passieren können, ich bin gefahren, als wär ich auf Drogen.« Karla dachte daran, wie der Mann hatte aussteigen wollen. An die Geldscheine, die er über den Sitz nach vorne geworfen hatte und die sie nicht erwähnen würde. »Eins weiß ich noch: Er hatte ziemlich große, kräftige Hände.«

Kaminski verzog das Gesicht. »Das wird uns nicht viel helfen. Ich schlage vor, Sie sehen sich unsere Täterlichtbilddatei an. Ich gebe Ihre Angaben zum Aussehen in die Bilddatenverarbeitung ein und wir lassen uns eine Auswahl geben. Hoffen wir, dass sie einigermaßen funktioniert. Nach dem letzten Update konnten wir sie überhaupt nicht mehr einsetzen.«

Ein paar Minuten später hockte Karla neben der Kommissarin vor dem Monitor und klickte sich durch Männerporträts. Alle sahen kriminell aus, obwohl sie eigentlich wusste, dass dies Unsinn war. Kress verschwand mit dem Kaffeegeschirr.

Gefühlte mehrere hundert Bilder später musste Karla aufgeben. Sie konnte ihren unerwünschten Fahrgast nicht finden.

»Tja«, meinte Kaminski, »es hätte ja sein können. Am besten fertigen wir ein Phantombild an. Damit können wir noch mal gründlicher in der Datei suchen.«

»Muss das sein? Ich würde gerne nach Hause gehen und mich hinlegen. Heute Abend soll ich wieder ran«, sagte Karla.

»Es muss schon sein, Frau Lehwalder. Wenn Sie jetzt keine Zeit mehr haben, können wir das gerne morgen erledigen. Aber allzu lange dürfen wir nicht warten, denn erfahrungsgemäß verblasst die Erinnerung.«

Karla stöhnte laut. »Ach, Scheiße, dann lieber gleich. Ich kann nicht jeden Tag herkommen, anstatt zu schlafen.«

»Schön«, sagte Kaminski, »das geht auch recht flott. Ich rufe den Kollegen an und frage, ob er jetzt Zeit hat.«

Die Kommissarin wechselte ein paar Worte am Telefon, dann nickte sie Karla zu. »Wir können sofort hingehen.«

Nach wenigen Schritten im Flur meldete sich Kaminskis Handy. Sie nahm den Anruf entgegen und zog nach kurzem Zuhören eine Grimasse. »Moment, warte, Nicki«, sagte sie, bedeckte das Mikro und wandte sich an Karla. »Ich frage den Kollegen Kress, ob er Sie hinbringen kann. Ich muss jetzt leider etwas klären.«

Kress hatte Zeit und Karla war damit zufrieden. Sollte sich Kaminski mit ihrem Nicki herumplagen. In den Fernsehkrimis hatten die Polizistinnen auch dauernd Stress mit ihren Freunden oder Ehemännern.

Sie fuhren mit dem Aufzug zwei Etagen nach unten, wobei Kress nicht fragte, ob Karla lieber die Treppe nehmen wollte. Dafür hatte er ein anderes Anliegen. »Sie sollten vorsichtig sein. Unsere Ermittlungsgruppe ist ein ziemlich großer Haufen und ein paar von den Kollegen bewegen sich viel im Milieu. Die sind gefährdet und wir hatten schon Fälle, wo welche die Seiten gewechselt haben. Verstehen Sie?«

»Nein«, sagte Karla. »Was soll das heißen?«

Der Aufzug hielt und sie mussten raus. Kress blieb im Gang stehen und sah sich kurz um. »Reden Sie nur mit mir über den Vorfall. Mit jemand anders nur, wenn ich das ausdrücklich befürworte. So meine ich das.«

Karla zog die Hände aus den Jackentaschen und fuhr sich durch die Haare. Diese Ansage schmeckte ihr überhaupt nicht.

»Ich habe Ihnen alles erzählt, was ich weiß, und will damit nichts mehr zu tun haben. Ich brauche meine Ruhe.«

»Ja, das verstehe ich«, erwiderte Kress. »Ich möchte Ihnen nur sagen, wenn jemand anders Sie vernehmen möchte, halten Sie vorher Rücksprache mit mir. Okay?«

Damit wurde Karla dem Polizeizeichner überlassen. Er war ein lockerer Typ, der nach Nikotin und Rasierwasser roch, obwohl er einen Bart trug. Die Arbeit fand im Wesentlichen am Bildschirm statt, wo Gesichtspartien wie mit einem Baukasten zusammengesetzt wurden. Nach einer guten halben Stunde sah sich Karla dem Gesicht ihres

Fahrgasts gegenüber. Sie starrte ihn an und fragte sich, was wohl aus ihm geworden war.

Kaminski kam herein. »Das ist er also?« Sie griff nach einem Ausdruck der Zeichnung.

Karla nickte. »Kann ich jetzt gehen?«

»Natürlich«, erwiderte Kaminski. »Ich bringe Sie hinaus.«

Auf der Treppe blieb die Kommissarin stehen. »Ich habe eine Bitte, Frau Lehwalder«, sagte sie. »Wenn Ihnen noch etwas dazu einfällt oder Sie noch eine Information haben, rufen Sie bitte mich an und sprechen Sie nur mit mir.« Sie reichte Karla eine Karte. »Sicherheitshalber. Bitte nicht vergessen.«

Karla starrte sie an. »Macht ihr das alle so? Seid ihr irre?«

12

Gut und schön, Nowacyk wollte keine Schießereien oder andere Randale. Aber wer sagte eigentlich, dass man der Tussi nicht einen ordentlichen Schrecken einjagen sollte? Andererseits konnte man nie wissen, wie Wolfi reagierte, wenn ihm jemand dumm kam. Er hatte schon welche verprügelt, nur weil ihm deren Blick nicht gefallen hatte.

Matte wusste nicht, was er dann machen sollte. Er befürchtete, dass die Angelegenheit außer Kontrolle geraten könnte. Der Boss würde ihm den Kopf abreißen und nicht Wolfi, der den Scheiß angerichtet hatte.

Es kam also drauf an, Wolfi bei Laune zu halten. Deswegen hatte er schon Kaffee und Pfannkuchen aus dem Stehcafé ein paar Häuser weiter organisiert. Hoffentlich sorgte der Zucker in und um Wolfis Maul für genügend Ausgeglichenheit. Zunächst sah es so aus, als hätte sich Wolfi beruhigt, nachdem er ihn davon abhalten konnte, den Wagen schräg in eine zu enge Parklücke zu quetschen. Sie hätten fett auf dem Gehweg gestanden und das wäre alles andere als unauffällig gewesen.

Nun parkten sie an der nächsten Straßenecke, zwar auch vorschriftswidrig, aber noch im Rahmen des in Berlin Üblichen. Das Haus, in dem die Taxischnalle wohnte, war einen halben Häuserblock entfernt, aber sie konnten den Eingang über den Rückspiegel im Auge behalten.

Matte fragte sich, wie Nowacyk so schnell an den Namen und die Adresse gekommen war. Aber was wusste er schon über Nowacyks Gewährsleute. In dem Geschäft brauche man überall Freunde, hatte er mal gesagt. Matte gehörte sicher nicht dazu, so wie er behandelt wurde.

Sie hatten nur noch herausfinden müssen, wie sie aussah. Dafür hatte er gestern so lange an Türen in dem Haus geklingelt, bis ihm eine ältere Schrulle geöffnet hatte und er ihr mit einer zusammengesponnenen Geschichte ein paar Auskünfte über die Gesuchte entlocken konnte.

Das hatte er wirklich sauber hingekriegt. Scheiße war, dass der Boss davon nie hörte.

»Vicko ist hin«, knurrte Wolfi beiläufig, nachdem er den Kaffeebecher systematisch zerknüllt hatte.

»Wie? Was meinst du? Ist er …«

»Abgenibbelt«, meinte Wolfi, ließ das Fenster ein Stück herunter und schob die Becherpappe hinaus.

»O Scheiße«, murmelte Matte. »Und jetzt?«

»Wir sollen ihn wegschaffen. Später.«

Matte stöhnte laut. »Immer ich. Hat Nowacyk gesagt, wohin?«

»Wir sollen ihn nach Krupka bringen, die kümmern sich drum.« Wolfi redete, als ginge es um einen Sack mit Abfall.

»War ein guter Kumpel …«, sagte Matte leise.

»Willst du jetzt heulen wie so 'n Schwuli?«

Natürlich wusste Matte, was er tunlichst vermeiden sollte. »Der Lohn, den die Sünde zahlt, ist der Tod. Römer sechs, dreiundzwanzig«, murmelte er und leerte seinen Kaffeebecher.

Wolfi lachte, wie so oft, wenn Matte einen Spruch aus der Bibel zitierte. »Sollse mal, Hauptsache, die nimmt ihr eigenes Geld«, meinte er.

Zu behämmert für den tieferen Sinn, dachte Matte und das wunderte ihn kein bisschen.

»Da, ich glaube, das ist sie«, sagte er nach einer Weile, in der er nur den Außenspiegel im Auge gehabt hatte. Eine untersetzte, etwas pummelige Person mit kurzen braunen Haaren hatte das Haus verlassen. Sie trug eine schwarze Jacke mit einem auffälligen Blau an Armbündchen und Reißverschlüssen, von der die Olle im Haus erzählt hatte.

Sofort sprang Wolfi aus dem Auto.

Matte schnappte sich die vorbereitete Plastiktüte und beeilte sich hinterherzukommen. »Aber keinen Stress machen, Wolfi«, raunte er seinem Kumpanen zu, während sie die Straße überquerten.

»Willst du das etwa selber machen, du Weichei?« Wolfi klang belustigt. Das Arschloch.

»Kann ich«, fauchte Matte. Der Blödmann würde schon sehen. Die zum Pferdeschwanz geschnürte Mähne flugs unter die Kapuze des Hoodies gestopft. War sonst zu auffällig. Und Gas geben, am besten noch vor der Ecke rankommen.

»Na, dann mach mal«, sagte Wolfi und ließ sich zurückfallen.

Matte musste sich ziemlich beeilen, um die Tante einzuholen, die ein flottes Tempo vorlegte.

»Hallo, Moment«, rief er, als er endlich dicht hinter ihr war.

Sie reagierte nicht.

Noch mal, lauter. Jetzt drehte sie sich um. Dachte wahrscheinlich, er wollte schnorren.

»Du willst bestimmt gesund bleiben«, sagte Matte, »aber das klappt nur, wenn du die Schnauze hältst.«

Die Alte sah ihn nur groß an. »Was ist los?«

»Wegen neulich, das mit der Taxe. Klappe halten und alles wird gut. Du hast niemand und nichts erkannt. Lohnt sich auch für dich. Kapiert?« Er hielt ihr den Plastikbeutel hin.

»Was willst du von mir, Arschloch?« Jetzt wurde das Miststück auch noch laut.

»Mal sachte, schau mal rein. Kannste alles behalten, aber Maul halten. Und denk an deine junge Freundin, die Blonde, du willst bestimmt nicht, dass die 'nen Unfall hat.«

»Lass mich in Ruhe, Scheißkerl, ich weiß überhaupt nicht, was du willst!«, brüllte die blöde Schnalle los. Sie drehte sich weg, wollte weiter und lief genau in Wolfi rein.

»Na, du fette Kuh hältst dich wohl für Superwoman. Kiek ma«, knurrte Wolfi. Er schubste sie eine Armlänge zurück, hielt sie so fest und zog die rechte Hand ein Stück aus der Jackentasche. Nur so weit, dass sie die Pistole darin erkennen konnte. Dann ließ er los und trat zur Seite. Die Alte drehte sich für einen kurzen Moment zu Matte um und hastete davon. Jetzt sah sie ziemlich scheiße aus.

Wolfi grinste unverschämt. »Mensch, Matte, die hat ja gezittert vor Angst. Wie hast 'n das hingekriegt?«

»Ich hatte sie schon fast so weit«, erwiderte Matte. Der Blödmann sollte nur nicht denken, dass es ohne ihn nicht gelaufen wäre.

»Hab ich gemerkt«, erwiderte Wolfi. »Was hast 'n da?« Er linste in die Tüte. »Ach nee, statt Blumen, was?« Jetzt lachte er lauthals.

Matte wollte eine Erklärung anfügen, aber er merkte schon, dass es sinnlos war. Saukerl, verdammter. Ihm ging's doch nur gut, wenn er andere runtermachen konnte.

Wortlos drehte sich Matte um und stiefelte über das Kopfsteinpflaster zurück zum Wagen. Dort warf er den Plastikbeutel auf den Rücksitz, suchte allen Müll und die Essensreste zusammen, stopfte das in die Pfannkuchentüte und sah sich nach einem Abfalleimer um. Es war aber keiner zu sehen. Er lief ein paar Meter zum Briefkasten und quetschte die Tüte in den Schlitz für Post nach außerhalb.

»Hast du auch 'ne Marke draufgeklebt?« Wolfi kam lachend vorbei. Er war noch nicht aus dem Verarschmodus herausgekommen und das blieb erfahrungsgemäß noch eine Weile so. Matte starrte seinen Hinterkopf an. Ein ordentlicher Schlag und diese Rübe würde platzen wie ein rohes Ei.

13

Bei jeder Stufe bildeten sich zwei Stofffalten direkt unter der Rundung der Hinterbacken der Blonden. Immer abwechselnd im linken und rechten Hosenbein. Sie sprangen aus der Fuge zwischen den Schenkeln heraus, zogen sich zurück und wiederholten den Vorgang auf der anderen Seite.

Es waren viele Stufen und Semret wurde allmählich der Atem knapp.

Sie fragte sich, ob die Blicke der Blonden wirklich das bedeuteten, was sie in ihnen gesehen hatte. Noch nicht mal sicher war sie sich, ob sie diese Sorte Blick wünschte. Trotzdem war sie mitgekommen, denn sie war neugierig. Das erste Mal in Berlin würde sie die Wohnung einer

Deutschen betreten. Sie würde sehen, wie sich bei einer Unterstützerin der Flüchtlinge deutscher Wohlstand in der Einrichtung niederschlug. Ob sie auf teuren Sesseln sitzen oder von schönem Geschirr essen würden. Oder ob das alles nur ihrer Fantasie entsprang. Schließlich hatte sie auch in Asmara von Leuten gehört, die auf Statussymbole keinen Wert legten.

»Noch eine Treppe, wir wohnen ganz oben«, meinte Britta auf Englisch über die Schulter. »Das ist zwar anstrengend, hält aber schlank.«

Befriedigt stellte Semret fest, dass Britta auch keuchte. Es stimmte aber, sie war schlank. Jedenfalls für eine Deutsche.

Der Treppenlauf endete auf einem Abschlusspodest, von dem zwei verschrammte Türen abgingen. Die Deutsche blieb vor einer davon stehen, kramte einen Schlüssel aus der Jeans und öffnete. »Wir müssen ein bisschen leise sein, meine Freundin schläft noch. Sie arbeitet nachts, weißt du.«

Semret nickte. Jetzt war es raus, Britta war eine, die Frauen liebte. Viele sollte es davon in Berlin geben, wurde erzählt. Die öffentlichen Stellen würden sie sogar unterstützen. Undenkbar in Eritrea, wo Menschen dafür ins Gefängnis gesteckt wurden, was nicht selten einem Todesurteil gleichkam.

Nun kannte sie auch eine in Deutschland, falls sie das »*girlfriend*« richtig interpretierte. Ob Brittas Blicke das bedeuteten, was sie spontan dachte, dieses Werben, dieses Angebot der Nähe, war trotzdem immer noch unklar. *Girlfriend*, wie war das zu verstehen?

Während ihres Studiums hatte Semret eine junge Witwe kennengelernt, deren Mann in der Rebellenarmee gekämpft hatte und gefallen war. Zunächst hatte Semret ihr beim Kinderhüten geholfen, um schließlich bei ihr im Bett zu landen. Obwohl ihr Tun verboten war und sie ihre Liebe heimlich leben mussten, war es eine Zeit des Aufbruchs und der Hoffnung gewesen. Eritrea hatte die Unabhängigkeit erlangt. Doch schon nach kurzer Dauer nahmen die Spannungen zwischen den ehemals Verbündeten zu. Eritrea rüstete auf und Semret musste nach dem Studium zur Armee. Sie heiratete einen Offizier, bekam eine Tochter und nach wenigen Jahren war sie selbst Witwe. Ihre erste Freundin hatte sie nie wiedergesehen, aber die Erinnerung und die Sehnsucht steckten noch in ihr.

Semret folgte Brittas Beispiel und entledigte sich der Schuhe im engen, dunklen Flur. Drei Türen links, von denen die mittlere offen stand und fahles Licht einfallen ließ. Zwei Türen rechts, geschlossen. Britta bedeutete ihr zu folgen und führte sie in die Küche. Der Fußboden knackte unter ihren Schritten. Ein kleiner, alter Tisch mit abgenutzter Holzplatte, der mit seiner kurzen Seite an die Wand geschoben war. Zeitungen, ein Becher mit Stiften und Teedosen darauf. Darüber ein schmales Wandbord. Unten Haken, Tassen daran, oben drauf noch mehr Teedosen und Becher ohne Henkel. Drei unterschiedliche Stühle, einer davon trug einen Papierstapel.

»Setz dich«, sagte Britta und wies auf die beiden Stühle. »Magst du Tee?«

Semret nickte und sah zu, wie Britta Wasser in einen Wasserkocher füllte, ihn zurück in die Basisstation stellte, die ihren Platz auf dem vollgepackten Stück Arbeitsplatte zwischen Wand und Gasherd hatte.

Das Fenster an der Stirnwand blickte hinaus auf Herbstlaub, was das hereinfallende Licht weich einfärbte. Links davon der Kühlschrank, hochgestellt auf einem Schränkchen. Jede Menge mit Magneten angepinnte Zettel bedeckten die Tür.

Darüber ein Plakat, eine Frau mit Hut saß in einem Sessel. Semret konnte einen Namen entziffern: Virginia Woolf. Das andere war deutsch.

»Pfefferminze?« Britta hielt ihr eine Dose hin.

»Ja, danke.«

Der Tee wurde in ein Papiersäckchen gefüllt und in die Teekanne gehängt. Dampfendes Wasser darüber.

Semret betrachtete die handgemalte Borte über dem Tassenregal. Wellenlinien in Türkis, violette Punkte in den Ausbuchtungen.

Aus dem offenen Wandschrank über der Spüle nahm Britta eine Schachtel, öffnete sie und schüttete eine Handvoll Kekse auf einen Teller.

»Such dir eine Tasse aus.« Britta zeigte auf das Wandbord.

Die schwarze, bauchige Tasse mit Goldrand. Semret nahm sie ab und stellte sie auf den Tisch. Aus dem Tasseninneren blickte sie ein Frosch mit goldener Krone verschmitzt an. Er wurde mit duftendem Tee überflutet. Die Kekse fanden Platz in der Tischmitte und schließlich setzte sich auch Britta. Wieder solch ein Blick. Nur kurz, aber deutlich.

Gut, sie würden reden müssen.

Aber Britta sollte anfangen, nicht sie. Sie war hier fremd und hatte nichts zu sagen. Irrte sie sich gar, wäre es mehr als peinlich.

Semret wartete.

»Ich finde es großartig, dass du im Medibüro mitarbeiten willst«, sagte Britta. »Da wird jede Hilfe gebraucht. Die medizinische Versorgung von Geflüchteten ist grauenhaft schlecht, eine Schande. Zucker für den Tee? Nimm von den Keksen.« Sie schob den Teller näher und holte ein Glas mit braunen Körnern vom Bord.

»Aber eigentlich darf ich nicht arbeiten«, antwortete Semret.

»Ja, keine Erwerbsarbeit und als Ärztin auch nicht, jedenfalls noch nicht. Aber das ist keine bezahlte Arbeit und auch keine richtige medizinische Arbeit. Wichtig ist, dass da Menschen sitzen, die Vorgespräche führen können und die Behandlungen einleiten. Es schafft Vertrauen, wenn auch Geflüchtete da helfen und Frauen nicht von Männern befragt werden.«

Der Tee war sehr heiß, weshalb Semret nur vorsichtig nippte. Die Deutsche lenkte ab. Sie hatten das alles eigentlich schon beim Treffen des Flüchtlingsrats durchgekaut. Aber sie hatte Zeit und konnte warten. So lange wie nötig.

Sie probierte einen Keks. Nicht süß genug. Sie schaufelte zwei Löffel Zucker in ihren Tee. Warum nahmen die Deutschen bloß so gerne diesen unraffinierten Zucker? Sie hatten doch genug Geld, daran konnte es nicht liegen.

»Erzähl mir mehr von Eritrea.« Britta lächelte sie an. Ihre Augen wollten etwas anderes wissen.

»Da ist es warm«, erwiderte Semret.

Eine Tür in der Wohnung klapperte, knarrende Schritte, noch eine Tür, ganz nah. Dann rauschte die Toilettenspülung.

»Karla arbeitet nachts«, sagte Britta.

Semret spürte, wie angespannt die Deutsche war. Wasser lief, ein Schnäuzen, dann wieder eine Tür. Die Küchentür wurde geöffnet. Semret drehte sich um und sah eine verstrubbelte Frau in ausgeleiertem T-Shirt und Shorts, barfuß.

»Guten Morgen, Karla. Gut geschlafen? Wir haben Besuch, sie heißt Semret und kommt aus Eritrea.«

Das klang unecht in Semrets Ohren.

Die Verstrubbelte brummte etwas und kam schwerfällig zum Tisch. Ein flüchtiger Kuss für die Deutsche und ein genauso flüchtiger Händedruck für sie.

Also doch, *girlfriend*, ja, verstanden. Dann beobachtete Semret, wie die Verstrubbelte die Kaffeemaschine füllte und auf die Gasflamme setzte. Danach verließ sie die Küche.

»Soll ich gehen?« Semret wollte nicht stören.

»Nein, nein«, antwortete Britta schnell. »Ich freue mich, dass du hier bist.«

Wieder dieser Blick, innig wie eine Berührung. Auch hoffnungsvoll. Oder wünschte sie sich das bloß? In dieser Wohnung ein- und ausgehen, willkommen sein, vorhin erschien ihr das noch sehr nahe am Glück.

»Vielleicht störe ich deine Freundin.« Sie benutzte ganz bewusst das Wort *girlfriend*.

»Ach, Karla ist bloß ein Morgenmuffel. Magst du noch einen Tee?«

Während Britta nachgoss, kam Karla zurück und nahm die fauchende Kaffeemaschine vom Feuer. Ein feiner Kaffeeduft erfüllte den Raum.

Sie hatte sich angezogen. Ein verwaschenes Sweatshirt und eine Cargohose, aber immer noch barfuß. Das kurze braune, mit grauen Strähnen durchwirkte Haar nachlässig geglättet.

Semret bemerkte, wie Karla sich nach dem Tassenbord umsah und ihr Blick auf Semrets Tasse fiel.

»Wie war die Schicht heute Nacht?«, fragte Britta auf Deutsch.

Semret verstand, worum es ging. Die Antwort dagegen nicht, die war zu mürrisch gebrummt. Sie beschloss, dass sie gehen würde, sobald ihre Tasse leer war.

Karla zog einen Hocker aus dem Stauraum unter der Arbeitsfläche neben dem Herd und hockte sich mit an den Tisch. Sie füllte sich eine Porzellantasse mit Kaffee und sah Semret zum ersten Mal richtig an.

»Du sprichst kein Deutsch, nicht wahr?«, fragte sie.

»Nein, nur wenig, durch ARCHEMED, den deutschen Ärzten in Eritrea«, erwiderte Semret ebenfalls auf Deutsch.

»Wie lange bist du schon in Deutschland?« Karla war zum Englischen übergewechselt.

»Seit Mai.«

»Semret wohnt in der Unterkunft in Hellersdorf«, erklärte Britta. »Über den Asylantrag ist noch nicht entschieden worden, aber weil sie Ärztin ist, war der Sachbearbeiter der Meinung, es läge keine akute Gefährdung in Eritrea für sie vor.«

»Sie glauben mir nicht, dass ich wegen der Flucht meiner Tochter Schwierigkeiten bekommen habe«, fügte Semret an.

Brittas Freundin wirkte verwirrt. Britta lächelte etwas bemüht. »An Semrets Englisch musste ich mich auch erst gewöhnen«, sagte sie. »Ihre Tochter ist auf der Flucht verschwunden und sie kann nun ihre Geschichte nicht beweisen. Wir recherchieren, aber es ist schwer, aus Eritrea irgendwelche Informationen zu bekommen. Jetzt wird sie im Medibüro helfen. Das ist super.« Britta sprudelte das alles nur so heraus.

Semret beobachtete währenddessen, wie Karla den Kaffee in kleinen Schlucken schlürfte und dabei zusehends wacher wirkte.

»Kann ich auch einen Kaffee haben? Der riecht so gut«, fragte Semret. Sie musste die Frage wiederholen und so langsam und deutlich sprechen wie möglich. Dafür erntete sie dann aber ein anerkennendes Grinsen.

»Nimm dir eine Tasse«, meinte Karla und blickte in die Kanne. »Ich mache frischen. Ist besser als der ewige Tee.« Sie erhob sich und hantierte am Gasherd.

»Ärztin also«, übertönte Karla das Zischen der Kaffeemaschine. »Da wirst du mit einem Job keine Probleme bekommen.«

»Ach, Karla, du weißt doch, wie es hier ist. Semret hat keine Papiere, die beweisen, dass sie Ärztin ist. Wenn es um das Asyl geht, glauben ihr die Behörden, dass sie aus Eritrea wegwill. Geht es um den Beruf, wollen die Testate. Sie muss eine Approbation haben und vorher jede Menge Deutsch lernen und dafür braucht sie viel Geld, was sie nicht hat. Sie ist seit Monaten in Berlin und in ihrer Sache bewegt sich nichts. Die Ausländerbehörden sind völlig überlastet. Stundenlang anstehen für einen einfachen Vorgang, von Aufenthalts- und Arbeitsgenehmigungen ganz zu schweigen. Und wenn sich jemand beschwert, gibt es Kasernenhofton. Das ist nicht menschenwürdig.«

»Ja, schon, aber trotzdem. Andere haben es auch schwer. Oder noch schwerer«, brummte Karla, während sie Semrets Tasse füllte.

Britta erzählte nun etwas umfangreicher, aber auf Deutsch. An ihrem Tonfall merkte Semret, dass da etwas Wichtiges berichtet wurde.

Sie schnupperte am Kaffee. Er roch wirklich gut. Dann rührte sie Zucker hinein. Ob Britta weitergab, was Semret ihr über den Mann mit der Schusswunde verraten hatte?

Die Dunkelhaarige wirkte verstört. Zuerst zuckte sie zusammen, dann spannte sie sich an und verzog den Mund.

Semret hätte selbst Britta gegenüber schweigen sollen, andererseits war sie froh, dass sie sich den Schrecken von der Seele reden konnte. Bisher hatte sie nur Safiye davon berichtet, aber sehr vorsichtig. Sie wollte die junge Irakerin nicht gefährden. Bei ihren anderen Zimmergenossinnen im Heim musste sie den Mund halten, denn da war zu befürchten, dass die aus ihrer Mitwisserinnenschaft Kapital schlagen wollten.

Wer nichts hatte, griff schneller nach einem Strohhalm. So wie sie.

»Warum ist deine Tochter geflohen?«, erkundigte sich Karla etwas später, jetzt weniger verkniffen.

Dann hatte Britta also diese Geschichte angesprochen. »Lula sollte zum Militärdienst, aber sie wollte lieber in Europa studieren«, erklärte Semret. Auch das musste sie wiederholen, bis Karla verstand.

»Aber warum konnte sie nicht warten bis nach dem Dienst?«, fragte Karla.

Britta wollte antworten, aber Semret kam ihr zuvor. »Sie hätten Lula nicht mehr entlassen.«

»Aber warum?«

Darauf konnte Semret nicht sofort antworten, denn sie fühlte sich schuldig und das schnürte ihr den Hals zu.

Britta sprang ein. »Semret hatte Kontakt zur Opposition, deswegen. Ihre Tochter wäre eine Geisel geworden. Nach dem Putschversuch 2013 musste Semret auch fliehen.«

Karla goss Kaffee nach. »Tut mir leid«, sagte sie, aber es klang nicht echt. »Und wo könnte deine Tochter stecken?«

Semret kämpfte mit den Tränen, deshalb ließ sie Britta weiterreden.

»Semret weiß nur, dass Lula im Sudan von Menschenhändlern entführt wurde. Sie hat alles Geld, das sie auftreiben konnte, bezahlt. Achttausend Dollar, aber Lula ist verschollen. Sie ist wohl freigelassen worden und wollte nach Libyen, wo Semret für sie eine Schiffspassage nach Lampedusa bezahlt hatte. Mehr wissen wir nicht. Vielleicht wurde sie zurückgeschickt.«

Britta fügte ein paar deutsche Sätze hinzu, die Karla mit »Scheiße« kommentierte. Sicher ging es um die Möglichkeit, dass beim Übersetzen nach Italien schon viele Menschen ertrunken waren. Semret musste ein paar Tränen wegwischen. Britta kam sofort um den Tisch herum und umarmte sie. Das machte alles nur noch schlimmer. Der Druck der weichen Brüste an Rücken und Schulter löste die mühsame Selbstbeherrschung. Bei Safiye hatte sie sich bisher im Griff gehabt und Optimismus vorgetäuscht, weil ihre Vertraute selbst genügend Trauer zu ertragen hatte. Aus lautlosem Weinen entstand Schluchzen. An Britta geklammert klagte Semret ihr Leid auf Tigrinya.

14

Obwohl sich die Lage in der Gegend um die Unterkunft beruhigt hatte, fühlte sich Sébas nicht wohl, wenn er dort aufkreuzen musste. Der Weg von der U-Bahnstation durch die Grünanlage und die Carola-Neher-Straße war ihm nach wie vor so unheimlich wie vor einem Jahr, als er zu den ersten Flüchtlingen zählte, die in der ehemaligen Schule untergebracht wurden.

Er hatte am Fenster gestanden und sich die Aufmärsche vor dem Haus angeschaut. Obwohl er kaum ein Wort Deutsch verstand, wusste er schnell, vor wem er sich in Acht nehmen musste. Zuerst waren es nur die aggressiven Neonazis gewesen, später kamen Angestellte des Heimbetreibers und der Bewachungsfirma dazu.

Inzwischen hatte er vor allem die Wachschutzleute im Griff. Er wusste, wem er eine Tüte mit Zigaretten und ein paar Scheine zustecken musste, damit sie ihn unbehelligt ein- und ausgehen ließen, obwohl er nicht mehr dort wohnte. Leider waren diese sporadischen Besuche unumgänglich, er musste Helfer rekrutieren und sich bisweilen um Verwandte seiner Jungs kümmern.

Hier hatte er auch die eritreische Ärztin entdeckt, die für ihn die willkommene Zementierung seiner Stellung in der Organisation gesorgt hatte. Auch deswegen überlegte er schon länger, wie er ein paar Frauen sinnvoll ins Geschäft einbinden könnte.

Ein Blechschild am Zaun neben dem bewachten Eingang wies auf die Betreiberfirma hin. Sozialdienst Giersch, kurz als SoGie firmierend. Jemand hatte das Schild schwarz besprüht und es kam Sébas vor, als hätte dieser Jemand versucht, den Buchstaben R an das Firmenkürzel zu hängen.

»Wachschutz Rupp« stand auf Brustemblem und Blousonrücken des Mannes, dem er die erste Tüte mit fünf

Stangen Zigaretten gab. »Hi, Frank, wie geht's?«, sagte er dazu auf Englisch.

»Hast du nicht noch ein paar Pall Mall? Dieses Zeug schmeckt scheiße. Außerdem haben wir neue Kollegen und die sind auch alle auf Wohngeld«, meinte der Wachschützer nach einem kurzen Blick in die Plastiktüte. Sébas rang sich ein Grinsen ab. Das kannte er zwar schon, aber es nervte trotzdem. Er öffnete seinen Rucksack und wühlte. »Hier.« Er hielt Frank eine weitere Stange hin.

Sie verschwand umgehend in der Plastiktüte.

»Det reicht aber ooch nich lange.«

»Dann kauf noch welche«, sagte Sébas, der mit dem Berlinern leidlich vertraut war, leise und gab ihm einen Zwanziger.

Frank steckte ihn ein und trat zur Seite.

Durch die gläsernen Eingangstüren erreichte Sébas den Empfang im Foyer. »Mein Hausausweis«, sagte er dort und legte einen Zehner auf den Tresen, wobei er darauf achtete, dass der Mann am Empfang dies mit dem Rücken vor dem Kameraauge verbarg. »Und das ist für Sie abgegeben worden.« Die zweite Tüte mit ein paar Stangen Kippen kam dazu.

»Der ist aber nicht abgestempelt worden«, brummte der Mann, der den Geldschein in die Hand genommen hatte.

»Sorry.« Sébas legte einen Fünfer dazu.

»Wir verdienen ziemlich beschissen, müssen Stunden schrubben, weil wir zu wenig Personal haben, während die SoGie Kohle scheffelt. Selbst ganz oben halten alle die Hand auf«, meinte der Mann am Tresen leise. Den Fünfer ließ er liegen. Sébas schnaufte. Die Klagen über den Betreiber dieser und anderer Unterkünfte kannte er zur Genüge. »Ich kann nicht die ganze Welt retten«, flüsterte er und legte dabei einen zweiten Fünfer hin.

»Okay.« Der Mann nahm die beiden Geldscheine, steckte sie in die Hemdbrusttasche und trug etwas in das Besucherbuch ein. Sébas verließ das Gebäude auf der Rückseite, lehnte sich neben dem Ausgang gegen die Wand und rief Semret an.

Ein paar Minuten später kam die eritreische Ärztin zu ihm. Sie trug eine schlabberige Trainingshose und Badelatschen.

Unansehnlich, dachte Sébas prompt.

»Wir müssen schnell machen«, meinte Semret, »ich bin gerade mit meiner Wäsche dran und Safiye passt im Zimmer auf meine Tasche auf. Sie will aber gleich weg.«

Sébas nickte und gab ihr einen Zwanziger.

»Mehr nicht?«, fragte Semret mit zusammengeschobenen Brauen. Sébas hob die Schultern. »Du hast ihn ja nicht behandelt.«

Semret verzog den Mund, sagte aber nichts.

»Vergiss nicht, die Klappe zu halten«, sagte Sébas. »Diesmal ist es besonders wichtig.«

Semret nickte. »Ist sonst noch was?«

»Für dich habe ich keinen neuen Job. Vielleicht, wenn du auch was anderes machen würdest, außer Doc spielen. Für hübsche Mädels findet sich sicher was. Aber jetzt suche ich einen jungen Burschen. Cedric, ist ein Cousin von einem meiner Jungs. Weißt du, wo der steckt? Es ist wichtig.«

Semret schüttelte nur den Kopf, wandte sich ab und verschwand im Haus. Sébas murmelte »Mist«. Er musste den Mann am Empfang danach fragen und womöglich noch einen Geldschein rausrücken. Langsam nervte es ihn unerträglich, dass diese Pfeifen andauernd von der Leistung anderer schmarotzen wollten. Fleißige Deutsche, von denen so oft die Rede war, hatte er sich anders vorgestellt.

15

Wieder Kindergarten heute, dachte Karla mit Blick über die Menge, soweit das wegen ihrer fehlenden Körpergröße möglich war. Für Erol mochte das junge Gemüse passen, sein Gesicht unter der blonden Lockenpracht war zu einer zeitlosen Porzellanmaske mutiert. Aber Karla mit ihren knapp fünfzig fühlte sich gerade noch geduldet. Erol hatte sich bei ihr eingehakt und stöckelte neben ihr her.

Seine Handschuhe reichten bis zum Ellenbogen. Kein schlechter Trick, fand Karla, klagte er doch oft über seine schmutzigen Hände und abgebrochenen Fingernägel.

Sie arbeiteten sich bis zur Bar durch. Karla bestellte zwei Club Mate, obwohl sie gerne ein Bier gehabt hätte. Aber der Van musste noch rollen und ein paar Kröten einfahren.

Ihr fehlten nun schon einige Schichten, am Monatsende würde es mau aussehen. Das Geld, das der blutende Typ im Taxi verstreut hatte, würde die fehlenden Einnahmen nicht ewig ausgleichen.

»Wo hast du das Zeug her?«, fragte Erol nach ein paar Schlucken.

»Welches Zeug?« Karla war nicht bei der Sache. Das Gewusel und die dröhnenden Beats besetzten ihre Aufmerksamkeit.

»Die Tüte mit den Zigaretten meine ich.« Erol war nahe an ihr Ohr gerückt. Sein Deo drängte sich auf.

»Das hat mir jemand gegeben.«

»Gegeben? Einfach so? Zwei Stangen Zigaretten und das Viagra? Das ist aber eine Menge Geld.« Erol stieß gegen sie, weil er im Gedrängel schwankte.

»Ja, er war mir was schuldig, von früher. Ist unwichtig. Du kannst das alles verschenken. Ich rauche ja nicht mehr.

Komm, lass uns tanzen, oder geht das nicht mit den neuen Schuhen?« Karla registrierte, dass Erol sie forschend ansah, aber sie hatte keine Lust auf weitere Erklärungen. So feinfühlig, wie er war, würde er noch darauf kommen, dass es wichtiger war, als sie ihn glauben machen wollte. Falls das nicht schon geschehen war.

Ihr war fast schlecht geworden, als der hagere Typ von neulich sich wieder an sie rangedrängt hatte. Diesmal nahm sie die Tüte mit den Kippen an, weil sie hoffte, dann müsste sie sich nicht mehr dauernd umsehen, ob ihr jemand auflauerte. Auf die erneute Aufforderung, die Schnauze zu halten, bekräftigte sie mehrmals, dass sie nichts sagen werde. Ihr Besuch bei der SoKo zählte hoffentlich nicht. Sie wollte mit der ganzen Angelegenheit nichts mehr zu tun und nur ihre Ruhe haben.

Es reichte, dass sie noch mal eine Pistole gesehen hatte. Irgendwann würde es nicht mehr beim bloßen Exhibitionismus bleiben.

Sie wühlte sich durch die Junglesben, die sich neuerdings nicht lesbisch, sondern queer nannten, bis dorthin, wo alle sich wie Würmer in einer Schüssel umeinander wanden. Ob Erol ihr folgte, war ihr egal. Er würde sie schon wiederfinden, seine Länge verschaffte ihm Übersicht. Sie schloss die Augen, bis der Rhythmus in sie eingedrungen war und sich ihr Körper von alleine bewegte.

Der Schweiß rann ihr schon den Rücken hinab, als Tia neben ihr auftauchte, den Kopf mit dem blau gefärbten Gestrubbel dicht an sie heranbrachte und versuchte, ihr etwas zu sagen. »Hi, Karla … Britta … gesehen …«

»Nein, Britta ist nicht hier. Sie mag den Krach nicht!«, rief Karla in das Blau.

Tia wurde lauter. »Neulich war sie hier.«

Zement schoss Karla in die Glieder. Sie klammerte sich an der zappelnden Freundin fest. »Wirklich? Wann?«

Tia reduzierte ihre Bewegungen auf Hüftkreise. So kam sie leichter an Karlas Ohr. »Bei der L-Tunes vor einer Woche. Wusstest du das nicht?«

»Nein, kein Stück. Hast du mit ihr gesprochen?«

»Nur ein paar Worte. Keine Sorge, nicht über dich oder über uns. Ich war mir unsicher, ob ihr jetzt eine Absprache getroffen habt.« Karla stand jetzt ganz still. Sie zog Tia am Arm, um sie aus der Menge zu lotsen. Tia folgte langsam, immer noch die Hüften kreisend.

»Willst du schon knutschen?«, fragte Tia, als sie die Nähe einer rohen Backsteinwand erreicht hatten. Dabei presste sie ihre Hände auf Karlas Hüften und versuchte, sie zu bewegen.

»Warte mal, was meinst du mit Absprache? Wie kommst du darauf?«, fragte Karla zurück.

Statt einer Antwort sah Tia ihr lange ins Gesicht. »Eigentlich sollte ich mich da raushalten«, erwiderte sie schließlich. »Das geht mich nichts an. Was da zwischen dir und Britta läuft oder nicht, müsst ihr selbst klären. Jetzt knutschen?«

»Moment, Moment«, Karla wedelte mit den Händen, »warum redest du von Absprache?«

Jetzt verzog Tia den Mund. »Sie war halt nicht allein. Frag nicht weiter, das nervt.«

»Wie, sie war nicht allein? Mit wem …«

Tia nahm ihre Hände von Karlas Hüften weg und legte sie ihr auf die Schultern. »Karla, Süße, das bringt nichts, wenn du mich ausfragst. Sprich mit Britta.«

Karla ließ den Kopf hängen. Mit Britta reden würde nicht helfen, Verständigen war auf diese Weise schon lange kaum mehr möglich. »Nur noch eins«, sagte sie bittend, »war das eine, die du kanntest?«

Die Hände verließen Karlas Schultern. »Es war eine kleine Schlanke und sie wirkten sehr vertraut. Jetzt möchte ich weitertanzen.«

Tias blauer Schopf verschwand in der Menge.

Der Elektropop gelierte zu dröhnendem Lärm, die tanzende Menge klumpte sich zu einem zuckenden, amorphen Gebilde. Sie musste raus. Sofort.

Gegen den hereinquellenden Strom, der die Masse weiter anschwellen ließ, wühlte sie sich zum Ausgang.

Draußen sog sie die kühle Luft tief ein, um wieder einen klaren Kopf zu bekommen. Britta, ihre Britta, die jedwede Anregung zur Öffnung der Beziehung strikt zurückgewiesen hatte. Die eingetragene Partnerschaft und Kind anstrebte. Diese Britta mit einer anderen.

Als sie neben dem Van angekommen war, dachte sie, dass es ein Irrtum sein müsste. Das Vertrautsein war Tias Interpretation. Es blieb nur die Frage, warum Britta nicht erzählt hatte, dass sie im SchwuZ gewesen war. Und, ob sie herausgefunden hatte, dass Karla bisweilen ihre Freitagnachtschichten unterbrach und sich dort heimlich Freiheiten nahm. Sie stieg ein und sah Erols Reisetasche mit den Klamotten auf einem der Rücksitze. Per SMS erklärte sie ihm, dass sie weiterarbeiten wolle und dass sie ihn abholen würde, wenn er sich meldete. Sie startete den Wagen, bugsierte ihn aus der engen Lücke heraus und ließ ihn, entgegen dem Nachschub an Besucherinnen zu Fuß und per Rad, langsam die Rollbergstraße hinabbrummen.

Unten auf der Karl-Marx-Straße, wo die Autos Jagd auf Fußgänger machten, merkte sie, wie unkonzentriert sie war.

Sie beschloss, dass sie eine Pause brauchte, schaltete das Taxilicht nicht ein und fuhr zur Hasenheide. Dort klemmte sie den Wagen diagonal in eine zu kurze Parklücke und trabte durch den einsetzenden Regen zur Billardhalle.

Der Gang durch den Eingang glich dem Betreten einer anderen Hemisphäre. Lichtinseln über grünem Filz, das Klackern der Kugeln und gedämpfte Stimmen auf einem blauen Teppichbodenmeer. Hier existierte Berlin und die

Freitagnacht nur als Weltraum, der diese Kapsel umgab, jeglicher Stadtlärm war ausgeschlossen. Spätestens, wenn Karla mit einem Queue an einem Tisch stand, vergaß sie nahezu alles andere. Manchmal spürte sie sehr genau, dass es mehr als eine Karla gab. Einerseits Brittas Freundin, die ihr Geld mit Taxifahren verdiente, und andererseits die Taxifahrerin, die, statt zu arbeiten, Billard spielte, in der Disco abhing und ihre Freundin betrog. Die beiden hatten wenig miteinander zu tun, sie begegneten sich nur ab und zu in ihr und führten Streitgespräche.

Karla strich an der Reihe der Pooltische entlang, von denen die meisten belegt waren. Hier und da grüßte sie Bekannte mit Nicken. An einem Tisch mit zwei Frauen blieb sie stehen.

»He, Karla, toll, dass du kommst. Willst du für Nel einsteigen? Sie will nach Hause«, wurde sie von einer pummeligen Frau mit kurzen Haaren gefragt.

»Hi, Andrea, ja, ein paar Spiele können wir machen«, erwiderte sie, umarmte Andrea kurz und gab Nel die Hand. Irgendwoher kannte Karla Andreas Spielpartnerin, eine herbe Blonde mit eckigen Schultern, aber sie konnte sich nicht erinnern. Sie mochte Nel nicht, denn die hatte diesen Was-willst-du-Arschloch-Blick.

Während die beiden ihr begonnenes Spiel zu Ende brachten, sah Karla sich um. Im hinteren Teil des Saals befanden sich die Tische für Snooker und Cadrebillard. Sie entdeckte Banks an einem Snookertisch, wo er offenbar mit zwei anderen trainierte. Sie nutzte die Wartezeit, um dorthin zu schlendern.

Banks, ein hagerer Glatzkopf mit großen braunen Augen, sah auf. »Na, Kawa, willst du es wieder wagen?«

»Snooker nicht, Pool ja«, sagte Karla.

»Okay«, meinte Banks grinsend, »hast du einen Einsatz? Du weißt, dass ich nur dann spiele.«

Karla überlegte, wie viel Geld sie in ihrer Tasche hatte.

»Zehn?«, fragte sie.

»Zwanzig«, erwiderte Banks. »Das ist mein Minimum.«

Viel Geld, wenn man seine Schichten in der Disco und beim Billard verbringt, dachte Karla. Aber sie würde ihn diesmal schlagen, nachdem es bei den letzten Duellen so knapp gewesen war, dass Banks zweimal nur durch Glück gewonnen hatte. Beziehungsweise einmal durch Karlas Pech, weil die Ballablage durch einen Kick wegen zu viel Kreide am Spielball misslungen war. Seit mindestens einem Jahr versuchte sie ihn zu schlagen, nachdem er mal neben ihrem Tisch stehengeblieben war und ihre Stoßtechnik abfällig kommentiert hatte. Daraus hatte sich ein Disput entsponnen, der darin endete, dass er anbot, ihr zu zeigen, wie sie sich verbessern könnte. Karla hatte angenommen und war tatsächlich besser geworden, aber bisher hatte es für einen Sieg gegen ihn nie gereicht.

»Gut, aber ich spiele mich zuerst eine halbe Stunde ein. Kommst du nach vorne?«, fragte sie.

»Okay«, anwortete Banks knapp. Er konzentrierte sich gerade auf einen Lochversuch über Bande. Seine Spezialität, weswegen er auch seinen Spitznamen trug. Banks, Banden.

Karla segelte über den meerblauen Flor zurück zum Pooltisch mit den beiden Frauen. Andreas letzter Stoß versenkte die schwarze Acht und Nel hielt Karla darauf das Queue hin.

»Zum Kotzen, ich habe keine Chance. Versuch du es.«

»Wenn du noch einen Moment bleibst, kannst du dir anschauen, wie ich verhauen werde«, meinte Andrea grinsend. Nel winkte ab, verabschiedete sich, öffnete den Pferdeschwanz und war wenig später verschwunden.

Andrea baute mit dem Rahmen das Kugeldreieck auf und kreidete die Queuespitze, während Karla das Queue von Nel überprüfte. »Ich weiß überhaupt nicht, ob ich in Form bin.«

»Wahrscheinlich besser als ich«, meinte Andrea. »Magst du anstoßen?«

»Immer noch Stress mit Luisa?« Karla kreidete die Queuespitze sorgfältig.

»Nein, das ist vorbei. Endgültig. Wirklich besser fühlt sich das aber auch nicht an. Wie läuft es bei euch?«

Karla richtete sich wieder aus der Stoßposition auf. »Ihr seid wirklich auseinander? Wieso denn jetzt?«

Andreas Queue klopfte ungeduldig pochend ins Meerblau. »Lass uns spielen. Das ist erfreulicher.«

»Na gut«, erwiderte Karla, »ich muss mich sowieso auf das Duell mit Banks vorbereiten.« Sie beugte sich wieder über die Bande und legte das Queue in die Mulde zwischen Daumen und Zeigefinger der linken Hand.

Andrea schnaufte laut. »Schon wieder? Hast du zu viel Geld?«

16

Karla versuchte zu schlafen, aber das Kopfkissen wollte partout keine Form annehmen, die ihr bequemes Ruhen gestattete. Außerdem war es zu laut und zu hell, wofür Krankenwagensirenen und Nachmittagssonne verantwortlich waren. Die Hobrechtstraße eignete sich schlecht zum Schlafen. Da waren andauernd die Fahrgeräusche auf dem Kopfsteinpflaster und nachts wurde dazu vor den Kneipen gelärmt.

Vielleicht war es jedoch bloß die innere Unruhe, dieses unablässige Grübeln über Britta und Semret. Da läuft was, hatte Karla schon damals beim Treffen in der Küche spontan gedacht. Ihr Verstand rief sie danach zur Ordnung.

Aber jetzt, nachdem sie von Tia gehört hatte, dass Britta mit einer anderen bei der L-Tunes gewesen war? Eine kleine Schlanke, hatte Tia gesagt. Sie überlegte, auf welche diese Beschreibung Tias passen würde. Ihr fiel keine ein, die Tia nicht kannte. Also doch Semret? Zu viel Misstrauen, fast schon Paranoia. Außerdem suchte sie sich selbst Erleichterung neben der Beziehung. Allerdings stand Britta auf klassische Treue, soweit sie wusste. Wenn sie also eine Verbindung zu einer anderen aufnahm, war es ernst. Oder?

Eigentlich konnte sie nachts in den Wartezeiten besser über solche Fragen nachdenken, sagte sie sich.

Karla strampelte die Decke weg, ihr wurde zu warm. Sie schob eine Hand unter ihr T-Shirt und strich sich über den Bauch. War sie dünner geworden? Wie attraktiv war sie eigentlich noch? Die Brüste fühlten sich leidlich fest an. Auf den Hüften hatte sich einiges an Fett gesammelt. Sie ließ ihre Hand zu der Wolle zwischen den Schenkeln wandern. Dort verharren. Spaß wollte sich nicht einstellen und sie lag nicht bequem genug.

Das Kissen erhielt einige Faustschläge. Besser wurde es trotzdem nicht.

Diese Frau, Semret, verarztete Leute, die nicht ins Krankenhaus wollten, damit ihre Verletzungen nicht der Polizei gemeldet wurden. Sogar einer mit Schusswunde war dabei, wie Britta erwähnt hatte. Das konnte doch nur eins bedeuten.

Britta war eine gutgläubige Idealistin, sie würde über die Kriminalität hinwegsehen, wenn die nicht ins Helferkonzept passte.

Karla setzte sich auf. Britta würde abwiegeln, wenn ich sie darauf ansprâche. Sie würde nicht wollen, dass die Polizei davon erführe. Was aber, wenn der Mensch, den Semret verarztet hat, derjenige war, der dicht an ihrem Kopf vorbei ein Loch ins Taxidach geschossen hatte?

Sie fragte sich, ob sie die Angelegenheit melden könnte und Britta nichts davon erfahren würde.

»*Quod erat* und so weiter«, murmelte sie.

Ihr Telefon lag auf der Ablage neben dem Bett. Sie rief die Zentrale des LKA an und fragte nach dem Zollinspektor Kress.

Nach etwas Knacken und Brodeln im Hörer wurde ihr gesagt, Kress sei nicht im Haus.

»Dann möchte ich bitte die Kriminalkommissarin Kaminski sprechen«, sagte Karla nach kurzem Zögern. Sie wollte die Sache hinter sich bringen.

Die Kommissarin meldete sich prompt.

»Ich bin auf eine Information gestoßen, die mit dem Schießwütigen in meinem Taxi zu tun haben könnte«, erklärte Karla.

»Na denn, lassen Sie hören«, antwortete die Kommissarin.

Karla meinte, einen leicht spöttischen Unterton wahrzunehmen.

»Nur, wenn Sie wirklich Interesse haben«, schnappte Karla.

»Gibt es einen Anlass, daran zu zweifeln?«, fragte Kaminski.

Karla ging darauf nicht ein. »Meine Freundin ist im Flüchtlingsrat aktiv und über sie habe ich von einer Ärztin gehört, die heimlich Schusswunden behandelt. Vor ein paar Tagen hat sie einen Mann verarzten sollen, dem ein Loch in den Wanst geschossen wurde. Nun dachte ich, so viele Angeschossene gibt es sicher nicht …«

»Aha, das ist interessant.« Die Stimme der Kommissarin war lauter geworden und klang nun sehr präsent. »Wie heißt diese Ärztin?«

»Semret, mehr weiß ich nicht.«

»Keine Deutsche also?«

»Nein, keine Deutsche. Sie ist aus Äthiopien oder Somalia …«

»Also Flüchtling? Wissen Sie denn, wo sie wohnt?«

»In einer Unterkunft in Hellersdorf, das habe ich mir gemerkt.«

Kaminski schwieg einen Moment. Karla stellte sich vor, wie sie notierte. Sie fühlte sich auf einmal ziemlich mies und wollte das Gespräch gerne schnell beenden. »Mehr weiß ich nicht.«

»Von Ihrer Freundin wissen Sie das, haben Sie gesagt, nicht wahr? Wie heißt diese Freundin?«, fragte Kaminski unerbittlich weiter.

»Britta. Britta Stegemann.«

»Die Adresse?«

»Na ja, so wie meine: Hobrechtstraße 25 a.«

Wieder wurde es einen Moment still am Apparat.

»Ach so«, ließ die Kommissarin dann verlauten.

»Was meinen Sie mit ›Ach so‹?«, fragte Karla aggressiv.

Kaminski schien unbeeindruckt. »Nichts Besonderes, außer, dass ich jetzt verstehe, wie Sie von dieser Ärztin gehört haben.«

»Wir haben eine Beziehung und reden gelegentlich miteinander«, zischte Karla. »Diese Ärztin stammt übrigens aus Eritrea.«

»Ja, das klingt wahrscheinlicher als Äthiopien«, meinte Kaminski. »Wenn Sie mit Ihrer Freundin eine solch gute Gesprächskultur pflegen, können Sie sie bestimmt fragen, wie die Dame mit Nachnamen heißt und in welcher Unterkunft sie lebt.«

Damit brachte sie Karla aus dem Takt. Natürlich würde sie keineswegs Britta danach fragen. Sie war sich sicher, dass dies einen wüsten Streit hervorrufen würde.

»Können Sie das nicht selber rauskriegen? Britta ist nicht da und kommt erst am Wochenende wieder. Sie besucht ihre Eltern in Hannover.«

»Schon. Aber können Sie sie nicht anrufen oder mir ihre Nummer geben? Das würde uns Arbeit ersparen. Außerdem müssen wir sowieso mit ihr sprechen.«

»Wieso?« Karla hörte selbst, wie sie zu laut wurde. Sie senkte die Stimme, denn die Wohnung war hellhörig und Britta saß an ihrem Schreibtisch.

»So funktionieren eben Ermittlungen, Frau Lehwalder. Ich ahne, dass Sie vermeiden wollen, dass Ihre Freundin von diesem Telefonat erfährt. Stimmt das?«

Jetzt sorgte Karla für eine Gesprächspause. Sie biss sich auf die Lippen und überlegte, was sie noch preisgeben musste. »Ja, das stimmt. Die nehmen ihre Flüchtlinge gerne in Schutz vor den bösen Behörden.«

Kaminski lachte auf. »Habe ich auch schon gehört.«

»Auf jeden Fall hat diese Frau schlimme Dinge im Krieg erlebt und überlebt und vielleicht hat die Geschichte mit dem Angeschossenen keine Bedeutung. Ich dachte, wenn Sie einfach nur fragen und ihr das Phantombild zeigen, könnten Sie das diskret klären, ohne dass die Sprache auf mich kommt. Es wäre voll scheiße, wenn Sie Semret gleich festnehmen oder so.«

»Die Ermittlungstaktik müssen Sie schon uns überlassen«, sagte Kaminski. Sie war immer noch amüsiert, das war zu hören. »Ich denke, wir werden uns zunächst einfach mit ihr unterhalten. Woher wir die Information haben, behalten wir für uns, solange die Ermittlungen nichts anderes erfordern. Können Sie damit leben?«

»Muss ich ja wohl«, knurrte Karla.

»Stimmt«, erwiderte die Kommissarin prompt. »Zumal es Ihre Idee gewesen ist, uns zu informieren. Jetzt müssen Sie schon dazu stehen.«

17

Matte fragte sich, warum Nowacyk nicht der Polizei einen Tipp gab. Dann würde die Drecksarbeit erledigt werden, ohne dass sie sich die Pfoten schmutzig machen müssten. Wessen Ware dort lagerte, konnte die Polizei nicht wissen. Es wäre ihr auch scheißegal. Dafür könnte sie sich für einen schönen Fahndungserfolg feiern lassen, so mit Fotos in der Zeitung und einem Filmchen in den Nachrichten. Nowacyk hatte doch Kumpel bei der Truppe. Warum kam er nicht selbst auf eine so elegante Lösung? Zumal er es anfangs so eilig damit hatte und ihm dann doch tausend andere Jobs in der letzten Woche aufgetragen hatte.

Vier Jungs durfte Matte mitnehmen, aber Wolfi hatte Wichtigeres zu tun. Nach der Ärztin Ausschau halten und sich Sébas vornehmen, weil sie sich plötzlich dünne gemacht hatte. Wolfi machte eben lieber ein paar kleine Würstchen fertig. Welche, die sich nicht wehren konnten. Arschloch.

Dadurch hatte Matte nur drei Leichtmatrosen, um die Ware aus dem Lager zu holen. Er sah zu Tino rüber. Der Sack flegelte mit geschlossenen Augen auf dem Beifahrersitz. Die Kabel der Ohrhörer hingen unter seinen Locken heraus und wackelten im Takt der Kopfbewegungen.

Matte hörte es zischen, stampfen und hämmern. Er fragte sich, wie lange es dauern würde, bis der Kerl taub war. Er schlug ihm mit der flachen Hand gegen den Hinterkopf.

»Mach die Augen auf, Blödmann.«

Tino fuhr hoch und zerrte sich einen Stecker aus dem Ohr.

»Was ist los?«

»Du sollst die Straße im Auge behalten. Ich geh mal eben bei den anderen beiden nach dem Rechten sehen. Wir legen bald los.«

Tino stemmte sich im Sitz eine Kleinigkeit höher und zeigte Matte den erhobenen Daumen.

Nach einem weiteren Rundumblick stieg Matte aus, blieb im Schatten des Sprinters stehen und zündete sich eine Zigarette an. Ein paar hundert Meter weiter führte ein Mann einen Köter Gassi, sonst war niemand unterwegs. Nur vereinzelt drang matter Lichtschein aus Fenstern und selten brummte ein Auto vorbei. Schien alles gut.

Mit gemächlichem Tempo schlenderte Matte zur nächsten Straßenecke, wo der zweite Sprinter mit Sven und Tobias, den beiden Glatzköpfen, stand.

Sehr aufmerksam sahen auch sie nicht aus. Ihre Gesichter wurden vom Widerschein der Handys beleuchtet, über die sie sich gebeugt hatten. Ohne aufzusehen, süffelte Tobias aus einer Dose Red Bull.

Matte klopfte leicht gegen die Scheibe. Beide fuhren zusammen. Aus der Dose schwappte Brühe. Sven ließ die Seitenscheibe ein Stück herunter.

»Mensch, musst du uns so erschrecken?«

»Ihr sollt aufpassen, ihr Penner. Wenn ich jetzt einer von den Russkis oder Jugos wäre, hätte ich euch schon am Arsch.«

»Ist irgendwas, oder geht's jetzt los?«, fragte Sven mit seiner Bassstimme.

»Ich gehe zurück und fahre mit Tino einmal um den Block. Wenn wir nichts Verdächtiges sehen, geb ich euch ein Zeichen, dass ihr hinterher sollt, wenn wir wieder hier vorbeikommen. Dann fahren wir ans Lager und räumen aus. Das muss aber ruckzuck gehen, kapiert?«

»Ja, ja, hast du schon zwanzig Mal erzählt. Haben wir verstanden, wir sind nicht bescheuert.«

»Na, hoffentlich«, brummte Matte und machte kehrt. Er schwang sich neben Tino hinter das Steuer, startete den Sprinter und ließ ihn sachte und vorschriftsgemäß beleuchtet auf die Straße rollen.

»Stecker aus den Ohren und Augen auf!«, raunte er Tino zu, nachdem er ihn angestoßen hatte.

In gemächlichem Tempo umkurvten sie den Block.

»Sieht aus, als wär die Luft rein«, murmelte Matte mehr zu sich selbst. Er winkte Tobias, dass sie folgen sollten.

Sie bogen in den verwinkelten Gewerbehof ein, rollten auf die Rückseite des Flachbaus aus altersschwarzem Backstein und stellten die Lieferwagen vor das verbeulte Rolltor, hinter dem sich eins ihrer Lager verbarg.

Das einzige Moderne war die Stahltür mit dem Kartenschloss, in das Matte nun die Karte steckte.

»Tino, du stellst dich da vorne hin und passt auf.« Matte wies zur Gebäudeecke, von wo aus man die Zufahrt beobachten konnte.

Tino trabte los und Matte betrat das Lager. Ohne Licht fand er den Knopf für den Torantrieb. Gemächlich wurden die Lamellen leise knirschend nach oben gezogen. Berge von Kartons türmten sich dahinter auf.

»So, ran jetzt, ich will hier nicht übernachten. Wenn wir gut packen, kommen wir mit einer Fuhre aus.« Matte schnappte sich eine der beiden Sackkarren und stellte sie Sven vor die Füße. »Du fährst, wir stapeln ein.«

Die Kartons wogen nicht schwer, aber trotzdem kam Matte schnell ins Schwitzen. Sven karrte hohe Stapel heran und das Packen erwies sich als nicht so leicht, wie Matte es sich vorgestellt hatte. Das Kartonformat und die Abmessungen des Laderaums passten nicht so recht zusammen. Er musste seine Reihen mit kleineren Kartons kombinieren, in denen keine Zigaretten steckten. Matte wusste nicht im Einzelnen, was in den Verpackungen war. Nowacyk handelte mit allem, was Geld brachte. Sicher war nur, dass es beträchtliche Werte waren, die sie hier in Sicherheit bringen sollten.

Gerade als Matte dem starken Drang nach einer Kippe nachgeben wollte, hörte er draußen Schritte und Gepolter. Dann brüllte Sven. »Scheiße, Arschlöcher! Sau, ich mach dich urban …«

Er war noch nicht richtig aus dem Laderaum heraus, als ihn schon ein heftiger Schlag gegen den Kopf traf. Torkelnd versuchte er auszuweichen. Es half nicht. Ein zweiter Treffer zwang ihn in die Knie.

Halb betäubt steckte er noch Tritte ein. Dann zog ihn jemand vom Wagen weg. Matte konnte nur noch ein Auge öffnen. Das andere schwoll in beängstigender Geschwindigkeit zu. Trotz der Schmerzen drehte er den Kopf ein wenig. Suchte Sven und Tobias. Sven kniete am Boden, hielt sich den rechten Arm. Vor ihm ein Typ mit Schlagstock. Daneben Tobias, beide Hände oben. Weswegen, konnte Matte nicht sehen. Da waren noch welche, er hörte Stimmen. Matte stemmte sich ein Stück hoch. Etwas krachte gegen seinen Schädel und er driftete endgültig weg.

18

Wohnungen wie Hasenkästen musste dieser Bau beherbergen. Die mit Satellitenschüsseln gepanzerte Südfront gab Auskunft über die Freizeitbeschäftigung der Insassen. Vor dem Eingang zur Adalbertstraße blockierte Karla eine Fahrspur. Hupen wurden hinter ihr bemüht.

Das Tagfahren hatte seine Schattenseiten, konstatierte sie mal wieder. Die Festpreisfahrten kosteten tags viel mehr Zeit. Nachts war obendrein das Halten leichter und erforderte seltener ein dickes Fell.

Die Hose kniff und sie überlegte, ob sie eine Trainingshose tragen sollte wie viele ihrer Kollegen. Sogar auf der

Straße liefen welche so herum. Aber vornehmlich die Dicken, deswegen hatte sie sich bis jetzt nicht dazu durchringen können.

Sie wartete auf ihren Fahrgast, den ihr Erol als »eine bisschen schräge Type, aber voll korrekt« angekündigt hatte.

Keine Figur von denen, die aus dem Haus kamen, konnte sie mit dieser Charakterisierung in Verbindung bringen.

Sicher, es gab jede Menge schräge Typen, gerade hier am Kotti. Nur jemanden, der schräg, aber voll korrekt aussah, entdeckte sie nicht.

Karla hörte einen Podcast vom Wissenschaftsmagazin des NDR. Sie verstand meistens wenig von dem, was dort erzählt wurde, aber es lullte sie so angenehm ein.

Diesmal war die Rede von Multiversen und Parallelwelten.

Da ist was dran, dachte Karla mit Blick auf das Gedrängel am Kotti. Wir vermuten, dass es die anderen gibt, weil es sie geben muss, können uns aber niemals annähern. Und jetzt hätte ich gerne einen Kaffee.

Aus den Augenwinkeln sah Karla einen mageren Mann mit einem Kopfbewuchs, der sie an einen abgenutzten Wischmopp erinnerte, die Treppen vom Eingang herabsteigen und das Taxi ansteuern.

Karla setzte sich flugs den Kopfhörer ab und hielt den Podcast an. Sie hatte in den letzten Minuten sowieso nicht mehr richtig zugehört, weil ihre Gedanken spazieren gegangen waren.

Die hintere Tür wurde geöffnet und der Hagere sank auf den Sitz. »Wo ist Gökhan?«

»Er ist krank«, meinte Karla.

»Der und krank? Quatsch, ich wette, der macht blau.«

Karla musste grinsen, kommentierte das aber nicht. »Wo soll's denn hingehen?«, fragte sie stattdessen.

»Vivantes Neukölln, aber zuerst kurz in die Görlitzer.«

»Und wohin da?« Karla mochte es nicht, wenn sie keine genauen Angaben bekam.

»Fahr mal hin, ich sag dir, wo du halten sollst. Muss was abholen.«

Etwas brummig setzte Karla den Taxameter in Gang und reihte sich in die Schlange vor dem Kottbusser Tor ein. Während sie auf Grün wartete, betrachtete sie unauffällig ihren Fahrgast. Zwischen sechzig und siebzig, behaupteten die tief eingeschnittenen Linien um den Mund. Dazu eine auffällig blasse Haut.

Der Blasse beugte sich zwischen die Vordersitze vor. »Warum hast du den Taxameter angestellt? Ich zahle Festpreis.«

»Ich habe da eben was von Görlitzer und Abholen gehört«, erwiderte Karla. »So was ist im Festpreis nicht drin.«

»Ach, komm schon, bei Gökhan ist das kein Problem. Der kriegt ein Päckchen Kippen und gut is«, meinte der Blasse.

»Ich bin nicht Gökhan!«

»Stell dich nicht so an, Mensch. Dann halt einen Fünfer für dich.«

Karla überlegte, ob sie sich bestechen lassen sollte. Sie fand das Ansinnen dreist, Geld war jedoch ein gewichtiges Argument.

Es brauchte zwei Ampelphasen, bis sie endlich in die Skalitzer Straße einbiegen und entlang den Hochbahnpfeilern mit dem Verkehrsstrom zur Görlitzer Straße schwimmen konnte.

Ohne Taxameter. Karla bog rechts ab und wartete auf Hinweise.

»Weiter, weiter«, brummte der Blasse.

Sie ließ den Wagen langsam über das Kopfsteinpflaster durch die von den Bäumen gebildete, dunkle Straßenröhre hoppeln.

»Stopp, hier warten«, sagte ihr Fahrgast, als sich eine Parklücke auftat. Vorsichtig lenkte Karla hinein.

»Lass die Uhr aus, ich komme gleich wieder. Zehn Minuten.«

Er wartete die Antwort nicht ab, sondern kletterte raus und schlenderte an der über und über mit Graffiti verzierten Backsteinmauer dem nächsten Eingang des Görlitzer Parks entgegen.

Karla zuckte mit den Schultern. Sollte er kaufen gehen, was er mochte, ihr war es egal. Hauptsache, er kam zurück und zahlte. Erol hatte ihr gesagt, er sei ein Dauerkunde, demnach brauchte sie sich keine Sorgen zu machen.

Sie überlegte, ob sie weiter dem Podcast lauschen sollte. Dabei sah sie sich um. Schräg gegenüber lockten Markisen, Sonnenschirme und Tische. Kurzentschlossen stieg sie aus, überquerte die Straße und holte sich einen Kaffee und ein Eis.

Scheiß auf die Diät. Sie musste arbeiten und brauchte etwas fürs Gemüt.

Karla wartete neben dem Taxi und beobachtete beim Eisschlecken und Trinken die Passanten. Dabei rechnete sie ihren Tagesverdienst hoch. Mit dieser Tour würde sich die Schicht lohnen. Die hatte Gökhan also dreimal wöchentlich und das könnte auch der wahre Grund dafür sein, dass er stets tagsüber fahren wollte. In Gedanken stufte sie ihn auf der Kollegialitätsskala weiter herab. Vom Nichtkollegen war er dadurch höchstens noch eine Handbreit entfernt.

Der Blasse kam zurück, als sich Karla mit geschmolzenem Eis einen Eiskaffee angerührt und fast ausgetrunken hatte. Er pfiff vor sich hin und schlenkerte dabei einen Stoffbeutel herum, in dem längliche Pakete steckten. Seine Jackentaschen waren ebenfalls viel stärker als zuvor ausgebeult.

»Auf geht's«, sagte er vergnügt und warf sich wieder auf den Rücksitz.

Karla trank den letzten Schluck, platzierte den Pappbecher genau vor ein Vorderrad und klemmte sich hinters Steuer.

»Wohin?«, fragte sie.

»Immer noch Vivantes Neukölln.« Der Hagere knisterte mit Papier. Beim Losfahren riskierte Karla einen schnellen Blick in den Rückspiegel. Er öffnete eine Stange Zigaretten. Als Karla in die Glogauer Straße einbog, schob er seinen Arm zwischen den Vordersitzen durch und hielt ihr ein geöffnetes Päckchen Zigaretten hin.

»Auch eine?«

Ein kurzer Blick in den Spiegel. Eine Kippe klebte schon zwischen seinen Lippen.

»Im Wagen nicht rauchen«, erwiderte Karla und tippte auf das Schild, das sie selbst ans Armaturenbrett geklebt hatte. »Außerdem rauche ich nicht mehr.«

»Wieso das jetzt?«, rief der Hagere. »Gökhan raucht immer eine mit.«

»Kann ich mir gut vorstellen«, knurrte Karla. »Aber er ist krank, und wenn ich fahre, wird nicht im Wagen geraucht.«

»Ja, ja …« Er beugte sich vor. »Mit Gökhan ist es netter als mit dir. Wir machen immer ein kleines Spiel. Ich klopfe ein paar Takte gegen den Sitz, und wenn er den Song rät, bekommt er ein Päckchen Kippen.«

»Ich rauche immer noch nicht.«

Der Blasse überraschte Karla mit Gelächter. »Es gibt aber nur zwei Sorten Menschen: Welche, die rauchen, und welche, die noch nicht oder noch nicht wieder rauchen. Machen wir jetzt ein Spiel? Ich bin übrigens Charlie.«

Karla schnaufte ergeben. »Meinetwegen.«

Charlie tippte zunächst einen Takt an die Kopfstütze, dann trommelte er gegen die Rückseite des Sitzes. »Was war das?«, fragte er schließlich.

Karla hatte eine Idee. »*Smoke on the Water*?«

»He, gut! Weißt du auch, von wem?«

»Irgendwas mit B oder P ...«

Charlie lachte wieder. »Na ja, man kann nicht alles haben. Deep Purple, war 'ne starke Platte, damals. Wenn wir durch die Clubs getingelt sind, haben wir das immer als Intro gespielt. Hier, dein Gewinn.« Er reichte ihr ein Zigarettenpäckchen nach vorne.

Karla nahm es und erst jetzt sah sie es genauer an. Rot und weiß, zwei Buchstaben bildeten die Marke. Sie bemerkte, dass es ihre Initialen waren. Ohne diesen absonderlichen Mittelnamen.

»Das sind Schmuggelkippen«, sagte sie nach hinten.

»Ja und?«, meinte Charlie.

»Hast du die vorhin gekauft?«

»Geklaut hab ich sie nicht. Du musst die nicht nehmen, wenn du nicht willst. Aber ich rauch nur noch die, das spart einen Haufen Geld und mit den Steuern wird doch eh nur Scheiß gemacht.« Charlie schob sich wieder eine Zigarette zwischen die Lippen.

»Die Steuer macht mir weniger Sorgen, aber ich hatte vor Kurzem unangenehme Begegnungen mit Schmugglern. Nicht rauchen, ja?«

»Bleib cool, Mädel, ich ziehe nur trocken dran. So, so, unangenehme Begegnungen. Eigentlich sind das doch ziemlich friedliche Typen. Wenn man ihnen nicht in die Quere kommt jedenfalls.«

Karla schüttelte sich beim Gedanken an die Bewaffneten. »Friedlich fand ich die überhaupt nicht. Die hatten Knarren. Einer hat sogar ein Loch ins Autodach geschossen. Hier.« Karla zeigte auf die Stelle im Dachhimmel, die Erol mit Klebeband überdeckt hatte.

»Komisch, seit bestimmt fünfzehn Jahren reißen die sich immer zusammen. Randale ist mies fürs Business. Früher hab ich auch das eine oder andere vertickt, als Musiker verdienste ja nüscht. Als die aufeinander losgegangen sind, hab ich aufgehört, das war mir zu heikel. Aber das war nur kurz, danach haben die sich wieder arrangiert.«

Dann habe ich wirklich so etwas wie den Hauptgewinn gezogen, dachte Karla.

Der U-Bahnhof Neukölln lag hinter ihnen und sie rollten über die Kanalbrücke.

»Was waren das für Begegnungen?«, fragte Charlie.

»Verfolgung und Knarren und dann haben mich zweie vor dem Haus abgepasst und bedroht. Ich soll die Schnauze halten. Wieso willst du das wissen?«, erwiderte Karla spontan.

»Ich kenn ein paar Kumpel von früher, die sind noch im Geschäft. Ich kann die mal fragen, was da los ist«, sagte Charlie lässig.

Karla überlegte einen Moment. Das Gespräch behagte ihr nicht mehr. Aber ein Rückzieher machte jetzt kaum noch Sinn.

»Echt? Das würde mich schon interessieren. Ich hab keine Lust, dass die mir an den Kragen gehen, wenn sie glauben, ich hätte sie verpfiffen. Ich halte meinen Mund, aber das kann ich ja nicht beweisen.«

»Schon kapiert«, meinte Charlie. »Fährst du bald wieder? Dann kannst du ein bisschen genauer erzählen. Halte einfach da vorne, die paar Schritte kann ich laufen.«

Charlie zahlte und Karla stellte eine Quittung aus. Sie sah ihm nachdenklich hinterher. Sie war sich nicht sicher, ob es schlau gewesen war, diesem merkwürdigen Typen so viel zu erzählen. Ohne Weiteres könnte er zu dieser Bande Drecksäcke gehören, die für ihre Geschäfte notfalls andere über die Klinge springen ließen. Aber dann hätte sie immerhin ihre Bereitschaft bekundet, nicht mit der Polizei zu kooperieren.

19

Unter Nowacyks Blick fühlte sich Matte, wie der Hund des Nachbarn sich gefühlt haben musste, damals, als Matte noch eine kleine Rotznase war. Dieser Hund hatte sich eine Verletzung am Vorderbein eingehandelt und immer, wenn er sich beobachtet fühlte, humpelte er stärker als notwendig. Jetzt, vor Nowacyks Augen, gab sich Matte keinerlei Mühe, aufrecht und flüssig zu gehen. Warum auch, er war zerschunden, die Rippen schmerzten bei jedem Atemzug, das Gesicht war eine einzige Prellung, die rechte Hand konnte kaum etwas halten.

Er hoffte, Nowacyk würde ihm diesmal einen Stuhl anbieten, obwohl selbst Hinsetzen und Aufstehen eine wahre Tortur darstellten.

»Weißt du, wie hoch der Schaden ist?«, fragte Nowacyk ohne Umschweife. Er wirkte ziemlich gereizt.

Matte startete einen schwachen Versuch, die Schultern hochzuziehen. Eine Antwort darauf hatte er nicht. Wie auch, niemand hatte ihm verraten, was genau in den Kartons lagerte. »Tino sollte Wache stehen, aber ich glaub, der hat sich verpisst, als die kamen. Die haben uns voll gefickt mit ihrem Überfall. Ich glaub, ich habe ein paar kaputte Rippen.«

»Ausreden und halbgare Entschuldigungen! Ihr geht mir damit verdammt auf den Sack. Macht endlich eure Arbeit richtig, anstatt rumzujammern.«

Sein Handy klingelte. Er nahm das Gespräch an, aber außer ein paar Jas trug er nichts aktiv dazu bei.

»Okay«, sagte er zum Schluss. »Wir müssen weiter aufräumen. Ich werde das sofort veranlassen.« Nowacyk steckte das Telefon ein und starrte auf seine Schreibunterlage. Endlich hob er den Blick. »Du tauchst erst mal ab, bis du gerufen wirst.«

»Das ist gut«, sagte Matte. »Ich muss Sébas anrufen, der soll mir die Ärztin herbeischaffen.«

»Das lässt du sein, verstanden?« Nowacyk steckte sich eine Fluppe zwischen die Lippen. »Die arbeiten nicht mehr für uns.«

»Aber wieso?«, fragte Matte. Er verstand die Welt nicht mehr. Gerade jetzt, wo er es mal brauchte, war die Erste Hilfe draußen.

»Die müssen abtauchen wegen eurer Blödheit«, brüllte Nowacyk so heftig, wie es die Kippe im Mundwinkel zuließ.

»Das verstehe ich nicht. Außerdem konnten wir nichts machen …«

»Ihr solltet Vicko nach Tschechien bringen und nicht irgendwo in die Landschaft werfen. Jetzt muss ich die Scheiße von euch Deppen ausbaden. Verschwinde jetzt, bis ich mich melde. Bis dahin keine Extratouren, zu Hause bleiben und den Kopf einziehen, verstanden?«

Matte mühte sich hinaus, während Nowacyk schon wieder nach dem Telefon griff.

»Wir müssen uns besprechen, da muss was passieren«, hörte er seinen Boss sagen. Matte schloss zwar die Tür, blieb aber davor im dunklen Flur stehen und legte ein Ohr ans Holz.

»Nein, besser bei einem Spaziergang«, hörte er, »wir treffen uns am Potsdamer Platz. Wir haben ein paar Problembären.« Nowacyk lachte. »Ja, okay«, sagte er, dann blieb es still. Matte schlich sich mit einem mulmigen Gefühl hinaus in das Automatenkasino. Es war etwas Großes im Busch und ihm gefiel nicht, dass er keine Ahnung hatte, was da lief. Wen oder was meinte Nowacyk mit Problembären?

Am Ausgang begegnete ihm Bernd.

»Weißt du, was los ist?«, fragte Matte.

Bernd wackelte mit seinem rasierten Schädel. »Ick hab jehört, die Kuriere ham Vicko nich da abjeliefert, wose sollt'n. Da wär 'n Stau jewesen wejen een Unfall un mit jede Menge Polente. Ham abjeladen un sin jetürmt. Wart ihr dit nich?«

»Die Seele, die sündigt, sie selbst wird sterben. Hesekiel achtzehn, vier«, murmelte Matte.

Eine Stunde später stand er vor dem angefressenen Lichtenberger Wohnblock, in dem sein Vater lebte. Der Rucksack mit den wichtigsten Habseligkeiten zog schwer an seinen lädierten Knochen. Nur für ein paar Tage, sagte er sich und klingelte mehrmals. Keine Reaktion.

Matte spähte die Margaretenstraße rauf und runter. Einen Laden in unmittelbarer Nähe konnte er nicht entdecken. Wenn sein Vater nicht öffnete, konnte er entweder Getränke einkaufen sein oder zu besoffen, um das Klingeln wahrzunehmen.

Matte drückte in kurzen Abständen den Knopf. Wenn er da war, würde er es irgendwann hören. Trotzdem ertönte der Summer überraschend.

Über zerfledderte Prospekte und Werbezeitungen hinweg stiefelte er die Stufen zum Hochparterre hinauf. Die Wohnungstür stand ein Stückchen offen. Der Inkontinenzgeruch alter Herren drang heraus und mischte sich mit dem Muff des Treppenhauses. Matte schob sich in den Flur. »Papa?«

Sein Vater kam aus der Küche. Er schwankte ein wenig und hielt sich am Türrahmen fest.

Sein Anblick erschreckte Matte. Blutunterlaufene Augen, zerknitterte Hose mit Flecken um den Schritt.

»Ist mein Sohn von den Toten auferweckt worden?«, brabbelte der Vater.

»Wundert euch nicht darüber, denn die Stunde kommt, in der alle, die in den Gedächtnisgrüften sind, seine Stimme hören und herauskommen werden«, erwiderte Matte. »Johannes fünf, achtundzwanzig.«

»Fünf, achtundzwanzig, neunundzwanzig und Apostel vierundzwanzig, fünfzehn«, sagte sein Papa überraschend laut und deutlich. »Dein Wissen um die Heilige Schrift ist wie du: fehlerhaft. Was willst du hier?«

Matte setzte stöhnend den Rucksack ab. »Kann ich ein paar Tage hier bleiben? Bei mir … sind gerade die Handwerker.«

»Darum legt die Lüge ab und redet die Wahrheit, weil wir untereinander Glieder sind, Epheser vier, fünfundzwanzig«, brüllte sein Vater. »Falsche Leute dürfen in meinem Hause nicht bleiben, die Lügner gedeihen nicht bei mir. Psalm einhunderteins, sieben.« Sein Kopf lief rot an und er schnaufte.

»Entschuldige, du hast recht. Ich muss für ein paar Tage untertauchen, sonst … Papa, bitte, das ist echt wichtig …«

»Ihr sollt nicht stehlen, nicht lügen und einander nicht betrügen. Drittes Buch Mose, neunzehn, elf. Geh, ich kenne dich nicht mehr.«

Matte wurde wütend. »Wenigstens einmal könntest du was für mich tun, anstatt mir mit deinen beschissenen Bibelsprüchen zu kommen. Ich bin dein Sohn und brauche Hilfe. Hast du nur Schnaps in der Birne und überhaupt kein Herz?«

Mattes Vater drückte sich die Handflächen auf die Ohren.

»Der Böse wird in der Macht des Satans auftreten, darum sendet ihm Gott die Macht der Verführung und gerichtet werden alle, die der Wahrheit nicht glaubten. Weiche, Satanas. Thessalonicher …«

Matte versetzte dem Garderobenschränkchen einen herzhaften Tritt, der drei Füße beschädigte. Zwei vom Schrank, der sich unelegant hinkniete, und seinen eigenen. Er ignorierte mühsam die Welle des Schmerzes, nahm seinen Rucksack auf und schleppte sich hinaus. Auf der Schwelle blieb er stehen und drehte sich zu seinem

Vater um, der sich nun wieder am Türrahmen festklammerte. »Und wo euch jemand nicht annehmen wird, noch eure Rede höre, so geht heraus von demselben Haus und schüttelt den Staub von euren Füßen.« Er pfefferte die Wohnungstür mit aller Kraft ins Schloss, sodass sie wieder aufflog. »Matthäus zehn, vierzehn, fünfzehn!«, schrie er noch durchs Treppenhaus auf dem Weg nach draußen.

20

Die nächste Patientin kam vermutlich nicht aus Westafrika. Die Frau war genauso klein und schlank wie Semret, wirkte aber jünger und trug einen neu aussehenden, hellen Mantel. Schon alleine dadurch fiel sie auf und weil sie sich gezielt an Semret wendete, ohne die anderen Medibüromitarbeiter zu beachten.

Äthiopien oder Eritrea, dachte Semret. Trotzdem fragte sie auf Englisch, wie sie helfen könnte.

»Wir brauchen Unterstützung«, erwiderte die Frau ohne Umschweife auf Tigrinya.

Eritrea also, schloss Semret. Denn sie wusste, dass Eritreer in Deutschland unterwegs waren, um Geld von den Geflüchteten zu fordern. »Unterstützung? Inwiefern?« Sie blieb beim Englisch. Die lange Flucht hatte sie gelehrt, jegliche Annäherung zunächst abzublocken. Diese Frau war ihr unangenehm, außerdem roch sie nach Bratfett.

»Für ein Kulturfest der NUEW«, war die Antwort, die mit hochgerecktem Kinn vorgetragen wurde.

Semret schloss kurz die Augen und suchte nach ihrer Selbstbeherrschung. Sie hasste die NUEW, die Eritreische Frauenunion, innig. Für sie war das eine Kaderschmiede des Präsidenten, die Oppositionelle verfolgte und bedrohte. Und das sogar in Europa. Als Jugendliche hatte sie die Eritreische Befreiungsfront EPLF unterstützt und war eine Anhängerin von Isaias Afewerki, dem Rebellenchef und Präsidenten, gewesen. Nach der Unabhängigkeit eröffnete ihr dieser Umstand die Möglichkeit eines Studiums. Der Preis dafür war jedoch Militärdienst, statt für die bessere medizinische Versorgung Eritreas arbeiten zu können. Der Krieg folgte, die Unterdrückung schnürte dem Land die Luft ab und es dauerte nicht lange, bis sich Semret in der verbotenen Opposition wiederfand. Der Traum hatte sich in einen Alptraum verwandelt.

Unwillkürlich verfiel Semret ebenfalls in Tigrinya: »Die NUEW? Eritrea hat mich und meine Familie so schlecht behandelt, dass ich fliehen musste. Warum sollte ich jetzt die NUEW unterstützen? Fragt Afewerki und die PFDJ, aber nicht mich. Ihr habt das Land zu einem Gefängnis gemacht.«

Die Frau beugte sich zu ihr vor. »Wer uns nicht unterstützt, ist ein Feind. Wenn du jetzt hilfst, bist du ein Freund und wir können etwas für dich tun.«

Semret schwieg und überlegte. Vielleicht bot sich eine Gelegenheit herauszufinden, ob Lula in Eritrea festgehalten wurde. Allerdings konnte jedwede Auskunft falsch sein, zumal wenn sie von ihr als Bedingung eingefordert wurde.

Sie wusste, dass die anderen am Tisch das Gespräch zwar nicht verstehen konnten, aber sicher darüber spekulierten, um was es ging. Hilfesuchende Kranke traten anders auf.

Semrets Handy klingelte. Safiye.

»Die Polizei hat dich gesucht«, sagte sie.

»Wieso? Woher weißt du das?« Semret drehte sich zur Seite und sprach leise. Sie wollte nicht, dass diese Frau oder die anderen mitbekamen, über was sie sprachen.

»Sébastien hat es mir erzählt. Sie waren im Heim und wollten dich sprechen.«

»Hat er mitbekommen, weshalb?«

»*No*, leider nicht«, erwiderte Safiye. »Aber du darfst nichts erzählen, hat er gesagt. Das wäre sehr gefährlich. Was ist da los? Was hast du gemacht?«

»Verstehe«, murmelte Semret. »Jetzt kann ich dir nichts erzählen, schon gar nicht am Telefon. Ich rufe dich später an und wir können uns irgendwo treffen, okay?« Sie unterbrach die Verbindung und wandte sich wieder ihrer Besucherin zu.

»Ich überlege es mir.«

»Gut. Aber nicht zu lange. Wir wissen alles über dich und deine Familie.«

Die Frau stand auf und verließ mit wehendem Mantel den Raum.

Semret schloss die Augen. Jetzt musste sie dringend nachdenken. Wie war diese Frau von der NUEW bloß auf sie gekommen? Und wie die Polizei? Sie brauchte Hilfe. Sie öffnete den Kurzwahlspeicher und suchte nach Brittas Nummer.

21

Sébas genoss das milde Licht der Nachmittagssonne. Er hatte sich so postiert, dass ihn die Hochbahntrasse der U1 mit ihrem Schatten nicht erreichte und er unter den Pfeilern hindurch über die Skalitzer Straße hinweg einen Eingang des Görlitzer Parks im Blick hatte. Hinter ihm verwies die Spitze der Emmauskirche auf den blassblauen Himmel, aber das scherte Sébas nicht. Schließlich war er schon da, wo er hinwollte. Er hatte ein Geschäft, das ihm die Taschen mit Geld füllte und doch genügend Zeit ließ, um es auch auszugeben.

Gut, wenn er ehrlich war, musste er zugeben, dass er als kleiner Subunternehmer von dem Generalunternehmer abhing. Dabei konnte er nicht mal sagen, welches Unternehmen ganz oben stand. Vielleicht war es gar ein Konsortium mit gegenseitigen Abhängigkeiten. Er hatte keine Ahnung, aber er sagte sich, dass ihm das egal sein könnte. Ohne die Basisarbeit, also seine und die vergleichbarer Subunternehmer, war kein Geschäft möglich. Sicher, die Straßenverkäufer waren ersetzbar, es bewarben sich genug. Doch die mussten von kundiger Hand geleitet und überwacht werden. Also von einem wie ihm.

Durch die stark getönten Gläser seiner lässigen Sonnenbrille bemerkte er einen seiner Fahrradkuriere. Am schwarz-roten Mountainbike erkannte er Jon, der an der Fußgängerampel über die Skalitzer Straße schoss und auf ihn zukam.

»Du musst immer warten, bis du grün hast«, sagte Sébas zur Begrüßung, als Jon neben ihm anhielt. »Manchmal hält dich die Polizei wegen so einer Lappalie an und was dann? Uns Schwarze filzen sie immer, hier am Görli sowieso. Okay?«

»Mist, das habe ich vergessen«, erwiderte Jon und lachte dabei fröhlich.

Jon war ein guter Junge. Er hatte der Côte d'Ivoire den Rücken gekehrt, um in Deutschland sein Glück zu suchen. Sébas mochte ihn, weil er stets gute Laune ausstrahlte und ziemlich zuverlässig das tat, was er ihm sagte. Außerdem konnten sie sich auf Französisch verständigen, was besonders angenehm war.

»Was abgeben?«, fragte Sébas.

»Ja«, sagte Jon, »und Nachschub holen. Yem und Benni haben fast alles verkauft.« Sébas nickte. Er reichte Jon eine

Zigarettenpackung, in der sich ein Autoschlüssel verbarg. Jon steckte die Packung ein und gab Sébas die Hand. Beim Händeschütteln wechselte unauffällig eine Rolle Geldscheine zu Sébas herüber. Dann sauste Jon los. Sébas räkelte sich behaglich, bevor er die Hand mit dem Geld in die Jackentasche steckte. Es lief gut für ihn und er hatte mehrere Sicherheitsstufen eingebaut, nachdem er den Job übernommen hatte. Sein Vorgänger war über seine Sorglosigkeit gestolpert, hatte sich einfach ungeniert dicke Geldbündel überreichen lassen und war eines Tages mit zu viel Stoff und zu viel Kohle geschnappt worden. Man musste eben daran denken, dass die Polizei nicht nur mit Streifenwagen kam, sondern auch Zivilfahnder unterwegs waren.

Während er wartete, dass Jon ihm den Autoschlüssel zurückbrachte, dachte er über die Erweiterung der Belegschaft nach. Weniger arbeiten und nicht mehr so im Fokus stehen, das wäre nicht schlecht. Die Verkaufsplätze und die Kunden wurden knapp, die Aggressivität im Görli und rundherum stieg. Die Polizei kam immer öfter und machte Jagd auf das Dealerfußvolk. Ein Grund mehr, sich aus der Schusslinie zu bewegen. Ein weiterer Grund war, dass irgendetwas im Hintergrund rumorte. Er sollte herausfinden, wo Semret steckte, hatte einer der Weißen ihm gesagt. Sébas war sich nicht im Klaren darüber, was dieser Auftrag bedeutete, er wusste nur, dass er dazu keine große Lust hatte. Er nahm sich vor, möglichst bald abzutauchen und das Geschäft aus der zweiten oder dritten Reihe zu leiten. Es gab zu bedenken, wer von seinen Jungs seinen Posten würde einnehmen können und wer sich für einen Unteroffiziersjob eignete.

Benni, Yem oder die anderen Nigerianer hielt er für unzuverlässig. Die zogen sich viel zu oft selbst von der Ware rein. Jon war eigentlich noch zu jung.

Es brauchte nicht viel, dachte er, ein paar Mountainbikes und zwei, drei zuverlässige Burschen, die sich im

Verkauf bewährt hatten. Neue Straßenverkäufer würde er leicht finden. Jede Woche kam ein frischer Schub Flüchtlinge in Berlin an.

Er würde nur noch die Fäden im Hintergrund ziehen, sich um Absprachen mit der Konkurrenz kümmern und Abrechnungen machen. Natürlich war ihm klar, dass die ausgehandelten Verkaufsplätze und Bunker dauernd gefährdet waren, denn je mehr Verkäufer sich im Görli drängelten, desto brüchiger wurde der Frieden. Außerdem war jetzt dauernd von verstärkten Polizeirazzien die Rede. Egal, sollten sie halt ein paar Dumme schnappen und denen den Stoff wegnehmen, dann freuten sich alle und redeten von Erfolg. Aber, wie gesagt, Nachwuchs gab's im Überfluss.

Die Deutschen wollten es anscheinend so, denn was sollten die Jungs denn machen? In den Ecken stehen und Däumchen drehen? Arbeiten durften sie ja nicht. Aber alle hatten Schulden bei ihren Familien, die für die Kosten der Flucht zusammengelegt hatten. Sie würden alles tun, um das Geld zurückzuzahlen und noch was drauflegen zu können. Damit sie zeigen konnten, wie erfolgreich sie waren, und damit andere nachkommen konnten. So lief der Hase, und wer's nicht kapieren wollte, wurde deutscher Politiker.

Und warum sollten nur Deutsche gute Geschäfte mit den Flüchtlingen machen? Da entwickelte sich eine regelrechte Industrie. Containerbauten, mobile Toiletten und Duschen, Feldbetten und was noch so alles für die Neuankömmlinge gebraucht wurde. Nicht nur Schlepper, sondern auch Heimbetreiber und andere Schmarotzer rieben sich die Hände. Sébas schloss die Jacke, denn die Sonne war so tief gesunken und von Wolkenbänken bedrängt worden, dass der Lausitzer Platz zunehmend schattiger wurde. Er fragte sich, wo Jon blieb. Der Depotwagen parkte in der Eisenbahnstraße, nur ein paar hundert Meter entfernt.

Nach weiteren Minuten wurde er unruhig, stand auf und schlenderte ein Stück in Richtung des Wagens.

»Sébas!« Sébas drehte sich um und sah Mojo vom Kottbusser Tor her auf ihn zuradeln.

»Was ist los? Warum schreist du so?«

Mojo hielt schwer atmend vor ihm an. Schweißtropfen perlten auf seiner Stirn. »Cedric hat Ärger. Da wollen ihm welche das Geld abnehmen!«

»Wo?«

»Da, unter der Brücke.« Mojo zeigte zu den Arkaden unter der Linie der U1. Seine Hand zitterte dabei.

Angst, konstatierte Sébas, während er sich in Bewegung setzte. Cedric war sicher auch noch zu jung für die harten Bandagen des Geschäfts, obwohl er steif und fest behauptete, er sei schon achtzehn. Der Grund dafür lag allerdings auf der Hand. Als Minderjähriger hätte er nicht so leicht nach Berlin kommen können und wäre zudem in besondere Obhut genommen worden. Sébas spurtete über die Fahrbahnen der Skalitzer Straße und joggte dann auf dem Mittelstreifen unter den Bahngleisen weiter. Mojo war ihm nicht gefolgt, aber das war Sébas recht. Der Grünschnabel wäre bei möglichen Handgreiflichkeiten keine Hilfe. Im Laufen zog Sébas das Springmesser aus dem rechten Jackenärmel, wo er sich ein Etui dafür hineingenäht hatte. Sicher war sicher. Er verbarg das Messer in der Faust. Kurz darauf hatte er einen gemauerten Pfeiler der U-Bahnstation erreicht. Dieser Pfeiler beanspruchte fast die gesamte Breite des Mittelstreifens zwischen den Fahrspuren. Nur über schmale Pfade auf beiden Seiten konnte man daran vorbei und musste Pissegeruch ertragen.

Dahinter öffnete sich der Blick auf den Aufgang zu den Gleisen. Links und rechts Verkaufsbuden. Cedric war nicht zu sehen. Überhaupt war der Platz wie leergefegt. Nur ein paar Leute stiegen im Hintergrund die Treppe hinauf. Sébas wollte zwischen den Buden hindurch zur Treppe. Ein Typ löste sich von der Rückseite einer Bude. Kam mit zwei, drei schnellen Schritten auf ihn zu. Im ersten Moment hielt ihn Sébas für Cedric. Baggyjeans, Windjacke, Wollmütze. Sébas sah ihn an. Die rechte Hand des Typs schoss vor. Kurz blitzte eine Klinge. Sie drang durch Jacke und Hemd in Sébas ein.

Er konnte sich noch ein kleines Stück wegdrehen. Es half nicht. Brennender Schmerz, der durch den ganzen Körper raste. Schock. Das Springmesser entglitt ihm. Er spürte, wie seine Knie nachgaben. Der Typ legte den linken Arm um ihn und hielt ihn aufrecht. Zog die Waffe zurück. Stach erneut zu. Diesen und die nächsten Stiche spürte Sébas kaum noch. Der andere ließ das Stechen sein. Durchwühlte stattdessen Sébas' Jacke. Sébas dachte, *merde*, jetzt stiehlt der Scheißkerl auch noch mein Geld. Er versuchte sich an dem anderen festzuklammern, wollte nicht zu Boden fallen. Dann wäre alles aus.

Aber in dem Moment, als der fremde Arm ihn losließ, sank er zusammen.

Das kann doch nicht geschehen, hier, mitten im tosenden Verkehr, dachte er. Die davoneilenden Turnschuhe waren das letzte Bild, das den Weg in Sébas' Bewusstsein fand.

22

Es war kurz nach halb drei und die Nacht zog sich wie Fonduekäse. Karla bog in die Rollbergstraße ein und quetschte das Taxi wie so oft schräg in eine halbe Parklücke, wobei sie weit auf den Gehweg hinauffahren musste.

Sie krabbelte auf die hinteren Sitze und machte sich klein, man wusste ja nie, ob jemand vorbeikommen würde, der sie kannte.

Es gab viel zu bedenken. Ein paar Minuten vorher hatte sie vor ihrem Haus gestoppt und zu den Fenstern ihrer Wohnung hinaufgeschaut. Kein Licht. Um sicherzugehen, hatte sie das Taxi verlassen, war hinaufgestiegen und hatte sich dort leise umgesehen. Die Tür zu Brittas Zimmer stand einen Spalt offen. Sie hatte einen Blick hineingeworfen und festgestellt, dass ihre Freundin nicht da war. Auch in ihrem eigenen Zimmer und der Küche war niemand gewesen, was sie sicherheitshalber ebenfalls kontrolliert hatte.

Eingedenk dessen, was ihr Tia erzählt hatte, und der Tatsache, dass wieder Lesbendisco stattfand, war es möglich, Britta im SchwuZ anzutreffen. Sie fragte sich, ob sie das überprüfen sollte. Ob das irgendetwas beweisen würde, wenn ihre Freundin nicht dort wäre. Wie sie reagieren würde, fände sie Britta dort, wusste sie nicht. Womöglich mit der schmalen Eritreerin. Semret, eigentlich ein schöner Name.

Ich gehe nachsehen, sagte sie sich, auch auf die Gefahr hin, dass ich Britta oder Semret in die Arme laufe. Möglich wäre auch, dass eine Bekannte Britta auf ihre fast schon regelmäßigen Besuche dort anspräche. Fraglich, ob sie sich dann mit dem Hinweis auf die Suche nach einer Fuhre herausreden könnte.

Karla blieb eine Weile sitzen, ohne sich aufraffen zu können. Aber dann schlängelte sie sich aus der kaum zu öffnenden Tür hinaus. Nach ein paar Dehnungen und Kopfrollen schloss sie sich den Frauengrüppchen an, die den Rollberg hinaufschlenderten.

Vor dem Eingang zum SchwuZ stand immer noch eine Schlange, aber kürzer als normalerweise in den ersten beiden Stunden nach Mitternacht.

Karla zahlte den Eintritt und tauchte vorsichtig in den mit jedem Schritt lauter werdenden See der Beats ein. Sie bewegte sich an den rohen Backsteinwänden entlang und hielt Ausschau.

Als Erstes suchte sie die offenen Toiletten auf, pinkelte und wusch Gesicht und Hände. Mit noch feuchter Haut schlich sie sich zurück auf die nächste Tanzfläche.

Bei den verschiedenen Räumen und der Masse der Lesben, die in den alten Hallen zuckten und sich verbogen, konnte sie nur auf den Zufall bauen. Manchmal ergab sich in einem Gespräch, dass eine Bekannte zur gleichen Zeit dort getanzt hatte, ohne dass sie sich begegnet waren.

Schuldgefühle plagten Karla während ihrer Suche. Sie hätte es nicht so weit kommen lassen sollen, dass sie etwas zu verbergen hatte. Und eigentlich sollten in einer Beziehung offene Gespräche möglich sein, zumal in einer so langjährigen. Sie fragte sich, warum sie so viel Misstrauen angehäuft hatte, dass sie ihrer Freundin hinterherspionierte. Wobei zumindest sie selbst schon Heimlichkeiten eingegangen war. Aber das hatte sie für sich gerechtfertigt mit notwendiger Ergänzung in der Beziehung, was sicherlich auch in Brittas Interesse liegen müsste.

An Tanzen war in dieser Stimmung nicht zu denken.

Aus der Menge schälte sich ein bekanntes Gesicht heraus und es dauerte ein paar Augenblicke, bis Karla begriff, dass es zu Semret gehörte. Sie zog sich sofort hinter ein paar kräftig gebaute Butches zurück und versuchte dabei, Semret und deren Umgebung im Blick zu behalten. Da alles hin und her strömte, sich Wege bahnte und Wege verstellte, war das nicht leicht und sie riskierte, entdeckt zu werden.

Doch schließlich sah sie auch Britta, die Semret folgte. Die beiden blieben stehen, steckten die Köpfe zusammen und sprachen miteinander. Anscheinend einigten sie sich, denn sie nickten beide. Brittas weiße Hand schob sich auf

Semrets Schulter und wanderte von dort nach oben bis unter das Ohr. Dann beugte sich ihre Freundin ein Stück herunter und berührte mit ihren Lippen Semrets Mund. Lange und intensiv.

Karlas Magen zog sich zusammen. Wann hatte sie Britta das letzte Mal so küssen sehen? Oder gar gespürt? Wenn Britta so küsste, meinte sie es ernst. So wie damals, als sie zusammenkamen. Karla schloss die Augen für einen Moment und bekämpfte den ziehenden Schmerz in ihrer Brust. Als sie wieder hinsah, waren die beiden verschwunden.

Sofort bahnte sich Karla grob einen Weg bis zur Stelle, wo ihre Freundin diese verdammte Kleinkriminelle geküsst hatte. Sie glaubte, ein ganzes Stück entfernt Richtung Ausgang den blonden Schopf Brittas zu erkennen, und machte sich mit pochendem Herzen auf die Verfolgung.

23

Ihr Kopf dröhnte und ein eigenartiges Gefühl hatte sich in ihr breitgemacht. So als stünde sie an der Kante eines Abgrunds oder wäre schon abgerutscht. Ob sie fallen oder fliegen würde, war ihr nicht klar. Alles war möglich. Sie war Teil dieser wogenden Frauenmasse und das Unglaubliche daran war, sie erahnte, dass sie sich gut damit fühlen könnte.

Die Deutsche hatte sie auf ihren Anruf hin sofort getroffen und jegliche Hilfe angeboten. Zunächst, indem sie Semret einlud, bei ihr zu übernachten. Zur Polizei sollte sie erst dann gehen, wenn mit einem Rechtsbeistand die Sachlage geklärt wäre.

Eine Essenseinladung in ein Restaurant folgte und gegen Abend hatte Britta sie wieder in die Wohnung der beiden Frauen mitgenommen. Sie durfte ein Bad nehmen, das Britta ihr einließ. Die Deutsche hatte ihr einen Tee gemacht und sich damit einfach neben die Wanne auf die Toilettenschüssel gesetzt. Verstohlen hatte Semret an sich hinuntergelinst und sich gefragt, ob die andere das sah, was sie auch sah.

Nacktheit vor einer Frau war für sie nie ein Problem gewesen, jetzt aber lagen die Dinge anders. Diese Frau verfügte über den Blick eines Mannes. Allerdings ging sie über diesen Blick nicht hinaus, dabei wäre es bei einem Mann sicher nicht geblieben.

Später lagen sie nebeneinander auf Brittas Bett, ohne dass es zu mehr Annäherung kam. Semret konnte sogar ein wenig schlafen.

Es war schon sehr spät, als Britta mit ihr zum Tanzen ging. Auf andere Gedanken kommen, hatte Britta dazu gesagt. Das hatte beim letzten Mal schon funktioniert.

Semret konnte immer noch kaum glauben, wie viele Frauen hier zusammenkamen und ungeniert ihre Liebe auslebten.

Nach einer Weile war sie sogar zum Tanzen bereit. Britta hatte die Hände auf Semrets Hüften gelegt und sich so lange bewegt, bis auch Semret sich dem treibenden Pochen nicht mehr entzog. Schließlich küsste Britta Semret, erst zart, dann fordernd und Semret ließ es geschehen.

Nun fühlte sie sich müde und ausgelaugt und das verstärkte sich, als sie in die Nachtluft hinaustraten.

Britta griff nach ihrer Hand und auch das ließ Semret geschehen. Sie nahm sich aber gleichzeitig vor zu fragen, wie das mit Brittas Freundin zusammenpasste.

Bevor sie die Seitenstraße verließen, kamen sie an einem Taxi vorbei, das einen Teil des Gehwegs blockierte.

Britta blieb stehen und sah sich um. »Schade, niemand da. Das ist wohl einfach nur geparkt. Ich würde mich jetzt glatt chauffieren lassen. Aber dann lass uns laufen, das geht schneller, als wenn wir auf die U-Bahn warten. So weit ist es nicht.«

Semret nickte. Sie war froh darüber, denn sie konnte sich das Taxifahren nicht leisten. Sie wollte nicht, dass die Deutsche sie dauernd aushielt.

Selbst das quirlige Berlin war nun deutlich ruhiger geworden. Nur auf den Hauptstraßen rollte noch Verkehr. Britta behielt recht, nach einer Viertelstunde überquerten sie die breite Straße, von der ihr Teil der Hobrechtstraße abzweigte.

Die Tankstelle an der Ecke war geöffnet. Ein Wagen mit wummernden Lautsprechern hielt vor dem Kassenhaus.

Semret hatte sich noch nicht dazu durchringen können, über die Mitbewohnerin der Deutschen zu reden. Sie überlegte, wie lange sie das Thema aufschieben konnte. Spätestens, bevor sie sich ins Bett legten, würde es nötig sein, oder sie musste alleine auf dem Boden schlafen und jedwede Annäherung zurückweisen. Aber direkt vor dem Schlafengehen solch ein schwieriges Problem diskutieren zu wollen, schien ihr auch nicht sinnvoll.

»Was sagt deine Freundin …«, setzte Semret schließlich an.

»Halt, wir sind schon da«, meinte Britta und hielt sie am Arm fest. Semret sah sich um und erkannte die alte Haustür mit den geschwungenen Scheiben.

Britta kramte nach dem Schlüssel. »Jetzt bin ich aber ganz schön müde«, sagte sie dabei unter Gähnen.

Schnelle Schritte näherten sich. Semret warf einen Blick über die Schulter. Zwei Männer, nur noch wenige Meter entfernt. Sie trugen Kapuzenshirts und kamen zielsicher auf sie zu.

Sofort spürte Semret, wie sie sich versteifte. In ihr erhob sich ein mächtiger Drang wegzurennen. Sie zog an Brittas Jackenärmel. Britta sah vom Türschloss auf, in das sie gerade den Schlüssel einstecken wollte. Doch bevor sie reagieren konnte, drängten sich die Männer hinter sie und schnitten jede Fluchtmöglichkeit ab.

Einer rempelte Semret gegen die Tür und wollte ihr den rechten Arm auf den Rücken biegen. Sie versuchte sich umzudrehen und gleichzeitig wegzutauchen. Schmerzhaft knallte ihr Kopf gegen die Laibung. Sie hörte Britta schreien.

Der Mann ließ Semrets Arm nicht los. Zerrte weiter. Wollte sie in den Polizeigriff bekommen. Sie trat nach seinen Schienbeinen, hoffte, sie könnte ein Knie in seinen Schritt rammen. Er drehte sich geschickt mit und drängte mit der Hüfte gegen sie. Gleichzeitig schlang er seinen linken Arm um ihren Hals.

Semret fuchtelte mit ihrer freien Hand, suchte sein Gesicht. Sie bekam bloß die Kapuze zu fassen und zog heftig daran. Unbeeindruckt verstärkte er den Klammergriff um ihren Hals.

Semret kippte den Kopf zur Seite. Riss den Mund auf und biss in den Arm, so fest sie konnte. Ein unterdrückter Schrei ertönte. Trotzdem verstärkte sich der Griff nur.

Sie kämpfte. Fauchte wie eine Katze. Biss und kratzte. Ihr Angreifer zerrte sie vom Haus weg. Stück für Stück. Sie sah Britta am Boden liegen. Der andere kniete auf ihr und hielt sie am Hals gepackt.

Semret hörte, wie ein Wagen auf der Straße hielt. Eine Tür wurde aufgerissen. Trappelnde Schritte. Ein dumpfer Schlag, den sie durch den Körper des Angreifers spürte. Ein Schmerzensschrei. Ein weiterer Schlag, der Mann ließ Semret los. Sie tauchte weg und drehte sich zur Straße. Dort stand ein Taxi mit Licht und laufendem Motor. Brittas Freundin schwang beidhändig einen Knüppel. Der Angreifer wich schwankend zur Seite aus. Brittas Freundin wurde vom eigenen Schwung herumgerissen. Er hämmerte ihr eine Faust in die Seite. Sie taumelte, aber der Knüppel kam zurück. Diesmal war der Angreifer nicht schnell genug. Er wurde an der Schulter erwischt und ging in die Knie.

Semret erinnerte sich an Britta, fuhr herum und stürzte sich auf den Mann, der sie am Boden hielt. Er schüttelte sie sofort ab, sprang auf und hastete davon. Der andere Mann stolperte hinterher, schwankend, auf wackeligen Beinen.

Die Taxifahrerin rannte hinter ihm her. Brüllte und schwang den Knüppel.

»Ist dir was passiert?«, fragte Semret die stöhnend daliegende Britta.

Britta hustete angestrengt. »Er hat mir die Luft abgedrückt«, keuchte sie. Dann befühlte sie ihren Hinterkopf. Die Fingerspitzen wurden blutig. »Bin mit dem Kopf aufgeschlagen.«

Brittas Freundin kam dazu. Sie hielt immer noch den Knüppel umklammert, atmete schwer und hielt sich die Stelle, an der sie der Boxhieb getroffen hatte.

»Was ein Glück, wenn du nicht gekommen wärst …«, sagte Britta.

»Zufall«, meinte die Taxifahrerin, »ich wollte eigentlich nur aufs Klo. Diese Scheißkerle, ich hätte sie am liebsten zu Brei geschlagen.« Sie streichelte Brittas Wange. »Wie geht's dir? Kannst du aufstehen?«

Britta nickte und stemmte sich schnaufend hoch. Die Taxifahrerin hob den Schlüssel auf, der auf den Gehweg gefallen war, und öffnete die Haustür. »Ich bringe dich noch hoch.« Sie drehte sich zu Semret. »Was ist mit dir? Hast du was abbekommen?«

Semret schüttelte stumm den Kopf. Sie fühlte sich jetzt ziemlich fehl am Platz und fragte sich, ob es ihr gelingen könnte, ein paar Stunden in der Unterkunft zu schlafen und früh genug wieder zu verschwinden, ohne dass es die Leitung bemerkte. Vielleicht konnte sie sogar zu Safiye ins Bett kriechen, um wenigstens etwas Nähe zu spüren. Die Irakerin hatte schon an Semret gekuschelt Nächte verbracht, in denen sie Trost suchte, weil sie von ihrer Familie getrennt war.

»Glück gehabt«, sagte die Taxifahrerin. »Soll ich dich nach Hause fahren, wenn ich Britta hochgebracht habe?«

»Nein, Semret muss bleiben«, sagte Britta hustend. Sie hielt sich an der Tür fest.

Semret schüttelte den Kopf. »Es ist besser, wenn ich gehe. Ich kann mich verstecken.« Ohne auf Brittas Einwände zu warten, eilte sie davon.

24

Obwohl sie todmüde war, brühte Karla einen Morgentee auf, nahm ein Kühlkissen aus dem Eisfach und brachte beides in Brittas Zimmer.

»Willst du nicht besser zum Arzt gehen?«, fragte sie ihre Freundin, die sich stöhnend aufrichtete.

»Gegen die Beule kann der nicht viel tun und genäht werden muss das auch nicht«, erwiderte Britta. Sie drückte sich die Kissen zurecht, lehnte sich an und platzierte das Kühlkissen.

Karla setzte sich auf die Bettkante und kämpfte mit den Fragen, die ihr auf der Seele lagen. Einerseits würde sie ihre nächtliche Entdeckung einfach ignorieren, denn sie fürchtete die möglichen Antworten. Andererseits hielt sie diese latente Bedrohung des mürben Gleichgewichts zwischen sich und Britta kaum aus. Eine verstörende Unruhe hatte sie durch den Rest der Nacht begleitet. Deswegen hatte sie die Arbeitsschicht, nachdem sie Britta hochgebracht hatte, vorzeitig abgebrochen. Jedoch hatten sie bedrückende Fantasien später vom Schlafen abgehalten. Das Tageslicht milderte ihre Sorgen etwas, aber nicht genug.

»Ich frage mich, was diese Kerle von euch wollten«, sagte sie, um überhaupt in ein Gespräch einzusteigen.

»Was alle wollen, die Frauen angreifen«, brummte Britta.

»Kann sein.« Karla formulierte die nächste Frage in Gedanken vor. »Wieso wolltest du eigentlich, dass Semret bei uns bleibt?«

»Sie hat Stress in der Unterkunft, deswegen habe ich ihr angeboten, hier zu schlafen.« Britta schnupperte am Tee und probierte vorsichtig einen Schluck.

»Vielleicht gehörten die Schläger mit zu dem Stress«, meinte Karla. Das Erlebnis mit den beiden Männern, die ihr aufgelauert hatten, kam ihr in den Sinn. Sie fragte sich mit Unbehagen, ob der Stress in der Unterkunft eine Folge des Anrufs bei der Kommissarin war.

»Glaub ich nicht.« Britta wendete das Kühlkissen.

Vor dem nächsten Satz musste Karla tief durchatmen. »Ich habe welche aus dem SchwuZ nach Hause gefahren, da war Isabel dabei. Sie hat erzählt, du wärst gestern dort gewesen.«

Britta sah stumm zum Fenster.

»Du wärst mit einer Frau dort gewesen«, fügte Karla nach kurzem Warten auf eine Antwort hinzu.

Britta wandte sich ihr mit undurchdringlicher Miene zu. »Du gehst da auch öfter hin, wie ich gehört habe.«

Karla unterdrückte mühsam die spontane Frage, von wem Britta darüber informiert worden war. »An den Discoabenden hole ich dort jede Menge Fuhren ab. Am Einlass wissen die schon Bescheid und lassen mich rein«, sagte sie stattdessen und es fühlte sich so an, als wäre das bis auf minimale Abstriche die Wahrheit.

»Beim Abholen tanzt du auch und besuchst den Darkroom, wie?«, fragte Britta mit ziemlich ironischem Unterton.

»Quatsch! Natürlich habe ich mich mal umgesehen und wenn ich warten muss, hopse ich ab und zu einen Moment. Aber ich arbeite nachts und habe keine Zeit für was anderes.« Karla fühlte sich in die Defensive gedrängt, wie eigentlich immer, wenn es sich um Beziehungsfragen drehte.

»Ich habe aber etwas anderes gehört«, sagte Britta. Sie nahm das Kühlkissen vom Kopf und trank von ihrem Tee.

»Von wem?«

»Ist das wichtig? Ich will nur wissen, ob das stimmt, dass du schwofen gehst, statt zu arbeiten, und was mit anderen Frauen hast.«

Karla fühlte sich ertappt, ihr schlechtes Gewissen brannte und das machte sie wütend. »Es ist deswegen wichtig, weil ich wissen will, wem du mehr glaubst als mir«, sagte sie, um dabei von Brittas unverblümter Frage abzulenken.

Britta sah wieder zum Fenster und schwieg.

Nun wäre Beleidigt-Sein angemessen, dachte Karla. Obwohl es sich nicht einstellen wollte, erhob sie sich und wollte gehen.

»Es war Semret«, sagte Britta leise.

»Was?«

»Ich war mit Semret gestern Abend im SchwuZ. Und falls Isabel nichts weitererzählt hat: Ich habe sie geküsst und wenn alles so gelaufen wäre, wie ich es mir vorgestellt hatte, wäre sie bei mir im Bett gelandet«, sagte Britta tonlos.

Karla erstarrte. Als in ihr Bewusstsein drang, was Britta soeben unwiderruflich zwischen sie gestellt hatte, durchlief sie eine Hitzewelle. Mehrfach setzte sie erfolglos zum Reden an. »Warum?«, konnte sie schließlich fragen.

Nun sah Britta sie wieder an. »Weil ich jemanden zum Lieben brauche.«

»Und was ist mit mir?«, rief Karla.

»Das könnte ich dich auch fragen. Du bist doch meilenweit entfernt. Entweder fährst du Taxi oder du schläfst. Wenn ich was mit dir unternehmen will, bist du müde. Von dir kommt schon lange gar nichts mehr …«

»Das stimmt so nicht«, rief Karla dazwischen. »Klar ist der Job anstrengend, aber immer wenn ich frei habe, hast du irgendeine wichtige Veranstaltung. Du kümmerst dich um alle möglichen Leute, bloß nicht um mich. Zeit und Verständnis für mich hast du schon lange nicht mehr.«

»Wie kann ich mich um eine kümmern oder sie verstehen, wenn die sich dermaßen tief in ihr Schneckenhaus verkrochen hat und nicht mal zu einem klärenden Gespräch rauskommt? Deine weiteren Aktivitäten hältst du vor mir geheim. Du verweigerst dich doch konsequent jeder Annäherung und das schon ziemlich lange.«

Karla sprang auf. »Was soll ich denn machen? Du treibst mich ständig mit dem Kinderwunsch in die Enge. Ich kann das jetzt nicht und brauche mehr Zeit. Ganz zu schweigen von dem Umzug.« Sie stellte sich ans Fenster und sah hinaus. »Wie stellst du dir das vor? Seit über fünfundzwanzig Jahren lebe ich in Berlin und jetzt soll ich mal eben nach Hannover ziehen?«

»So deutlich hast du das noch nie gesagt«, erwiderte Britta leise. »Aber ich möchte ein Kind, solange es noch geht. Und ich möchte verliebt sein und Liebe spüren. Beides ist mit dir offenbar nicht mehr möglich.«

»Und deine Lösung ist, an die morsche Beziehungskiste einen Anbau zu pappen? Damit du da reinflüchten kannst, wenn sie zusammenkracht?«

»Flüchten willst doch immer nur du«, bemerkte Britta leise.

Karla fuhr herum und starrte Britta an. »Hast du jemals daran gedacht, dass ich bald fünfzig werde? Ich habe keine richtige Ausbildung außer diesem sinnlosen Studium und das Diplom ist jetzt schon ewig alt. Wie soll ich da einen neuen Job finden? Ich will nicht zu Hause hocken, mit deinen Eltern im Nacken ein plärrendes Balg hüten und warten, dass du von der Arbeit kommst. Hast du dich jemals gefragt, wie es mir damit gehen wird?«

»Die Frage kann ich genauso dir stellen … au.« Britta verzog den Mund zu einer Grimasse und hielt sich den Kopf. »Jedenfalls geht es dir vergleichsweise gut. Die Flüchtlinge … verdammt … wie ich dieses Wort hasse, die Geflüchteten, denen geht es wirklich schlecht und die brauchen unsere Hilfe.«

»Bei uns gibt es auch Leute, denen es scheiße geht und die wenig oder nix verdienen. Wer hilft denen? Und du willst gleich mit einer aus Afrika ins Bett steigen!« Karla hörte selbst, wie ihr Ton stetig aggressiver wurde. Ungerecht und rassistisch war es obendrein. Darüber hatte sie die Kontrolle verloren.

»Das hat damit nichts zu tun«, fauchte Britta. »Semret ist ein toller Mensch und ich fühle mich ihr sehr nahe. Im Augenblick näher als dir. Viel näher.«

»Ist das dein ›Liebe spüren‹? Vergiss es!«, schrie Karla. Sie stürmte hinaus, verzog sich in ihr Zimmer und schob Marla Glen in den CD-Spieler. Von der tiefdunklen Stimme begleitet warf sie sich aufs Bett, drückte ihr Gesicht in das Kissen und weinte.

Sie fühlte sich so alleine wie schon lange nicht mehr und sah sich dem verliebten Paar gegenüber. Semret und Britta. Semret, die Männer verarztet, die auf mich schießen, und meine Freundin. Eine Kluft hat sich geöffnet, zwischen mir und euch, dachte sie.

Einige Zeit später bohrte sich das Schrillen des Telefons in ihre depressiven Gedanken. Marla Glen schwieg schon eine ganze Weile und auch sonst war es still gewesen. Nur gelegentliches Dielenknarren und das Rauschen der Toilettenspülung erinnerte sie an Brittas Anwesenheit. Alltägliche Dinge, von denen sie genau wusste, wie Britta sie machte. Zu denen sie aber keinen Zugang mehr hatte. Karla konnte sich nicht entscheiden, ob sie das noch als tröstlich oder nur noch quälend empfand.

Nun hörte sie Britta sprechen, jedoch so leise, dass sie nichts verstand. Sie fragte sich, ob ihre Freundin mit Semret sprach und was sie unternehmen würde. Von einem auf den anderen Moment war Britta für sie zu einer fremden und unberechenbaren Person geworden. Vielleicht lag es auch nur an ihrer Wahrnehmung, die sich zum ersten Mal seit langer Zeit auf ihre Partnerin fokussierte.

Unterbrechungen des Gemurmels und Veränderungen der Tonlage legten nahe, dass Britta mehrere Telefonate mit unterschiedlichen Leuten führte. Schließlich wurde es wieder still. Dielen knarrten bis vor ihre Zimmertür. Klopfen.

»Karla?«

»Was ist?«

»Kann ich reinkommen?«

»Ja.«

Britta öffnete, blieb jedoch im Türrahmen stehen. »Hast du mit der Polizei über Semret gesprochen?«

Karla setzte sich auf. »Wieso?«

»Eine Freundin von ihr, Safiye, hat angerufen. Semret ist heute morgen festgenommen worden«, sagte Britta anklagend.

»Das wundert mich nicht, nach dem, was ich gehört habe.«

Britta ballte die Fäuste. »Du weißt doch überhaupt nichts über Semret! Sie hat so unglaublich viel durchgemacht und sitzt jetzt seit Monaten in diesem Heim fest, ohne Perspektive …« Sie brach ab und starrte Karla an. »Hast du oder hast du nicht?«

»Ich hatte einen in der Taxe, der mir fast ein Loch in den Kopf geschossen hätte«, erwiderte Karla. Sie wurde allmählich ebenfalls wieder wütend. »Schon vergessen? Natürlich habe ich der Bullentante von dem Mann mit der Schusswunde erzählt. Es wäre gut möglich, dass es derselbe war.«

»Du hast sie verraten!«, schrie Britta. Ihr schossen Tränen in die Augen. »Dass du so mein Vertrauen missbrauchst …« Schluchzend wendete sie sich ab, tappte durch den Flur und verschwand in ihrem Zimmer.

Karla fluchte leise vor sich hin. Das war ihre hilflose Reaktion auf die Schuldgefühle, die sie überfluteten. Am liebsten würde sie jemanden herumstoßen und schlagen, jemanden, der eigentlich Schuld hatte. Sie suchte nach ihrem Rucksack, den sie am Schichtende irgendwo achtlos hingepfeffert hatte. Dabei stolperte sie über die karierte Reisetasche, die ihr Erol in Obhut gegeben hatte. Birgül habe sie beim Saubermachen entdeckt, sagte Erol und er habe seiner Mutter erklärt, sie gehöre der Freundin eines Freundes. Nun müsse er die Tasche aber woanders unterbringen, bevor sie sich wundere, warum er immer noch das Frauenzeug in seinem Zimmer lagerte.

Verdammt, dachte sie, ich soll allen helfen. Aber wer hilft mir? Ich habe niemanden, nur eine, die sich mehr für exotische Hilfsbedürftige interessiert und mich aus den Augen verloren hat. Scheiße. Ich muss was tun.

Der Rucksack lag gleich hinter der Reisetasche. Sie fischte Kaminskis Visitenkarte heraus.

25

»Warum treffen wir uns eigentlich hier?«, fragte Karla beim Hinsetzen.

Kaminski schob sich die dunklen Locken hinter die Ohren. »Ich habe heute frei und da wollte ich mich nicht im Büro blicken lassen. Worum geht es denn eigentlich?«

Karla stellte ihren Rucksack auf den Boden, schälte sich aus der Jacke und sah sich nach einer Bedienung um. Kaminski konnte ruhig warten, bis sie etwas bestellt hatte, schließlich war es deren Idee gewesen, sich hier zu treffen. Am Telefon hatte Kaminski alle Erklärungen und Fragen abgewürgt.

Ein Hipsterschuppen war das, fand Karla, es gab Kaffeezubereitungen wie bei Starbucks. Ähnlich zubereitet erschien ihr das Publikum. Nur eine Frau mit dreierlei Färbungen im Haar und Schichten von bunten Klamotten gefiel ihr. »Es geht um diese Frau aus Eritrea«, sagte sie, weil niemand zum Tisch kam. Eine Nische schirmte ihn vom Thekenbereich des Cafés ab.

»Sie meinen Semret Mahtai?«

Karla nickte.

»Ist Ihnen noch etwas eingefallen oder was ist mit ihr?«, fragte die Kommissarin beiläufig.

»Das will ich von Ihnen wissen. Sie haben doch gesagt, Sie wollten vorerst nur mal mit ihr reden.« Karla bestellte bei der inzwischen herbeigeeilten Bedienung einen Kaffee mit Kaffeegeschmack.

»Ja und? Ich bin bis jetzt nicht dazu gekommen«, antwortete Kaminski stirnrunzelnd.

»Warum habt ihr sie denn festgenommen?«, fragte Karla aufgebracht.

Kaminski zog die Augenbrauen hoch. »Ich habe niemanden festgenommen. Wie kommen Sie darauf?«

Karla zögerte. Sie fragte sich, ob sie einer Falschinformation, von wem auch immer, aufgesessen war. Allerdings war Britta überzeugt, dass es stimmte. »Meine, ähm, Partnerin wurde darüber informiert. Sie ist im Flüchtlingsrat aktiv und betreut mit ihrer Gruppe eine Menge Leute.«

Kaminski sah sinnend zur vergilbten Decke, während der Kaffee für Karla gebracht wurde. »Wann soll das gewesen sein?«

»Es muss zwischen gestern Nacht und heute Vormittag passiert sein. Es war auch die Rede davon, dass die Polizei sie gestern im Heim gesucht habe. Hat Britta gesagt, also meine Freundin.«

»Ich weiß nichts davon«, erwiderte Kaminski. Sie nahm einen Schluck von ihrem Rotwein und kaute darauf herum. »Natürlich bin ich nicht immer mit allem befasst, was in der Ermittlungsgruppe läuft. Die ist riesig, wir arbeiten mit Zoll und Bundespolizei zusammen, da müsste ich mich erst mal informieren. Warum ist das jetzt so wichtig, dass Sie mich unbedingt treffen wollten?«

Karla knallte die Tasse auf den Tisch. »Moment mal, Sie wollten mich treffen und nicht telefonieren!«

»Ja, schon gut, stimmt. Aber warum ist das so dringend?«

Karla unterdrückte einen Seufzer. »Semret hat so viel Scheiße auf der Flucht erlebt und wäre dabei fast ersoffen, oder so. Sie hatten mir versprochen, dass Sie die Frau in Schutz nehmen. «

»Im Rahmen meiner Möglichkeiten«, erwiderte Kaminski ungerührt. Mit ihren langen Fingern drehte sie das Weinglas langsam hin und her. »Wenn Frau Mahtai wirklich aus Not in kriminelle Machenschaften verwickelt sein sollte, könnte es für sie besser sein, sich in Polizeigewahrsam zu befinden.«

»Aber meine Partnerin glaubt jetzt, dass es meine Schuld ist«, sagte Karla und spürte dabei, wie ihr Tränen in die Augen stiegen. Die Scham über ihre Schwäche und ihre Heimlichkeiten trieben sie hinaus.

Kaminski sah sie forschend an.

»Tut mir leid«, murmelte Karla, »da geht es gerade drunter und drüber.«

»Wo? In Ihrer Beziehung?« Kaminski schob ihr ein Päckchen Taschentücher über den Tisch.

»Danke. Ja, wir haben Stress.« Karla schnäuzte sich. »Auch wegen Semret«, fügte sie dann leise hinzu.

Kaminski schwieg und Karla trocknete mit einem weiteren Taschentuch ihr Gesicht.

Kaminski beugte sich vor. »Eifersucht?«

Karla nickte und musste wieder weinen. Einige Tränen waren der Wut geschuldet, die sie verspürte, weil sie sich vor der Polizistin nicht im Griff hatte.

»Sie brauchen sich keine Sorgen zu machen. Für Frau Mahtai besteht keine Gefahr, solange sie in Gewahrsam ist.« Kaminskis Stimme klang nun weich und einfühlsam. »Wenn sie Zeugin ist, sollte sie uns helfen und aussagen. Dann können wir die Hintermänner schnappen und sie hat von denen nichts mehr zu befürchten. Wenn Sie so gut mit ihr befreundet sind, sollten Sie Ihren Einfluss nutzen und ihr das klarmachen. Ich werde aber erst mal klären, ob sie wirklich festgenommen wurde.« Die Kommissarin holte ein Handy aus ihrer Jackentasche und wählte eine Nummer.

Kaminski verstand ihr Handwerk, dachte Karla. Wenn sie was von mir will, ist sie ganz lieb und fürsorglich. Nur hat sie noch nicht begriffen, wer auf wen eifersüchtig ist. Dann dachte sie daran, was Kaminski über die Bedrohung erzählt hatte, und sie rief sich das Bild des merkwürdigen Überfalls in der letzten Nacht ins Gedächtnis. Es hatte fast so ausgesehen, als wollte der Mann, mit dem sie sich geschlagen hatte, Semret wegschleppen. Der andere könnte der gewesen sein, der ihr vor dem Haus die Pistole gezeigt hatte. Warum Semret und nicht Britta, überlegte sie. Zufall wohl kaum. Im Hinblick auf die Drohung der Männer neulich beschloss sie, die Klappe zu halten, zumal außer einer Beule an Brittas Kopf nichts passiert war.

Kaminski hatte sich zum Telefonieren weggedreht, sodass Karla nicht verstand, was sie sagte. Aber sie beobachtete, wie die Worte mit abgezirkelten Bewegungen von Handfläche und Fingern begleitet wurden. In diesem Moment musste sie sich eingestehen, dass sie die Kommissarin attraktiv fand. Sehr attraktiv. Karla kämpfte gegen das Gefühl an, indem sie sich die allgegenwärtige Arroganz Kaminskis in Erinnerung rief.

Nachdem die Kommissarin das Gespräch beendet hatte, wirkte sie, passend zu Karlas Überlegungen, wieder sehr kühl und überlegt.

»Es stimmt tatsächlich, dass Frau Mahtai festgenommen wurde. Ich hoffe nur, sie hilft sich selbst, indem sie aussagt. Anscheinend hat sie das bis jetzt noch nicht getan. Das sollte sie aber, denn vor ein paar Tagen wurde bei einem Autobahnparkplatz an der A 17 die Leiche eines Mannes gefunden. Er hatte eine Schussverletzung im Bauchbereich, wahrscheinlich die Todesursache.«

»Und Sie meinen, das könnte der …« Karla verschluckte den Rest der Frage. Zu deutlich stand ihr wieder das Bild des verwundeten Fahrgasts vor Augen.

»Es ist immerhin möglich.«

»Aber ist die A 17 nicht hinter Dresden? Ziemlich weit weg«, meinte Karla.

Kaminski zog die Augenbrauen hoch. »Das ist eine regelrechte Ameisenstraße. Aus Tschechien kommen jede Menge Rauschgift und andere Schmuggelwaren und wir wissen, dass dort Dienstleistungen erhältlich sind, die bei uns nicht so einfach zu haben sind. Zum Beispiel illegale Bestattungen.«

»Da kennen Sie sich besser aus als ich«, sagte Karla.

Kaminski grinste. »Das hoffe ich. Haben Sie morgen Zeit, sich ein Foto des Toten anzusehen? Wir müssten wissen, ob es sich um Ihren Fahrgast handelt.«

»Wenn's unbedingt sein muss«, schnaubte Karla. »Und was ist nun mit Semret?«

»Sie wird zumindest bis morgen festgehalten. Dann wird die Ermittlungsgruppe entscheiden, ob wir Haftbefehl beantragen.«

»Aber wieso denn Haftbefehl?«, rief Karla.

»Leiser! Das hängt von den Ermittlungsergebnissen ab. Aber bei Flüchtlingen gehen wir meistens auf Nummer sicher. Da besteht in der Regel Flucht- und Verdunklungsgefahr.« Kaminski leerte ihr Glas und erhob sich.

»Das ist doch Scheiße«, sagte Karla gepresst. »Wenn Britta das erfährt, ist die Kacke am Dampfen. Die ist gerade so zickig. Sie hat mir einen Vortrag darüber gehalten, dass Homosexualität in Eritrea verboten ist. Drei Jahre Haft, stellen Sie sich das vor, und wenn sie abgeschoben werden sollte …« Sie brach ab. Eigentlich ging ihr Beziehungsleben die Kommissarin nichts an. Selbst wenn es möglicherweise schon das ehemalige Beziehungsleben war.

»Das ist sicher manchmal Scheiße und mir tun Menschen leid, die aus Not ins kriminelle Milieu abgerutscht sind«, erwiderte Kaminski. »Trotzdem müssen wir unsere Arbeit machen, Frau Lehwalder. Ich werde sehen, was ich für Frau Mahtai tun kann. Aber Sie können auch etwas für sie tun. Kommen Sie bitte morgen zwischen acht und vier zu mir, um die Fotos anzuschauen. In Ordnung?«

Karla grunzte ein unwilliges »Ja«. Die Kommissarin nickte ihr zu, erhob sich und ging.

Der Kaffee war inzwischen kalt geworden. Als sie bezahlen wollte, stellte sich heraus, dass Kaminski das schon erledigt hatte.

26

Wieder musste Karla eine Fahrspur der Adalbertstraße blockieren. Alle zwei Tage, hatte Charlie gesagt, als sie ihn neulich morgens aus dem Krankenhaus abgeholt hatte. Während sie auf ihn wartete, stellte sie sich die Satelliten vor, die unentwegt köttelnd am Himmel klebten. Die Schüsseln sammelten davon ein und versorgten die Süchtigen damit. Über Hunde, die auf die Straße schissen, wurde sich mehr aufgeregt. Warum eigentlich, diese Sorte Scheiße ist ehrlicher, dachte Karla.

Karla seufzte, denn sie merkte selbst, wie nahe sie einer Depression war. Vielleicht sogar schon hineingeraten.

»Komm endlich, du Vollhonk«, knurrte sie. Als hätte Charlie das gehört, trat er an den Wagen, öffnete die Beifahrertür und schwang sich auf den Sitz. »Na, lange gewartet?«

»Gleich zur Klinik, oder erst noch Schnuck kaufen?«, fragte Karla ruppig.

»Mies gelaunt?«, fragte Charlie. »Wechseljahrsbeschwerden, was?«

Karla schwieg verbissen. Sie wollte etwas von ihm und fürchtete, eine ehrliche Reaktion würde seine Unterstützung kosten. »Wohin jetzt?«, fragte sie so ruhig wie möglich.

»Zur Klinik. Ist es, weil Gökhan immer noch blaumacht?«

Wider Willen musste Karla lachen. Sie fädelte sich in den Verkehr ein. »Blaumachen ist gut gesagt. Er hat sich von Erol ein paar blaue Pillen geben lassen, die der beim Saubermachen im Auto gefunden hat. Davon hat Gökhan zwei geschluckt und statt besser rammeln zu können, hat er Herzrhythmusstörungen bekommen.«

»Was für blaue Pillen? Etwa …«

»Genau, Viagra. Ich frage mich, warum jemand so was in der Taxe verliert. Obwohl, da bleiben manchmal Sachen liegen …«

Diese Version, wo die Pillen herkamen, erschien Karla unverfänglicher. Jedenfalls so lange, bis sie sich sicher war, dass sie Charlie trauen konnte. Er gluckste ebenfalls. »Gökhan gibt zu gerne an. Vielleicht wollte er noch mehr Nachwuchs produzieren, so zum Zeichen seiner Potenz.« Er hielt einen Moment inne, bevor er kurz ernst wurde. »Wer weiß, ob das echtes Viagra war. Es sind gefakte im Umlauf. Mit denen steht eher das Herz.« Charlie lachte.

»Schmuggelware?« Aufmerksam geworden schaute Karla zu ihm hinüber.

»Was denn sonst? Legal kann hier so Zeug nicht verkloppt werden.«

Karla hatte sich das schon gedacht, aber eine Bestätigung konnte nicht schaden. »Kann es sein, dass Schmuggler verschiedene Waren schmuggeln? Also nicht bloß Zigaretten, sondern eben auch Medikamente?«, erkundigte sie sich.

»Und Rauschgift«, sagte Charlie. »Warum auch nicht? Vertriebswege und Endverkauf sind vorhanden. War auch schon früher so. Wo man Haschisch bekam, konnte man auch Captagon oder LSD und so was kaufen.«

Schweigend rollten sie die Buschkrugallee entlang. Karla zögerte mit ihrer nächsten Frage. Sie wartete darauf, dass Charlie von sich aus berichtete. Aber er tat es nicht. War es ein Spielchen, das er trieb?

»Wie ist das denn nun mit den alten Kumpeln? Hast du etwas erfahren?«

»Nee, erst mal nicht.«

Scheiße, dachte Karla, das hatte so vielversprechend geklungen. Charlie nahm die Angelegenheit halt auf die leichte Schulter. Da konnte sie nichts machen.

»Aber ein alter Kumpel hat sich bei mir gemeldet, weil er eine kurzfristige Unterkunft braucht. Irgendwie Ärger mit seinem Boss und ich glaube, der kennt den Fall.«

Karlas Gedanken überschlugen sich. Bot sich da eine Chance, den Konflikt zu entschärfen? Aus der Schusslinie zu kommen? Glaubhaft zu versichern, wie wenig ihr daran läge, über irgendwelche illegalen Geschäfte Bescheid zu wissen? Klarzustellen, dass sie von jeher nicht mit der Polizei ... Sie rief sich zur Ordnung. »Ehrlich? Super. Kannst du uns zusammenbringen? Möglichst bald?«

»Ich frage ihn. Aber ich kann nicht garantieren, dass er darauf Bock hat. Er ist ein Schisser. War er schon immer. Aber 'n Spitzenbassmann in unserer Band, bevor er sich die linke Hand geschrottet hat. Geile Gigs haben wir gehabt. Ich an den Drums, Matte am Bass, Oli am Keyboard und am Saxophon ... Ey, pass auf, die Ampel ist rot!«

Karla rieb den Asphalt mit Reifengummi ein.

Taxistand am Ostbahnhof. Windiger Platz, in jeder Hinsicht. Es wurde allmählich dunkel. Karla langweilte sich mit der *taz*, weil sie sich nicht konzentrieren konnte. Die Fotos des Toten, die ihr am Vormittag von Kaminski vorgelegt worden waren, zeigten nicht ihren schießwütigen Fahrgast. Dieser Tote war jünger, hellhaarig und seine blicklosen Augen hatten sie erschreckt. Dieses Bild schob sich immer wieder über die Zeitungsseiten.

Zum Reden mit Kolleginnen hatte sie keine Lust. Soweit sie es überblicken konnte, war ohnehin niemand da, mit dem sie gerne plauschen wollte. Es konnte auch sein, dass diese Überlegungen nur ein Vorwand waren, um sich in ihr Schneckenhaus zurückziehen zu können.

Zwischen ihr und Britta herrschte eine Art kalter Krieg. Sie gingen zwar vorgeblich behutsam miteinander um, jedoch ergaben sich da und dort Gelegenheiten, um Spitzen zu setzen. Britta bemühte sich nicht mehr um Verabredungen, sie kam und ging kommentarlos. Karla konterte, indem sie das Aufräumen auf ihre eigenen Sachen beschränkte. Gespräche fielen regelmäßig recht kurz aus und endeten stets offen.

Irgendwann würden sie eine Lösung oder einen Beschluss finden müssen.

Je älter die Nacht wurde, desto jünger erschienen die Massen, die um den Bahnhof herumwimmelten. Karla hoffte immer darauf, dass sie sich noch auf der Straße von überflüssigen Mageninhalten befreiten, was auch reichlich geschah.

Tja, so ist Berlin, dachte Karla. Lockt mit Partymeilen Touristen aus der ganzen Welt an, füllt sie ab, bis sie die Straßen vollkotzen, und überlegt dann, wie Lärm und Dreck einzudämmen wären. Die Pferdekutschen vom Brandenburger Tor mussten einen Eimer für das Geäppel dabei haben. Für Touristen war dies offenbar nicht praktikabel.

Endlich bekam sie eine Fuhre nach Treptow. Ein junger Typ, der ununterbrochen telefonierte und an einer Red-Bull-Büchse süffelte. Nachdem er den Fahrpreis großzügig um fünfzig Cent aufgerundet hatte und ausgestiegen war, fuhr Karla Richtung Hauptbahnhof. Sie fand, sie hätte ein Recht auf Tapetenwechsel.

In der Leipziger Straße, kurz vor dem Potsdamer Platz, winkte sie ein Typ vom Straßenrand heran. Er trug einen Hoodie und eine Lederjacke drüber, was bei dem schneidenden Wind sicher nicht das Falscheste war.

»Franz-Klühs-Straße«, gab er als Fahrziel an, als er sich auf den Rücksitz geworfen hatte.

»Welche Nummer?«, fragte Karla.

»Beim Theodor-Wolff-Park«, brummte ihr Fahrgast mit dem Gesicht zur Seitenscheibe.

Karla zuckte mit den Schultern und fädelte sich wieder in den Verkehr ein. Sollten sie halt dort ein bisschen herumsuchen, das konnte ihr nur recht sein. Die Fahrt war nicht besonders lukrativ.

Nach dem Abbiegen rollten sie schweigend dahin. Karla rechnete dabei ihren Umsatz, den sie bis jetzt erzielt hatte, auf die restlichen Stunden hoch. Eine Scheißnacht, lautete das Ergebnis, und noch sechs Stunden Schicht.

Gerade rechtzeitig fiel ihr ein, dass ihr Ziel eine Einbahnstraße war, in die sie von der Wilhelmstraße nicht hineindurfte. Sie bog vorher links ein, dann wieder rechts, passierte das Haus der Ärztekammer und fuhr wieder rechts in die Franz-Klühs-Straße.

Ihr Fahrgast beugte sich zu ihr vor. »Hier anhalten«, sagte er leise direkt hinter ihr.

Karla stoppte. In dem Moment, wo der Wagen stand, kam ein Arm von hinten und presste ihren Schädel gegen die Kopfstütze. Fast gleichzeitig spürte sie einen kalten, dünnen Strich an ihrer Kehle. Ein Messer, sicher.

»Stillhalten. Motor aus. Ich tue dir nichts, aber her mit der Kohle. Nichts bewegen, außer einem Arm«, zischte die Stimme.

Schlagartig brach Karla der Schweiß aus. Der Taxenripper, der hatte ihr gerade noch gefehlt. Einen guten Platz hatte er sich ausgesucht, musste sie zugeben. Wenige Menschen und viele Möglichkeiten, anschließend ungesehen zu verschwinden.

»Sofort, sonst …« Der Druck an der Kehle wurde stärker.

Karla tastete nach der Geldtasche. Sie wagte nicht hinzuschauen, sondern hielt Kopf und Blick starr nach vorne gerichtet. »Es lohnt sich für dich nicht«, sagte sie gepresst, als sie die Tasche über die Rückenlehne reichte. Sie beobachtete im Rückspiegel, was geschah. Der Taxenripper griff nach dem Geld. Dabei drehte er sein Gesicht ein kleines Stück.

»Banks?« Karla schnaufte vor Überraschung. Der Druck gegen Kopf und Kehle ließ sofort nach. Sie schob die Messerhand mit der Geldtasche beiseite. Ihren Kopf gab Banks selbst frei. Karla drehte sich zu ihm um.

»Du bist also der Taxenripper. Du tickst doch nicht richtig. Warum zum Henker machst du so was?«

Banks sah sie aus tief in den Höhlen liegenden Augen an. »Tut mir leid«, murmelte er.

»Tut dir leid?«, brüllte Karla. »Du hast eine Kollegin von mir verletzt und du kommst mir mit ›tut mir leid‹? Nenn mir wenigstens einen guten Grund, warum ich nicht auf der Stelle die Schmiere hole! Nee, du, bleib mal schön hier …«

Karla verriegelte die Türen, weil Banks schon eine Hand auf den Griff gelegt hatte. Die Bedrohung durch das Messer war schon vergessen.

»Ich hab Probleme, ich brauche Geld … Deine Kollegin wollte ich nicht verletzen, sie hätte einfach nur stillhalten müssen«, kam es unter dem Hoodie hervor. Von Banks' Gesicht konnte Karla nur die schmale Höckernase erkennen, die sich im Schein der Innenbeleuchtung außerordentlich blass ausnahm.

»Geld brauche ich auch«, erwiderte Karla. »Warum bestiehlst du ausgerechnet uns? Ich komme auf höchstens tausend bis elfhundert Kröten im Monat. Das ist doch Scheiße.«

Banks sah kurz auf, den schmallippigen Mund verzogen, als wollte er weinen. »Weiß ich doch. Aber die Verzweiflung, irgendwann ist unsereins alles egal.« Er schwieg.

Karla wartete, sie spürte, dass da noch mehr kommen würde.

»Ich bin froh, wenn ich Selbstachtung noch buchstabieren kann.« Banks sah wieder auf. »Ich bin nur noch so viel von der Obdachlosigkeit entfernt.« Er zeigte mit Daumen und Zeigefinger die Dicke einer Bildzeitung.

»Okay, darüber möchte ich mehr wissen«, sagte Karla, setzte sich zurecht und fuhr das Taxi an den Straßenrand, wo sie den Zündschlüssel zog. Sie drehte sich wieder zu Banks um. »Erzähl mir, warum das so ist. Und wenn du das Messer auf den Boden legst, fühle ich mich viel wohler.«

Er folgte ihrem Vorschlag, indem er das Messer auf die Fußmatte fallen ließ.

»Ich habe keinen Job, dafür Schulden und außerdem alles ruiniert«, sagte er leise. »Zuerst meine Ehe, dann mein Geschäft und schließlich den Rest meines Lebens.« Banks schlug die Hände vor das Gesicht.

Unwillkürlich musste Karla an seine Zockerei in der Billardhalle denken. Das gehörte sicher mit zum Ruin.

»Schulden haben viele und Scheidungen, nun ja …« Karla geriet kurz ins Stocken. »Deswegen muss man noch lange keine Taxen überfallen. Zur Not meldet man Privatinsolvenz an.«

»Privatinsolvenz!« Banks lachte ein ziemlich unfrohes Lachen. »Bei meinen Gläubigern zieht das nicht. Ich kann schon von Glück reden, dass sie mich was abstottern lassen. Wenn ich nicht mehr zahlen kann, schneiden die mir was ab!«

»Die schneiden dir was ab? Wie kommst du auf so einen Scheiß?«

»Das ist kein Scheiß. Kannst du dich nicht erinnern, Anfang 2010 war doch die Sache mit dem Finanzberater. Dem haben sie drei Finger abgehackt und er hat anschließend behauptet, er wüsste nicht, wer das gewesen sei. Natürlich wusste er das, aber wenn er das verraten hätte, hätten die ihn umgebracht. Ich kenne den Typ und weiß, wem er das zu verdanken hat.«

Karla hob ihre Schieberkappe vom Boden auf, wo sie durch Banks' Attacke gelandet war. »Pass mal auf, du kannst mir nicht jeden Mist auftischen. Ich denke, du kokst und möchtest, dass andere für deine Nasenfüllung blechen. Aber statt das zuzugeben, machst du hier auf Opfer.«

»Verdammt, ja, ich kokse, aber nur ab und zu, wenn ich mein Scheißleben nicht mehr aushalte. Früher war das kein Ding, da haben mir meine Geschäftspartner immer mal was zugesteckt.«

Banks klang ziemlich gepresst und Karla glaubte, seine Augen in Tränen schwimmen zu sehen. Sie versuchte es mit einem verständnisvollen Tonfall. »Wer sind oder waren denn die Geschäftspartner?«

»Leute mit viel zu viel Geld in den Taschen. Eigentlich ein Paradies für einen Anlageberater. Zertifikate, simple Aktien, Verlustbeteiligungen, bei mir wanderte so viel über den Schreibtisch, dass er schon qualmte. Dazu Konferenzen mit allem Pipapo. Alk, Mädels, Koks, *whatever*. Das war wie ein Rausch.« Bei der Schilderung wurde Banks fast so etwas wie lebhaft.

»Und dann?«, fragte Karla.

»Finanzkrise«, meinte Banks düster. »Einige hatten bei der Kaupthing Bank Geld angelegt, andere bei Lehman. Die sind mir an die Gurgel gegangen, als sie 2009 plötzlich nicht mehr an ihre Kohle rankamen. Ich musste aus meinem Privatvermögen Knete zuschießen. Selbst für die entgangenen Zinsen sollte ich aufkommen. Es hat nur ein Vierteljahr gedauert und ich war pleite. Zumal ich selbst Gewinne dort gebunkert hatte. Ganz große Scheiße war das. Bis heute habe ich so eine Handvoll Spacken im Nacken sitzen, die mir jeden Cent aus dem Kreuz leiern. Ich bin mit den Nerven so am Ende, ich kann nicht mal arbeiten.« Banks sank auf dem Sitz in sich zusammen, schluchzte leise und sein magerer Körper zitterte.

»Und was sind das für Leute mit dem vielen Geld und den wenigen Skrupeln?«, fragte Karla nach ein paar Augenblicken, in denen sie überlegt hatte, was sie nun machen sollte.

»Lauter große Tiere. Da waren zwei aus der Senatsverwaltung für Justiz, ein Notar, einer vom LAGeSo, soweit ich weiß, und noch ein paar mehr. Eine Horde Burschen, die Koks und solche Sachen verticken, war auch dabei. Die haben alles finanziert. Ich war auf Wolke sieben, so viel Kohle …«

Karla biss sich auf der Unterlippe herum. »LAGeSo, das ist das Landesamt für Gesundheit und Soziales, die für die Flüchtlingsheime zuständig sind, oder?«

Banks nickte. »Ja, der Vizepräsident von dem Verein hat bei den Treffen immer ordentlich getankt.«

Das klang gefährlich nach Korruption. Und natürlich Schmuggel und Gewalt, davon hatte Karla in letzter Zeit mehr als genug gehabt. Andererseits machte Banks sich und sein Tun kleiner, indem er diese Leute großmachte. In der Opferrolle gefiel er sich offenbar besser. Falls es überhaupt stimmte, was er da von sich gab.

»Was willst du jetzt machen?«, wollte Banks wissen. »Mich verpfeifen? Mach ruhig, dann hat der Alptraum ein Ende.«

Karla holte ihre Teekanne aus dem Rucksack und goss einen Becher voll. Sie trank ein paar kleine Schlucke, dann bot sie ihn Banks an.

Er probierte einen Schluck und verzog das Gesicht. »Auch eine Strafe«, murmelte er.

»Dann trink und tröste dich, das ist gesünder als Kaffee«, sagte Karla. »Ich habe keine Lust, dich anzuzeigen. Lass einfach die Überfälle sein, dann halte ich die Klappe. Okay?«

Banks trank, dann reichte er den Becher zurück. »Warum so?«

»Weiß auch nicht«, erwiderte Karla. »Vielleicht hast du mir einen Haufen Müll erzählt, aber mein Vertrauen in die Polizei hat in der letzten Zeit gelitten. Sollte ich wieder von Überfällen auf Kollegen hören, häng ich dich sofort hin.«

Banks schwieg. Er sah zum Seitenfenster hinaus.

»Zeig mir deinen Perso oder irgendein anderes Dokument. Ich muss schließlich wissen, wie du richtig heißt«, fuhr Karla fort.

Sie bekam einen Führerschein, der von der Aufbewahrung am Gesäß schüsselartig verformt war. »Du heißt wirklich Moritz Maletzke?«

»Ja, und?«

»Lustiger Name«, meinte Karla. »Ich muss jetzt wieder arbeiten und du schuldest mir Fahrgeld.«

»Ich bin pleite.« Banks klang genervt.

Karla überlegte kurz, ob sie ihm was von den restlichen Scheinen ihres schießwütigen Fahrgasts geben sollte. Sie schnaufte und zog einen Zwanziger aus ihrer Jacke. »Hier, geliehen.«

Banks nahm ihn. »Den kann ich kaum zurückzahlen.«

»Das findet sich schon irgendwie.« Karla drehte sich nach vorne, setzte sich zurecht und ließ den Wagen an. »Soll ich dich irgendwo absetzen?«

27

Semrets Schultern und Arme schmerzten. Was im letzten Tageslicht so greifbar nah erschien, dehnte sich zu einer farblosen Fläche mit ein paar Glanzlichtern da und dort. Sie versuchte, nicht an die schwarze Tiefe unter ihr zu denken, indem sie sich auf das Paddeln konzentrierte. Rechter Arm ins Wasser, durchziehen, hochnehmen, den linken Arm eintauchen und durchziehen. Endlos. Zwar gab es keine hohen Wellen, aber eine Dünung, die das Vorankommen erschwerte.

Immer öfter musste sie eine Pause einlegen und ihren Blick auf die düstere Masse der Insel vor ihr lenken. Sie war von einigen Lichtern gekrönt, die ihr höhnisch zuzwinkerten.

Die Luftmatratze, die sie am Vortag gestohlen hatte, war schlapp geworden. Sie bildete inzwischen eine Rinne mit hoch aufragenden Seiten, in der sie im hereinschwappenden Wasser lag.

Wie weit mochte es noch sein? Die Küstenlinie wurde durch einen weißen Saum markiert. Offenbar brach sich dort das Meer an den Klippen.

Einen Kilometer noch? Etwas Tröstliches lag in der Zahl Eins, wenngleich dieser Kilometer aus tausend einzelnen Metern bestand. Das bedeutete die doppelte Menge an Paddelzügen, die sie sich noch abverlangen musste.

Semret arbeitete verbissen. Sie dachte dabei an Lula, ihre schöne, kluge Tochter, die in Deutschland auf sie wartete. Ein neues Leben, ohne Kriege, ohne Unterdrückung.

Doch Europa forderte einen Tribut. Gefahren und Ängste mussten durchlebt und überwunden werden. Irgendwie erschien ihr das logisch. Nur, was Menschen sich erkämpfen mussten, konnten sie wertschätzen.

Als das Rauschen lauter wurde, sah Semret auf. Direkt vor ihr erhob sich die Insel und davor massige Felsen, vom Wasser umspült. Die Dünung warf die Luftmatratze auf einen davon und sie schlug hart mit einem Oberschenkel gegen den Stein.

Ein Schrei weckte Semret auf. Heftig pochte ihr Herz. Aber sie lag auf festem Untergrund im Nachtdunkel. Die Decke weggestrampelt, ein Bein an der kühlen Wand. Allmählich erkannte sie die Zelle.

Festgenommen und eingesperrt.

Sie tastete nach dem Wasserbecher. Ihr Mund war trocken und der Nachklang des eigenen Schreis hallte in ihr.

Nach ein paar Schlucken schloss sie die Augen und wollte weiterschlafen.

Es brauchte nur ein paar Augenblicke und sie kletterte im Morgengrauen einen steinigen Hang hinauf. Die Matratze hatte sie am schmalen Saum aus feinem Sand liegen lassen.

Der aufgeschürfte Oberschenkel schmerzte, aber die Erleichterung überwog. Sie hatte es nach Europa geschafft und das, ohne betrügerischen Schleppern ausgeliefert gewesen zu sein.

Auf der Hochebene erwartete sie spärlich bewachsenes, trockenes Gelände. Ein paar Karnickel hoppelten vor ihr davon.

Sie achtete darauf, dass sie das fahle Morgenlicht im Rücken hatte, denn sie strebte nach Westen, wollte die ersten der Tausenden von Kilometern, die noch vor ihr lagen, bewältigen.

Schon nach ein paar hundert Metern stieß sie auf einen terrassierten Olivenhain. Pfade dazwischen, die alle in einen Hauptweg mündeten. Dem folgte sie bergauf, bis ein von Palmen und Zypressen gesäumtes weißes Haus mit rotem Ziegeldach vor ihr auftauchte.

Sie zögerte, aber dann beschloss sie, einfach daran vorbeizugehen. Sollte sie jemanden treffen, konnte sie nach dem Weg fragen und um etwas Trinkwasser bitten.

Ein Hund schlug an. Sein Gebell kam näher und nach einigen weiteren Schritten versperrte ihr ein knurrender Schäferhund mit gesenktem Kopf und angelegten Ohren den Weg.

Semret blieb stehen, denn der Hund fletschte die Zähne, wenn sie sich bewegte. Sie versuchte ein paar beruhigende Worte, aber der Hund verstand wahrscheinlich kein Tigrinya. Er kam noch näher und es sah so aus, als suchte er die passende Stelle zum Zubeißen.

Vom Haus her kam ein Mann in Arbeitskleidern, die bloßen Füße in Sandalen. Mit einem Zuruf bändigte er den Hund, dann betrachtete er Semret ausgiebig.

Sie wusste, was er sah. Eine abgerissene, schmale Gestalt, schwarze Haut, lumpige Kleider, die beim Trocknen Salzkrusten hinterließen. Verfroren, armselig, ausgeliefert.

»*Kaliméra*!«, sagte er und klopfte sachte mit einer Hand auf seine Hemdbrust. »*Me lene Stéfanos*.«

Semret erwachte, weil das Licht eingeschaltet wurde. Mann und Hund verschwanden zugunsten der Zelle. Mithin die Angst und Hoffnung, die das Erlebte begleitetet hatten, zugunsten des Gefühls, gescheitert zu sein. Sie wusste, dass ihr Abschiebung drohte, und sie fragte sich, ob sie Kraft genug für eine neuerliche Flucht besäße. Vielleicht würde sie lediglich nach Griechenland abgeschoben, wenn sie zugab, dass Samos der erste Fleck Europas war, den sie betreten hatte.

Zunächst hieß es für sie warten. Warten auf das Frühstück, warten, ob etwas geschah, warten, ob sie wieder zur Vernehmung geholt werden würde. Die gestrige Vernehmung auf Englisch war abgebrochen worden, weil die Beamten sie nicht verstanden. Allerdings lag es auch daran, dass Semret nicht wusste, ob und wie sie die Fragen beantworten sollte. Das hatte sie kaschiert, indem sie vorgab, die Fragen nicht richtig zu verstehen. Dabei war sie nicht mal sicher, ob sie die Fragen wirklich verstand.

Das Geklapper von Geschirr drang aus einer Entfernung unter ihre Decke, die sie über den Kopf gezogen hatte.

Weil sie die Augen schloss und sich der Schläfrigkeit überließ, sah sie Stéfanos' Hosenbeine. Er stand da und beobachtete, wie sie den Putzlappen im Eimer auswrang.

Bevor er sie anfassen konnte, zerrte sie sich die Decke vom Kopf, damit das Licht die Erinnerung vertrieb. Selbst das Eingesperrtsein in diesen kahlen Wänden war leichter zu ertragen als das, was sie mühsam verdrängte. Sie wünschte sich so sehr, Safiye wäre bei ihr. Oder Britta.

Zwei Stunden später saß sie zwei Polizisten gegenüber. Ein nüchterner Raum, Tisch, sechs ungepolsterte Stühle, neongrell.

Die Frau mit der dunklen Mähne war wieder dabei. Der blonde, kurzhaarige Beamte von gestern war durch einen dicken Glatzkopf ersetzt worden. Die Dunkelhaarige hatte sich und ihren Kollegen vorgestellt und dann ein Aufnahmegerät bereitgemacht.

Semret hatte sich deren Namen nicht merken können. Sie versuchte, ins Leere zu schauen und an Lula zu denken.

Die Polizisten unterhielten sich leise auf Deutsch.

Semret wunderte sich, warum sie nicht mit ihren Fragen anfingen. Der Dicke erschien ihr sprachkundiger als der Mann von gestern. »Ich suche meine Tochter Lula. Lula Mahtai. Können Sie mir sagen, ob sie in Deutschland ist?«

Die Polizisten sahen überrascht auf.

Der Dicke fragte seine Kollegin etwas auf Deutsch.

»Moment«, sagte die Dunkelhaarige zu Semret und dem Dicken gleichermaßen. Sie sah auf ihre Armbanduhr, dazu machte sie ein paar abwiegelnde Handbewegungen.

Die Tür wurde geöffnet und an einem Uniformierten vorbei trat eine schlanke, schwarze Frau in einem hellen Mantel ein.

Semret erkannte sie sofort, auch ohne dass sie das Bratfett roch. Erschrocken beobachtete sie, wie die Frau mit den Polizisten ein paar Worte wechselte, Hände schüttelte, den Mantel ablegte und am Tisch Platz nahm.

Die Dunkelhaarige schaltete das Aufnahmegerät ein und sprach ein paar Sätze. Neben Semrets eigenem fiel ein zweiter eritreischer Name, Teklienkiel. Offenbar die Frau im hellen Mantel. Diese ergriff das Wort. »Ich übersetze. Du sollst die Fragen der Polizei beantworten. Sage zuerst deinen Namen.«

»Diese Frau vertritt die NUEW, das ist die Eritreische Frauenunion, und die wird beherrscht von Afewerki und der Staatspartei PFDJ«, sagte Semret laut auf Englisch zu den Polizisten.

»Wie?«, fragte der Dicke und sagte noch ein paar Sätze, die Semret nicht verstand. Die Dolmetscherin antwortete und deren Erklärung quittierten die Beamten mit einem Nicken.

»Das interessiert niemanden. Wenn du nicht kooperierst, machen wir aktenkundig, dass du homosexuell bist. Wenn du dann zurückgeschickt wirst, sperren wir dich deswegen ein, verstanden? Du sollst deinen Namen nennen«, sagte die Dolmetscherin.

Semret holte scharf Luft. Es roch nach Gefahr. Offenbar stand sie unter Beobachtung und Informationen verbreiteten sich schnell. Eine wirkliche Erklärung hatte sie nicht. Aber sie hätte gerne gewusst, ob die Dolmetscherin das übersetzte, was gesagt wurde. »Semret Mahtai«, erwiderte sie schließlich.

»Wann geboren? Beruf?«

»Zweiter August 1978. Ich habe in Jimma studiert und bin Ärztin. Die eritreische Regierung verhindert, dass ich es beweisen kann, weil sie die Auskunft verweigert.«

»Auch das interessiert die Polizei nicht. Wo wohnst du?«

»Nirgends. Ich habe eine Tasche mit meinen Sachen im Heim in der Carola-Neher-Straße.«

Jetzt stellte die Polizistin eine Frage und Semret hörte schon, worum es ging.

»Kennst du Karla Lehwalder?«

Semret schwieg und dachte nach. Von Sébas wusste sie, dass sie keine Namen oder Personen verraten sollte. Sie wäre dann selbst im Gefängnis nicht sicher. Ob das auch für Personen galt, die mit den Schmugglern nichts zu tun hatten, wusste sie nicht. Aber nichts zu verraten, entsprach ihren Erfahrungen mit den eritreischen Behörden.

Sie schüttelte den Kopf.

»Du sollst sprechen«, sagte die Dolmetscherin.

»Nein, ich will nichts sagen.«

Der dicke Polizist ließ eine weitere Frage übersetzen. »Kennst du Britta Stegemann?«

Semret schluckte schwer. Britta, neben Safiye und vielleicht Sébas ihre einzige Verbindung nach draußen. »Ich will nichts sagen.«

Die Polizisten sahen sich stirnrunzelnd an. Aus einer Mappe, die vor ihnen lag, zog die Dunkelhaarige ein paar Fotos. Zwei davon schob sie Semret hin.

»Kennst du den Mann?«, lautete die übersetzte Frage dazu.

Unwillkürlich musste Semret blinzeln. Es war der Angeschossene, den sie nicht behandeln konnte. Sein starrer Blick legte nahe, dass er gestorben war. Sie schüttelte erneut den Kopf.

»Du sollst sprechen.«

»Ich will nicht«, flüsterte Semret.

Sie bekam zwei weitere Fotos vorgelegt.

»Kennst du den Mann?«

Ein verzerrter, halb offen stehender Mund. Neben dem Kopf die Rastamütze und Blut auf dem Pflaster. Semret stiegen Tränen in die Augen unter den scharfen Blicken der Polizisten.

»Kennst du den?«

Semret drehte den Kopf zur kahlen Wand und schwieg. Viertausendsiebenhundertundfünf Kilometer Luftlinie betrug der Abstand zwischen Asmara und Berlin. Sie hatte auf dem Landweg mindestens zehntausend Kilometer zurückgelegt, auf der Flucht vor Polizei und Gefängnis in Eritrea. Nur, um in Berlin genau da zu landen. Sie kämpfte gegen die Tränen an.

Der Dicke ließ etwas übersetzen. »Wenn du nichts sagst, kann dir die Polizei nicht helfen und du wirst zurückgeschickt.«

»Ich will nichts sagen. Die Polizei hilft nicht in Eritrea und nicht in Deutschland.«

28

Karla schleppte sich die Treppe hinauf und sah dabei die Post vom Tag zuvor durch. Einmal von der Hausverwaltung, zwei amtlich aussehende Briefe an sie und Britta. Die *taz*, der Rest Reklame.

Auf dem dritten Treppenabsatz musste sie stehen bleiben. Die Fußmatte bei Böhme verlangte täglich ›Haxn abkratzn‹. Patschinski genügte ein ›Willkommen‹.

Nach der Doppelschicht fehlte Karla die Puste. Metin habe Herzschmerzen, hatte Birgül gesagt und gefragt, ob sie noch die Frühschicht fahren könne. Gökhan sei immer noch krank.

Dieser elende Faulpelz.

Karla nahm die nächsten Treppen in Angriff. Erol hatte ihr zugeflüstert, eine Freundin seiner Schwester habe ihn vorm SO36 erkannt, obwohl er voll aufgepimpt gewesen sei. Seine Ausrede, sie würden ein Theaterstück proben, sei nicht gut genug gewesen und jetzt müsse man abwarten, bis sich seine Eltern wieder einigermaßen beruhigt hätten.

Bis zum Rauskramen des Wohnungsschlüssels war Karla zu der Auffassung gekommen, dass diese Enttarnung unvermeidlich gewesen war und Erol besser früher damit rausgerückt wäre.

Seufzend streifte sie Rucksack, Schuhe und Jacke ab, ließ alles auf den Flurboden plumpsen und betrat die Küche. Es roch nach Tee und an Brittas Platz stand eine halbvolle Müslischale.

Also war sie schon auf.

Karla setzte Kaffee auf, bevor sie sich der Post widmete. Die Hausverwaltung kündigte eine Mieterhöhung für das kommende Jahr an. Scheiße, schon wieder.

Der amtliche Wisch enthielt eine Vorladung zur Zeugenvernehmung. Datum heute, in gut eineinhalb Stunden. Noch mal scheiße, pennen wäre angesagt.

Karla goss Kaffee in ihre Froschtasse, dann wollte sie bei Britta klopfen. Ihre Vielleicht-noch-Freundin sprach, es klang nach Telefon. Sie tippte sachte an die Tür.

»Moment, ich komme gleich«, rief Britta.

Die Zeitung meldete, dass es Gerüchte um Vetternwirtschaft zwischen dem Leiter des Landesamts für Gesundheit und Soziales und den Betreibern zweier Flüchtlingsheime gab. Angeblich kassierten die Betreiber mehr Geld, als ihnen zustand, und sparten im Gegenzug an vertraglich festgelegten Leistungen. Karla musste an Banks und seine Geschichte denken. Aus Gerüchten, Hörensagen und Informationen aus zweiter Hand formte sich ein Bild, das Lüge oder Wahrheit sein konnte. Und alles dazwischen.

Weiter unten ein Kommentar. Die Politik der Industrienationen sei schuld an den Kriegen, am Hunger, am Klimawandel. Waffenexporte, geostrategische Interessen, unfaire Handelsbedingungen. Billigklamotten und Seltene Erden. Nun solle man sich nicht wundern, wenn Menschen nach Europa fliehen würden.

Karla stützte den Kopf schwer auf eine Hand und seufzte. Ein steter Appell an das schlechte Gewissen. Nur, wie sollte sie Einfluss nehmen? Ihr Konsumverhalten ändern? Das war praktisch nicht vorhanden, bei ihrem Einkommen.

Vielleicht war aber alles so gewollt. Jeder Mensch ein potenzieller Konsument. Dem, was Markt genannt wird, unterworfen.

»Hallo, was ist?« Britta kam herein, das Telefon noch in der Hand.

»Post.« Karla gab ihr den Brief.

»Du siehst müde aus«, bemerkte Britta beim Öffnen. Sie las und über ihrer Nasenwurzel bildete sich eine Zornesfalte. »Was soll denn das? Das ist doch sicher, weil du der Polizistin von Semret erzählt hast! Warum konntest du nicht einfach die Klappe halten?« Sie warf das Blatt auf den Tisch.

»Sinnlose Frage.« Karla hob die Schultern. »Außerdem habe ich damit nicht gerechnet. Ehrlich, es tut mir leid.«

»Super. Das hilft ihr bestimmt weiter.«

Karla trank von ihrem Kaffee und verkniff sich eine Antwort. Was sollte sie auch sagen, sie hatte ein schlechtes Gewissen, aber Britta wollte keine Entschuldigungen hören.

»Vielleicht können wir ihr mit unseren Aussagen helfen«, meinte sie schließlich.

»Hast du auch so eine Vorladung?«

»Ja, ich soll heute zwischen elf und zwölf hinkommen.«

»Ich auch. Ob unsere Aussagen helfen können, bin ich nicht sicher«, erwiderte Britta. »Ich habe ihr einen Anwalt besorgt und der muss sich erst die Akte beschaffen, bevor klar ist, wie sie verteidigt werden kann.«

»Was sollen wir jetzt machen?« Karla gähnte. »Ich müsste mich eigentlich hinlegen.«

»Willst du wirklich helfen? Ich dachte, dir sei Semret egal oder du bist sauer auf sie.« Brittas Hand senkte sich auf Karlas Schulter und ihr Blick heftete sich in Karlas.

»Ich will nicht, dass Semret abgeschoben wird oder so«, sagte Karla dumpf. »Ich habe mich schon bei der Polizei für sie eingesetzt und die Kommissarin will helfen. Ich hoffe, sie hat das nicht nur so dahingesagt.« Sie fühlte sich unbehaglich, denn ihre Gefühle für Semret schwankten zwischen Aggression, Mitgefühl und Schuld.

»Gut«, erwiderte Britta, »dann versuche ich jetzt, ob ich mich mit dem Anwalt abstimmen kann. Was wir bei der Vernehmung beachten müssen, können wir unterwegs besprechen. Auf jeden Fall möchte ich erreichen, dass Semret in Berlin bleiben kann.« Sie huschte hinaus.

»Und dabei muss ich auch noch mithelfen«, murmelte Karla. »So eine Scheiße.« Sie ließ den Kopf auf die Tischplatte sinken und schloss die Augen.

Völlig benommen vom zu kurzen Schlaf wankte Karla hinter Britta die Treppe hinunter und auf die Straße. Britta schlug einen flotten Schritt an, sie sprudelte vor Tatendrang.

»Komm schon, es wird Zeit«, rief sie Karla zu. Zwischen den geparkten Autos hindurch hüpfte sie auf die Straße.

Motorengebrüll, ein dumpfer Schlag und Reifenknattern auf dem Kopfsteinpflaster.

»Britta?« Karla sah sie nicht mehr. Hastete zum Straßenrand. Da. Seltsam verdreht auf der Seite an einem geparkten Wagen.

»Britta!« Rannte hin. Blut. Aus Mund und Nase, auf den Pflastersteinen. Riss das Handy heraus, zitternde Finger, ein Notruf. Dann hockte sie sich hin, nahm Brittas Hand.

»Ach du Scheiße!« Passanten.

»Schon den Notarzt gerufen?«

»Scheißtypen, fahren wie die Bekloppten!«

»Musste ja passieren.«

Karla fühlte nichts, kein Leben in Britta und kein Leben in sich.

Sirenengeheul stach bis zu ihr durch. Jemand zog sie von Britta weg. Eine goldschimmernde Decke, Notfallkoffer, Trage.

»Was ist mit ihr? Wo bringt ihr sie hin?«, rief Karla.

»Ins Urban. Sind Sie Zeugin? Die Polizei kommt gleich.«

Die Sirene zog eine leiser werdende Spur durch die Hobrechtstraße, verstummte schließlich.

Karla setzte sich auf den Randstein. »Jemand 'ne Kippe?«

Einer der Umstehenden reichte ihr ein Päckchen und gab ihr Feuer.

Der Polizeiwagen kam mit Blaulicht und Sirene.

»Ich habe einen Schock«, sagte Karla dem Beamten, der sie ansprach. Sie hustete, beugte sich vor und erbrach den Morgenkaffee.

Karla schreckte hoch, als Kaminski sich neben sie setzte. Trotz aller Anspannung war sie schon mehrmals eingenickt, aber sie hatte sich geschworen, nicht eher zu gehen, bis ihr jemand Auskunft erteilte, wie es Britta ging.

»Was ist passiert, Frau Lehwalder?«, fragte die Kommissarin.

Karla musste sich räuspern und schlucken, bevor sie antworten konnte. »Britta ist angefahren worden. Ich hab keine Ahnung, wie es ihr geht, die sagen mir nichts. Vielleicht ist sie sogar …« Sie brach ab, weil es ihr die Kehle zuschnürte.

Kaminski legte ihr eine Hand auf den Arm. »Wie ist das passiert?«

»Keine Ahnung.« Karla hob die Schultern. »Auf einmal war das Auto da und Britta weg.«

»Und der Verursacher?«

»Einfach abgehauen!« Karla fuhr sich mit den Händen durch die kurzen Haare. »Fast, als wäre das Absicht gewesen …«

Die Kommissarin sah sie forschend an. »Gibt es dafür Anhaltspunkte?«

»Der Motorenlärm war erst in dem Moment da, als Britta auf der Straße stand. So, als hätte jemand drauf gewartet.«

»Haben Sie jemanden erkannt oder können Sie was über das Auto sagen?«

Karla schüttelte den Kopf. »Ich war so erschrocken, irgendwie ist alles weg. Aber neulich haben Britta und einer, hm, Freundin zwei Männer aufgelauert. Direkt vor der Haustür. Ich kam zufällig vorbei und konnte sie wegjagen. Darüber habe ich nicht mehr großartig nachgedacht, aber jetzt frage ich mich, ob das was zu bedeuten hat.«

»Verstehe«, meinte Kaminski. »Aber wieso sollte es jemand auf Ihre Freundin abgesehen haben?«

»Vielleicht wegen Semret«, murmelte Karla. Sie sah zu einer Krankenschwester auf, die mit schmatzenden Sohlen vorbeihuschte. »Britta hat ihr einen Anwalt besorgt.«

Kaminski spitzte den Mund. »Ich weiß, aber da sehe ich keinen Zusammenhang. Es sei denn, jemand möchte verhindern, dass Frau Mahtai freikommt. Aber wen sollte das stören? Wenn sie Mitwisserin oder Zeugin ist, wäre es eher denkbar, dass man sie draußen haben will.«

Karla hob wieder die Schultern. »Was weiß ich?«

»Jedenfalls sollten Sie unbedingt zu uns kommen und sich ein paar Bilder ansehen. Vielleicht haben wir einen der Typen, die Ihre Freundin überfallen haben, in der Kartei. Dann wären wir ein Stück weiter. Und Frau Mahtai sollte aussagen, damit würde sie sich helfen und Ihnen, falls es da Zusammenhänge gibt.«

»Wenn diese beschissene Vorladung nicht gewesen wäre ...« Karla brach ab. Ihr wurde zuerst heiß, dann kalt. Sie bedachte die Kommissarin, die auf ihr piependes Handy schaute, mit einem forschenden Blick. »Jedenfalls gehe ich hier nicht weg, bis ich weiß, was mit Britta ist. Die wollen nur Angehörige informieren, aber da mach ich nicht mit. Und wenn ich jemandem an die Gurgel gehen muss«, knurrte Karla.

»Warten Sie, ich sehe mal, was ich tun kann«, sagte Kaminski, stand auf und verschwand im Stationszimmer.

Karla seufzte und ließ den Kopf auf die Brust sacken. Nur nicht wieder einschlafen, sagte sie sich. Dann überlegte sie, wie schlau es jetzt noch war, Kaminski etwas über die Kerle zu berichten, die sie bedroht hatten. Selbst über die nächtliche Attacke auf Semret und Britta rückte sie nicht mit allem heraus. Zwischen der Vorladung und dem Anschlag musste ein Zusammenhang bestehen. Oder etwa nicht? Ihr Hirn war zu langsam und zu erschöpft, um die Sache richtig zu durchdenken. Wie dem auch war, höchste Vorsicht schien ihr geboten.

»Ich kann Ihnen jetzt erzählen, wie es Frau Stegemann geht.«

Karla sah auf. Die Kommissarin sprach leise und hatte eine besorgte Miene aufgesetzt.

»Ja, was denn?«

»Lassen Sie uns eine ruhige Ecke suchen«, sagte Kaminski mit Blick auf die anderen Wartenden.

Karla trottete hinter ihr her bis vor die Bettenaufzüge.

»Frau Stegemann hat ein Schädel-Hirn-Trauma mit Einblutungen erlitten und wird in ein künstliches Koma versetzt. Daneben gibt es eine Knochenfraktur, Quetschungen und Hämatome, aber das sind Kleinigkeiten.«

Karla kämpfte gegen Tränen an. War das nun tröstlich oder erschütternd? Sie wusste es nicht. »Wird sie denn wieder … gesund?«

Kaminski fasste sie erneut am Arm. »Der Arzt wollte keine Prognose abgeben. Es sei lebensbedrohlich, aber sie habe Chancen. Man solle beten, wenn man glaube.«

»Ich glaube nicht ans Beten«, murmelte Karla. »Danke, dass Sie sich für mich erkundigt haben.« Sie sah kurz zur Kommissarin auf, dann lehnte sie sich gegen sie und schluchzte in deren Lederjacke.

Kaminski strich ihr über den Rücken und produzierte dabei beruhigende Laute.

Nach ein paar Augenblicken wurde Karla die Peinlichkeit ihres Gefühlsausbruchs bewusst. Sie trat einen Schritt zurück, wischte sich die Tränen aus dem Gesicht und ballte die Fäuste. »Ich will die Schweine erwischen!«

Kaminski nickte. »Einverstanden. Fahren wir in die Dienststelle, schildern Sie den Tathergang und wir machen ein Protokoll.«

Karla schüttelte energisch den Kopf. »Aber was, wenn es doch ein Anschlag war? Dann braucht Britta Polizeischutz, schließlich lebt sie noch. Bis dahin gebe ich hier auf sie acht.«

Kaminski lehnte sich gegen die Wand. »Passen Sie mal auf, Frau Lehwalder. Wenn Killer aus dem Organisierten Verbrechen Morde begehen wollen, dann sorgen sie dafür, dass ihre Opfer auch wirklich sofort tot sind. Alles andere wäre ihnen zu unsicher und würde unkalkulierbare Risiken bergen, verstehen Sie? Unsere Aufklärungsquote bei Mord beträgt etwa fünfundneunzig Prozent, für Mord muss es also einen besonderen Grund geben und den sehe ich hier nicht. Wenn, und das sage ich rein spekulativ, wenn es wirklich ein Anschlag dieser Schmuggler gewesen ist, dann wäre es eine Art Denkzettel. Es würde bedeuten, halte dich raus. In dem Fall haben sie ihr Ziel schon erreicht.«

»Also keinen Polizeischutz?« Karla seufzte schwer. Sie war noch nicht endgültig überzeugt, aber ihrer abgrundtiefen Müdigkeit kam Kaminskis Einschätzung entgegen. Ihr war, als schrie jede einzelne ihrer Körperzellen nach einem Bett.

»Nein, keinen Polizeischutz. Dafür gibt es keinen hinreichenden Anlass. Auf die vage Möglichkeit hin können wir das nicht leisten. Dazu fehlen uns Kapazitäten. Aber glauben Sie mir, Frau Stegemann ist hier in guten Händen.«

29

Früher Braunauer Straße, heute Sonnenallee. Die Straße mit der schlechtesten Luft von ganz Berlin, direkt nach der Silbersteinstraße. Manchmal war es auch umgekehrt. Trotz des steten Regens, der wie Schwermut auf die Stadt herabfiel, langsam und durchdringend. Begleitet von Abgasschwaden und wüstem Gehupe umrundete Karla die zerfließenden Hundekackeinseln auf dem Gehweg. Café Kabul, das klang nicht gerade einladend. Mehr nach Krieg und Bomben. Charlie hatte diesen Treffpunkt ausgesucht.

Für Karla war das wie ein Besuch beim Zahnarzt. Es musste sein, weil nur die unangenehme Behandlung Aussicht auf Linderung versprach. Mit Schmerztabletten im Bett verkriechen verlängerte bloß die Angst.

Vor der Ringbahnbrücke auf der rechten Seite, hatte Charlie erklärt. Dort hätten sie früher nach den Gigs den Kifferhunger bekämpft und die Gage versoffen. Elexier hätte es damals geheißen und es wäre immer jemand dort gewesen, von dem sie ein paar Trips kaufen konnten.

Genauso kam ihr Charlie auch vor. Haltlos und unberechenbar, nikotinistisch. Ein verlebter Mensch mit kaputter Niere, der alle paar Tage zur Dialyse gefahren werden musste.

Am Bahndamm knirschten die Reste zerschmetterter Flaschen und es roch nach Pisse und Kotze. Allenthalben

Party, während es für andere um Leben und Tod ging. Der Stadtkörper lebte, starb und verweste gleichzeitig.

Karla entdeckte die Leuchtschrift des Cafés, die ihr rotes Licht in den beginnenden Abend streute. Sie versuchte, ihre trüben Überlegungen abzuschütteln.

Eine Klebefolie, die eine orientalische Stadt darstellen sollte, bedeckte die untere Hälfte des Schaufensters. Karlas Länge reichte nicht, um festzustellen, ob sich Charlie mit seinem alten Musikerkollegen schon eingefunden hatte. Sie betrat das Lokal und sah sich um. Die Glasvitrine an der Theke bot verschiedene Imbisse, ein Fernseher an der Wand verbreitete stummes Geflacker auf Resopaltische und Stühle mit Kunststoffgeflecht. Drei Männer saßen in der Ecke vor dem Ausgang, die Köpfe über ihre Handys gebeugt. Kein Charlie.

Dann fiel ihr Blick auf einen Tisch, der halb von einem Pfeiler verborgen wurde. Ein Typ mit langer grauer Mähne hockte dort hinter einer Bierflasche.

Karla atmete zischend ein. Sie war ihm schon mehrmals begegnet, womit sie jedoch keine angenehmen Erinnerungen verband.

Ihre Blicke kreuzten sich. Der Grauhaarige sagte etwas und Charlies Kopf tauchte hinter dem Pfeiler auf. Er grinste und winkte ihr zu.

Langsam näherte sich Karla dem Tisch.

»Setz dich«, sagte Charlie und wies dabei einladend auf den freien Stuhl neben sich. »Was trinken?«

»Kaffee«, brummte Karla. Sie ließ den Grauhaarigen nicht aus den Augen. Sie setzte sich zwischen Charlie und den Grauhaarigen, die beide nach hundert Jahren Kippen-Qualmen rochen.

»Das ist Matte, mein alter Kumpel. Er hat Bass gespielt«, sagte Charlie.

Der Grauhaarige sah nur kurz auf und nickte. Hauptsächlich betrachtete er sein Bier.

»Ich kenne den Mistkerl«, meinte Karla. »Aber da hat er nicht Bass gespielt, sondern Arschloch vom Dienst.«

»Wenn ihr euch aber weigert, anderen zu vergeben, wird euer Vater euch auch nicht vergeben. Matthäus sechs, fünfzehn«, nuschelte Matte.

»Wie bitte?« Karla starrte ihn an.

Charlie kicherte. »Ach, das darfst du nicht so ernst nehmen. Bei ihm zu Hause ist es frommer als in der Kirche zugegangen.«

»Umso schlimmer, dass er mir auflauert und mich bedroht«, sagte Karla wütend.

»Ich hab doch nur was angeboten. Gedroht hat Wolfi, nicht ich«, erwiderte Matte. Er sah Karla kurz an, bevor er seinen Blick wieder verschämt senkte.

Sein Gesicht sah fleckig aus, vor allem um sein linkes Auge herum. Ein nicht ganz verheilter Riss zog sich als rötlicher Bogen von der Braue zum Jochbein.

»Angeboten ist gut! Entweder du nimmst oder … So war das doch.«

»Wolfi hätte dich am liebsten alle gemacht«, sagte Matte.

Charlie schaltete sich ein. »Matte ist keiner von den Brutalen, ganz sicher. Ich kenne den Burschen jetzt schon seit bestimmt fünfundzwanzig Jahren, und wenn sie ihm nicht die Flosse kaputt geschlagen hätten, würden wir immer noch rocken. So wie AC/DC oder Deep Purple.«

Karla schnaufte. Sie wollte dringend Wut loswerden. Die Bedienung kam und lenkte sie davon ab.

»Jedenfalls will Matte dir helfen. Er weiß, wer hinter dem Scheiß steckt«, fügte Charlie hinzu, als sie wieder alleine waren.

»Warum plötzlich helfen? Oder willst du mich einseifen?«, fragte Karla den Grauhaarigen.

»Ich bin raus. Mir fiel es wie Schuppen von den Augen …«

»Matte glaubt, dass sein Chef und seine alten Kumpanen ihn umlegen wollen. Er ist abgetaucht und wohnt ein paar Tage bei mir«, erklärte Charlie.

»Na gut«, fuhr Karla Matte an, »dann erzähl mir, wer meine Freundin angefahren hat, wenn du es nicht warst.« Sie zog Block und Stift aus ihrem Rucksack und legte beides demonstrativ vor sich auf den Tisch.

Matte zog die Schultern hoch und kniff die Augen zusammen.

»Wolfi oder Bernd, glaube ich«, murmelte er.

»Was heißt da, du glaubst?«

Matte knetete seine Finger. »Die machen so Sachen. Da sie sich für Weise hielten, sind sie zu Narren geworden. Erste Römer, achtzehn.«

Karla atmete bewusst tief, überlegte und wartete, bis der Wirt den Kaffee abgestellt und sich wieder verzogen hatte.

»Warum?«, fauchte sie. Am liebsten hätte sie diesem bescheuerten Spinner eine reingehauen.

»Der Iwan saß bei dir in der Taxe. Der hatte vorher Vicko eins verpasst und wir mussten ihn uns vorknöpfen. So hat der Scheiß angefangen«, erwiderte Matte beschwörend mit hochgezogenen Schultern.

Karla betrachtete die Fotorepros mit den blühenden Mohnfeldern an den Wänden und überlegte krampfhaft.

»Dann gab es also zwei Angeschossene. Ist einer von denen gestorben?«

Matte nickte nur schwach.

»Welchen von beiden hat Semret verarztet?«, murmelte Karla.

Sie bekam keine Antwort. Dafür fiel ihr eine neue Frage ein. »Warst du dabei, als ihr euch auf dem Betriebshof als Bullen ausgegeben habt?«

Matte nickte wieder. »Das war Wolfis Idee.«

»Also wart ihr das mit dem Geländewagen, die mein Taxi verfolgt haben?«

»Ja, wir.« Matte starrte auf die Tischplatte. »Wir haben Stress gekriegt, weil du die Autotür kaputt gemacht hast.«

»Ja und? Soll ich mich etwa entschuldigen?«

»He, nicht so laut!«, meinte Charlie.

»Wenn wir unsere Sünden bekennen, ist der Herr treu und gerecht. Er vergibt uns und reinigt uns von allem Unrecht. Erste Johannes eins, neun.«

»Ey Matte, jetzt hör doch endlich mal mit dem Scheiß auf. Erzähl lieber, wer bei euch das Sagen hat«, knurrte Charlie.

»Kannst du doch auch erzählen«, sagte Matte.

»Nee, nee, das machst du. Schließlich gehörst du zu der Truppe, ich nicht. Mich geht das eigentlich nichts an.«

»Ja, ja, so tut nun Buße und bekehret euch, dass eure Sünden ausgetilgt werden. Apostel drei, neunzehn. Ganz sicher keine Polizei?«, fragte Matte.

Karla holte tief Luft. »Wenn ihr mich und meine Freundin ab jetzt in Ruhe lasst, dann keine Polizei. Ich habe denen sowieso kaum was erzählt, ich meine, erzählen können. Außerdem konnte ich nichts dafür, dass der Typ, Iwan, oder wie du ihn nennst, zu mir ins Taxi gestiegen ist. Der hat mich mit einer Pistole bedroht und ein Loch in das Wagendach geballert. Also, ihr hört auf mit irgendwelchen Überfällen und die Sache ist erledigt, das ist mein Angebot.«

Matte sah Charlie mit großen Augen an und schnitt dabei eine weinerliche Grimasse.

»Ihr wart das doch auch mit diesem Überfall nachts vor unserer Haustür, oder?«, schob Karla hinterher.

»Ich kann Nowacyk nichts sagen. Wenn der mich sieht, macht der mich alle«, sagte Matte händeringend.

»Das interessiert mich nicht! Ich will nicht alle gemacht werden.«

»Moment mal, Kawa«, sagte Charlie, »Matte ist aus dem Geschäft raus. Er glaubt, dass Nowacyk ihn beseitigen will, und ist abgetaucht. Deswegen kann er da nichts ausrichten. Das musst du schon selber machen.«

Karla schlug mit der Hand auf den Tisch. Ihr Schreibblock fiel auf den Boden. »Das ist doch scheiße! Ich dachte, wir klären das jetzt. Deshalb sitze ich hier mit euch. Und nenn mich nicht Kawa!«

»Schon gut. Du kriegst genug Info, damit du weiterkommst. Ist das nichts?«, meinte Charlie.

Karla schnaufte. Sie wollte endlich die Verfolgungsangst hinter sich lassen. »Ja, dann los, sag mir was«, fuhr sie Matte an.

Der betrachtete die jungen Leute, die sich an der Theke Falafel herrichten ließen. Dahinter stand ein Mann mit Kapuze über einer Basecap.

Karla bückte sich und fischte nach ihrem Notizblock.

Matte machte ein komisches Geräusch, so, als versuchte er zu reden, wüsste aber nicht mehr, wie es geht.

Karla hatte den Block schon in die Finger bekommen und registrierte die Bewegung. Sie sah von unter dem Tisch, wie der Mann die jungen Leute grob beiseiteschob. Zwei schnelle Schritte auf ihren Tisch zu. In der Hand eine Pistole. Quergehalten. Die Waffe hustete. Dreimal, viermal. Schreie.

Matte fiel auf seinen Stuhl zurück, von dem er aufspringen wollte. Sackte seitlich weg. Der Mann mit der Pistole war verschwunden, bevor Karla begriff, was geschehen war.

Flüssigkeit tropfte. Karla kroch zwischen den Tischbeinen heraus und richtete sich zittrig auf. Die Schüsse hatten eine unfassbare Stille hinterlassen.

Der Wirt kam hinter der Theke nach oben. »Ich hole die Polizei«, rief er.

Die jungen Leute drückten sich zusammen und starrten zu Karla.

Mit Seitenblicken machte sie sich klar, worauf sie starrten. Matte war neben dem Tisch auf den Boden gesunken und rührte sich nicht mehr. Er hatte ein dunkles Loch in der Wange, direkt unter dem Jochbein. Charlie saß noch, sein Kopf ruhte auf der Tischplatte in der Pfütze, die sein umgekipptes Glas hinterlassen hatte.

Karla schloss kurz die Augen, dann sah sie erneut hin. Es war genau wie zuvor, außer, dass sie nun noch die Scherben der geplatzten Bierflasche registrierte. Eine Lache auch hier, die bis zu den Tischrändern reichte. Sie nahm ihren Rucksack und bahnte sich einen Weg durch die aufkommenden Stimmen hinaus. Niemand sprach sie an oder hielt sie auf.

30

Im 41er Bus, den sie gerade noch erreicht hatte, bevor sich die Sirenen in der Sonnenallee breitmachten, ließ Karlas Angst ein wenig nach. Niemand konnte sagen, ob sie durch Zufall unverletzt davongekommen war. Wenn ja, musste sie auf der Hut sein. Wenn nein, ebenso. Irgendwer hatte alles im Blick und schlug zu, wenn es ihm angebracht erschien.

Sie holte ihr Handy heraus, um Kress oder Kaminski anzurufen. Nur, was sollte das bringen? Eine Vernehmung, ein Protokoll, Verbrecherbildchen anschauen. Das würde viel Zeit fressen und wenn sie zugab, weshalb sie sich mit Charlie und Matte getroffen hatte, wäre ihr ein Anschiss sicher. Vergeudete Mühe also. Im günstigsten Fall. Im ungünstigsten Fall war sie das Wild, das dem Jäger ein munteres »Hier bin ich!« zurief. Sie steckte das Telefon zurück.

In dem Maß, in dem die Angst nachließ, wuchs in ihr die Wut. Sie wollte jemanden anschreien, schütteln und schlagen.

Scheiben einwerfen, Reifen zerstechen, Angst in den Gesichtern von Männern sehen.

In ihrer letzten Therapie, die inzwischen etliche Jahre zurücklag, war die Rede davon gewesen, einen Ausgleich zwischen ihren Phasen der Aggression und Apathie zu schaffen. Sport zu treiben, zum Beispiel, und darüber ihr Selbstwertgefühl zu steigern. *Mens sana in corpore sano* und so. Karla schnaubte abfällig. *Insana*, so weit hatte sie es gebracht. Ihre Wut war weit größer als ihre Fitness.

Am Hermannplatz kämpfte sie kurz mit sich, ob sie besser aussteigen sollte. Die leere Wohnung und die Kampfzone vor dem Haus schreckten sie jedoch ab und so blieb sie sitzen, bis sie am Urban-Krankenhaus aussteigen konnte.

Auf dem Weg zum Haupteingang hörte sie Rettungswagen näher kommen und ihre Knie wurden weich. Erschwerend kam hinzu, dass sie reflexartig jedes Mal in ihren Körper hineinspürte, wenn sie eine Klinik betrat. Irgendwo fand sich immer ein Ziehen, ein Schmerz oder eine Irritation, die ihr ihre Verletzlichkeit ins Bewusstsein riefen. Diesmal grenzte es geradezu an Panik.

Sie zwang sich durch das Foyer und schleppte sich zur Intensivstation. Sie wollte sich vergewissern, dass es ihre Freundin noch gab. Gleichzeitig fühlte sie sich schuldig, weil erst diese extremen Schockerlebnisse wieder ein tiefes Gefühl für Britta in ihr hervorgerufen hatten. Vielleicht war es aber auch nur die Angst, die Freundin zu verlieren und endgültig alleine zu bleiben.

»Sind Sie jetzt zufrieden?«

Karla schrak zusammen. Sie drehte den Kopf zum offenen Besuchsbereich. Brittas Vater stand da, die Hände in die Hüften gestemmt. Auf einem Stuhl hinter ihm saß Brittas Mutter, ein Taschentuch in der Faust, das Gesicht fleckig verweint.

»Was meinen Sie?«, fragte Karla. Sie verstand nicht, was er von ihr wollte.

»Wegen Ihnen ist Britta nicht nach Hannover zurückgekommen, weil Sie meinten, ohne Berlin geht's nicht. Jetzt haben wir Berlin bekommen. Da!« Brittas Vater deutete anklagend auf die Tür zum Krankenzimmer, in dem Britta lag.

»Lass doch, Reinhard, sie kann sicher nichts dafür«, sagte Brittas Mutter in einem Jammerton.

»Natürlich kann sie dafür. Wenn sie nicht gewesen wäre …«, zischte Brittas Vater.

»Wollen Sie damit sagen, ich wäre schuld? Gibt es in Hannover keine Verkehrsunfälle?«, rief Karla.

»In Hannover gibt es nicht so viele Verbrecher und Perverse«, brüllte Brittas Vater. »Da drin liegt unser Kind und Sie laufen quietschfidel herum. Finden Sie das etwa gerecht?« Er starrte sie herausfordernd an.

Karla verschlug es die Sprache. Sie war sich zwar schon immer sicher gewesen, dass bei Brittas Eltern hinter einer Fassade der aufgesetzten Freundlichkeit Ablehnung und Groll lauerten, aber diese unvermittelte Demaskierung traf sie wie ein Keulenschlag.

Eine Krankenschwester kam und ermahnte zur Ruhe.

Zwar hatte Brittas Vater einen roten Kopf und schnaufte, aber er senkte die Stimme, als er weitersprach.

»Britta war ein ganz normales junges Mädchen, als sie zum Studium nach Berlin gegangen ist. Sie hatte einen Freund und wollte nach dem Grundstudium zurück nach Hannover kommen. Alles war gut. Und dann kamen Sie und, und … Ich hoffe, es tut Ihnen jetzt wenigstens leid.«

»Mir tut es leid, dass sie solche Eltern hat«, erwiderte Karla mühsam beherrscht. »Und jetzt möchte ich zu Britta.«

Sie wandte sich ab und steuerte das Zimmer an.

Brittas Vater kam hinter ihr her, gefolgt von seiner Frau, die ihn aufhalten wollte.

»Ich verbiete Ihnen, zu unserem Kind zu gehen. Sie haben dort nichts verloren.«

»Nicht, Reinhard, lass sie doch kurz …« Brittas Vater schüttelte die Hände seiner Frau ab und stellte sich mit ausgebreiteten Armen zwischen Karla und die Tür zum Krankenzimmer.

Karla musste stehen bleiben, um den Körperkontakt mit ihrem ehemals potenziellen Schwiegervater zu vermeiden. Natürlich erkannte sie seine Hilflosigkeit, die sich ein Ventil suchte. Ihr ging es ebenfalls des Öfteren so. Trotzdem wollte sie sich das nicht gefallen lassen. Sie hob die Hände, um ihn zur Seite zu schubsen. Da sah sie an seiner Schulter vorbei, wie sich die Aufzugtür öffnete und ein Mann aus der Kabine heraustrat. Blicke begegneten sich.

Sie wusste sofort, wer da aufgetaucht war, denn sie hatte mehrfach von dem obszönen Moment geträumt, in dem er ihr die Pistole auf offener Straße gezeigt hatte.

Offenbar erkannte der Mann sie ebenfalls, denn er drehte ab und verschwand im Treppenhaus.

»Scheiße«, rief Karla, »Britta muss bewacht werden!« Sie schubste Brittas Vater zur Seite und stürmte hinter dem Mann her. An der Tür zum Treppenhaus drehte sie sich kurz um. »Ihr dürft niemand zu Britta reinlassen, der nicht zur Klinik gehört!« Dann polterte sie die Treppe hinab.

31

Die ersten beiden Stunden der Nachtschicht waren für Karla besonders hart. Sie konnte sich nicht konzentrieren, was bei den kreuz und quer über die Fahrbahnen ziehenden Menschen in Friedrichshain und Mitte mehrere gefährliche Situationen heraufbeschwor. Sie schimpfte über Horden betrunkener Blindgänger, obwohl die für einen ordentlichen Teil ihres Umsatzes verantwortlich waren. Besonders Basecapträger mochte sie nicht. Sie dachte, wenn die Ausrichtung des Kappenschilds den Geisteszustand anzeigte, war das Schild im Nacken ein Anlass zur Besorgnis. Letzter Beweis für diese These waren drei Burschen, die ihr in der Wühlischstraße grölend vor die Kühlerhaube sprangen. Sie musste heftig bremsen, die Reifen quietschten. Die Burschen lachten und prosteten ihr mit Bierflaschen zu. Karla schloss die Augen und spürte, wie ein unbändiger Zorn in ihr aufloderte. Sie war es leid, Zielscheibe und Fußabtreter von testosterongesteuerten Verrückten zu sein. Natürlich war die Stadt voll davon, an jeder Straßenecke konnte man ihnen begegnen. Aber zu viele solcher Gestalten waren ihr in der letzten Zeit in die Quere gekommen, hatten sie belästigt, beleidigt und bedroht. Schluss damit.

Mit festem Druck aufs Gaspedal fuhr sie wieder an, streifte einen der Kappenträger mit dem Außenspiegel, was ihm die Flasche wegriss, und brauste Richtung Warschauer Straße.

Bis zur Billardhalle an der Hasenheide benötigte sie nur rekordverdächtige zehn Minuten. Ob Strafmandate auf Metins Schreibtisch landen würden, war ihr egal. Andere konnten machen, was sie wollten, und wurden nie belangt. Warum sollte sie sich also zurückhalten? Zudem steckte noch der Frust in ihr, dass sie den Typen vom Krankenhaus nicht erwischt hatte. Als sie im Foyer angekommen war, hatte er sich in Luft aufgelöst, wie es schien. Natürlich konnte es sein, dass er sich irgendwo in der Klinik versteckt hielt und später noch mal sein Glück probieren wollte. Sie hoffte, dass Brittas Vater seine Aufgabe als Wachhund weiter konsequent erfüllen würde. Wenn nicht, war seine Fürsorge so viel wert wie er selbst. Erschreckend wenig. Sollte er gefälligst die Verantwortung tragen, wenn er schon das Maul so weit aufriss.

Sie quetschte das Taxi schräg in die Feuerwehrzufahrt und stürmte in die Halle. Diesmal ließ sie das magische Klackern der Kugeln und die verlockenden Farben von Teppich und Filz nicht an sich heran. Sie marschierte an den Pooltischen vorbei, bis sie Banks an einem Snookertisch entdeckt hatte.

Einige Leute beobachteten das Spiel mit gebührendem Abstand, der Gegenspieler stand mit dem Queue in der Hand ein paar Schritte entfernt. Banks war gerade im Break und auf der Sitzbank zwischen den Tischen lagen einige Geldscheine, von einem Glas beschwert. Karla schätzte, dass es mehr als einhundert Euro waren. Der Pott, um den gespielt wurde.

»Ich muss mit dir reden, Moritz«, sagte sie.

Banks' Rücken versteifte sich und er sah über die Schulter zu ihr. »Das geht gerade nicht.«

»Es muss gehen.«

»Ich kann jetzt nicht unterbrechen, das siehst du doch. Lass mich zu Ende spielen.« Er konzentrierte sich wieder auf seinen nächsten Stoß.

»Es ist dringend!« Karla bemerkte, wie sich die Aufmerksamkeit der Zuschauer ihr zuwandte. »Mach schnell«, fügte sie an.

Banks nickte. Er zielte auf die weiße Kugel und schwang das Queue an. Locker sah er dabei nicht aus, fand Karla.

Als die weiße auf die rote traf, sah sie sofort, dass die Stoßenergie nicht stimmte. Die angepeilte rote plumpste zwar in die Ecktasche, aber er hatte wegen der schlechten Ballablage keine Fortsetzung.

Banks stieß einen leisen Fluch aus und klopfte mit dem Queue unwirsch ins Meerblau des Bodens. Danach misslang ihm auch der Sicherheitsstoß, mit dem er Weiß so platzieren wollte, dass sein Gegenspieler keine rote lochen konnte. Eine dicke Chance blieb auf dem grünen Tuch liegen. Banks drehte sich zu Karla und sah sie vorwurfsvoll an.

Ihr war bewusst, dass sie ihm die Konzentration geraubt hatte. *That's life*, dachte sie, es gibt Wichtigeres. Zumindest für jemanden, der ihre Kollegen monatelang überfallen hatte. Und selbstverständlich für sie selbst.

Einige Minuten später war klar, dass Banks die Partie verlieren würde.

Karla wartete noch ab, solange er sich um eine Revanche bemühte, doch dann zupfte sie ihn energisch am Arm. »Ich will jetzt mit dir reden. Eine Spielpause wird dir guttun. Suchen wir uns eine ruhige Ecke.«

Banks knurrte wütend etwas Unverständliches, fügte sich jedoch und folgte Karla.

Sie stellten sich in eine Ecke neben dem Windfang.

»Um was geht es denn jetzt noch? Ich habe dir doch schon alles erzählt, was ich weiß.« Banks klang ziemlich genervt.

Karla stieß ihm gegen die Schulter. »Rede nicht so mit mir, dazu hast du weder Grund noch irgendein Recht. Immerhin decke ich dich und jetzt brauche ich deine Hilfe.«

»Willst du mich erpressen?«

»Mal ganz sachte, Sportsfreund. Ich verlange nichts Unmögliches von dir, ich bitte dich lediglich um Hilfe. Bring mich also nicht noch auf andere Ideen.«

Banks senkte den Kopf und nickte. »Sorry, das war nicht so gemeint. Ich bin eben nervös, weil ich den Einsatz zurückhaben muss. Was möchtest du wissen?«

Karla lehnte sich gegen die Wand. »Ich denke, wer sich Verluste nicht leisten kann, sollte nicht um Geld spielen. Aber das nur nebenbei. Vor zwei Tagen ist meine Freundin über den Haufen gefahren worden und ich bin sicher, das waren die Scheißkerle von Schmugglern. Ich muss rausfinden, wie ich an die rankommen kann. Deswegen habe ich mich heute mit zwei von denen getroffen, die was wissen, aber als wir im Café saßen, kam einer und hat auf uns geschossen. Mich hat der nur durch Zufall nicht erwischt. Ich muss diesem Irrsinn ein Ende machen.«

Banks hob Schultern und Hände. »Und was soll ich da jetzt tun?«

»Stell dich nicht blöd«, fuhr ihn Karla an. »Du hast mir von Leuten erzählt, die immer Koks haben und mit Geld um sich werfen. Wer ist das und wie komme ich an die ran?«

»Aber was willst du denn von denen? Verpfeifen etwa? Dazu müsstest du was beweisen, was du nicht kannst. Und selbst wenn, du würdest es nicht lange überleben, glaub mir. Die Ballerei, von der du erzählt hast, ist der beste Beweis dafür. Außerdem weißt du nicht mal, ob das diejenigen sind, die hinter dir her waren.«

»Ich weiß einen Namen: Nowak. Oder so ähnlich.«

Banks schluckte schwer. »Nowacyk?«, fragte er kaum hörbar. Er wusste nicht, wohin mit seinen Händen.

Also doch. Eigentlich kam es ihr logisch vor. So viele große und gut organisierte Schmuggelbanden gab es wohl kaum. Und wie das auch in anderen Kreisen war, kannte letztlich jeder jeden. Karla verlagerte ihr Gewicht auf das andere Bein und dachte nach. Bis jetzt hatte sie sich vorgestellt, dass sie einfach zu einem Chef hingehen und ihm versichern würde, weder sie noch ihre Freundin stellten eine Gefahr dar. Nun erschien ihr das reichlich naiv. Zweifelhaft, ob ihr das jemand abnahm. Vielleicht sollte sie doch lieber Informationen an die Polizei weitergeben und hoffen, dass es was half. Karla nickte. »Nowacyk, genau. Vielleicht kann ich den überzeugen, dass wir ihnen nicht in die Quere kommen. Was soll ich sonst machen?«

»Wahrscheinlicher ist, dass die auf Nummer sicher gehen«, erwiderte Banks. »Da hängen viel zu viele Geschäfte und vor allem Karrieren dran. Du bräuchtest vielleicht einen Fürsprecher.«

»Gute Idee«, sagte Karla prompt. »Ich sehe einen direkt vor mir.«

Banks trat kopfschüttelnd einen Schritt zurück. »Das geht nicht, ich habe bei denen kein Standing mehr.«

»Mehr als ich«, sagte Karla.

Nun zappelte Banks hin und her. »Bitte nicht, das kann ich nicht machen. Ich weiß ohnehin schon viel zu viel über diese Leute. Wenn ich jetzt auch noch mit dir ankomme, reißen die mir den Kopf ab.«

Karla verschränkte die Arme vor der Brust. »Es geht hier um meinen Kopf, schon vergessen? Also ist es nicht zu viel verlangt, wenn du mich mit deinem Kopf unterstützt. Immerhin könnte ich deinen rollen lassen und das kannst du jetzt gerne Erpressung nennen.«

Banks ballte die Fäuste, aber er sah zur Seite und schwieg.

»Wo und wann kannst du diesen Nowacyk treffen?«, fragte Karla.

Banks brauchte lange für eine Antwort. Er bewegte die Lippen lautlos, starrte ins Leere und wechselte unentwegt das Standbein. »Am besten auf einer dieser Konferenzen«, meinte er, als Karla den Mund öffnete, um ihn anzuschnauzen. »Die finden sicher immer noch in diesem Restaurant in der Französischen Straße statt. Jedenfalls kann dort nicht sofort was passieren, zu viel Öffentlichkeit. Aber ich gehe da nur hin, wenn du mitkommst. Alleine mache ich das nicht, *no way*. Dann zeig mich lieber an.«

Karla nickte und schloss den Reißverschluss ihrer Bikerjacke. »Gut, ist wahrscheinlich besser, wenn ich mitkomme, bevor du irgendwelchen Mist erzählst. Wie heißt der Laden? Den kenne ich vielleicht.«

»Mer Rouge. Macht auf ganz fein.«

»Gut, ich weiß, wo das ist. Finde raus, wann die sich wieder treffen, und ruf mich an. Am besten, gestern. Ich haue jetzt ab. Einen guten Rat habe ich noch für dich: Spiele heute nicht mehr um Geld, das geht garantiert in die Hose. Du bist völlig durch den Wind.«

32

Diesmal war da was. Karla wusste es sofort. Fremde Geräusche in der Wohnung. Die Flurdielen knarzten. Britta konnte es nicht sein. Karlas Herz schlug heftig. Sie riss die Augen auf, tastete nach dem Handy. Eine Frauenstimme sagte: »Das ist es wohl.« Eine Männerstimme antwortete, aber Karla verstand nicht, was sie sagte.

Karla tippte die 110 ein, stand mühsam auf und hielt das Handy anwählbereit, als sie in den Flur hinausschaute. Dort war niemand, aber aus Brittas Zimmer drangen Geraschel und Gepolter.

»Wer ist da?«, rief Karla.

Brittas Mutter streckte den Kopf aus dem Zimmer.

»Haben wir Sie geweckt? Entschuldigung. Wir müssen nur die wichtigsten Sachen holen, dann sind wir auch schon wieder weg. Das andere lassen wir von der Spedition abtransportieren.«

»Was soll das heißen?« Karla trottete den kurzen Weg zu ihr hin. »Was denn abholen? Warum? Wie geht's Britta überhaupt und passt jemand auf sie auf?«

Brittas Mutter zog ein Taschentuch aus dem Jackenärmel. »Britta ist gestern Abend kurz aufgewacht und hat uns erkannt.« Das Taschentuch kam in den Augenwinkeln zur Anwendung. »Die Schwestern kümmern sich gut um sie.« Sie klang nun zunehmend verschnupft. »Wir haben mit dem Arzt gesprochen und sie wird Reha brauchen.«

Karla stöhnte. »Es kann sein, dass jemand Britta umbringen will, verstehen Sie? Das war kein Unfall, das war ein Anschlag!«

»Was sagen Sie da?« Aus dem Zimmer kam nun Brittas Vater heraus. Unter seinen rotgeränderten Augen hingen dunkle Tränensäcke. Er drängelte sich an seiner Frau vorbei und starrte Karla an. »Wieso sollte jemand Britta umbringen wollen? Raus mit der Sprache.«

»Den genauen Grund kenne ich auch nicht, aber Britta engagiert sich für Flüchtlinge und zuletzt hat sie sich um eine Frau bemüht, die in U-Haft sitzt. Die Frau hatte mit Schmuggelbanden zu tun.«

»O Gott!« Brittas Mutter hielt sich die Hand vor den Mund. Ihr Mann starrte Karla weiter verständnislos an.

»Sie können mir das ruhig glauben. Gestern kam einer aus dem Aufzug, der zu der Bande gehört. Ich glaube nicht, dass das Zufall war. Außerdem ist er abgehauen, als er mich bemerkt hat.«

»Himmelherrgott, warum haben Sie das nicht gleich gesagt? Wenn Britta was zugestoßen sein sollte, sind Sie schuld!«, brüllte Brittas Vater. »Ich fahre sofort ins Krankenhaus. Pack du die Sachen zusammen«, sagte er zu seiner Frau und stürmte hinaus. Polternde Schritte im Treppenhaus begleiteten seinen Abgang.

Eine merkwürdige Stille trat ein, die Karla schnell unbehaglich wurde. »Ich mache Kaffee, mögen Sie auch einen?«, fragte sie.

Brittas Mutter nickte zaghaft. Sie schien froh zu sein, dass ein alltäglicher Vorgang die Situation beruhigte, und folgte Karla zur Küche. Dort blieb sie aber in der Tür stehen.

Vom Schlafmangel und dem Schreck des Aufwachens dröhnte es in Karlas Schädel. Obwohl sie die Nachtschicht um drei beendet hatte, konnte sie danach lange nicht einschlafen. Die fürchterlichen Bilder ihrer Erlebnisse der letzten Wochen quälten sie und hielten sie wach. Sie verschüttete Kaffeepulver und vergaß, die Flamme unter der Espressokanne zu entzünden.

»Wollen Sie sich nicht hinsetzen, Frau Stegemann?«, fragte sie.

»Gerne, aber sagen Sie Viola zu mir. Frau Stegemann, das klingt so schrecklich förmlich.«

Die hatte vielleicht Probleme. Karla verkniff sich einen Kommentar.

Brittas Mutter hockte sich auf den vorderen Rand der Stuhlsitzfläche. Ihre Körperhaltung drückte Anspannung und Unsicherheit gleichermaßen aus.

»Wir haben Sie geweckt, nicht wahr? Das tut mir leid, ich weiß ja, dass Sie nachts arbeiten, aber Reinhard hat darauf bestanden, dass wir sofort Brittas Sachen holen. Hoffentlich passiert ihr nichts ...«

Ohne zu fragen, packte Karla Milch, Zucker und Kaffeelöffel auf den Tisch. »Ich habe schon einen ordentlichen Schreck bekommen«, sagte sie dabei. »Wenn Sie mich angerufen hätten, hätte ich Ihnen die Sachen ins Krankenhaus ... Moment, was war das mit der Spedition? Was haben Sie vor?«

Brittas Mutter seufzte schwer. »Reinhard möchte Britta nach Hause holen. Die Reha wird lange dauern und wir können uns um Britta kümmern.« Tränen traten ihr in die Augen. »Ob sie je wieder ganz gesund wird, wissen die Ärzte nicht.«

Karla nahm die Espressokanne vom Gas und teilte Kaffee aus. Sie setzte sich, stützte den Kopf auf und überlegte, was ihr gerade erzählt wurde. »Aber Sie können doch nicht einfach mit Brittas Sachen ausziehen. Es gibt einen Mietvertrag …«

»Wir werden die Miete für Britta erst mal weiterbezahlen, das ist doch selbstverständlich. So lange, bis Sie was anderes gefunden haben, wenn die Wohnung für Sie alleine zu teuer ist. Oder Sie finden vielleicht eine andere Mitbewohnerin«, sagte Brittas Mutter schnell. Sie griff schüchtern nach Karlas Hand. »Ich weiß ja, dass das alles schwer für Sie ist. Britta hat mir erzählt, dass Sie neulich im Taxi überfallen worden sind. Britta meinte auch, Sie würden nicht gerne aus Berlin weggehen, aber sie würde versuchen, Sie zu überzeugen. Sie würde gerne mit Ihnen zusammenleben und Luftveränderung würde Ihnen beiden guttun.«

Karla starrte sie an. Die Züge um den Mund und die helle Haut wiesen auf die enge Verwandtschaft mit Britta hin. Karla war neu, dass Britta mit den Eltern über ihre Beziehung sprach. »Das hat Britta Ihnen erzählt?«

»Britta hat oft von Ihnen gesprochen. Sie mochte Sie sehr gerne, glaube ich.« Jetzt sprudelten die Tränen bei Brittas Mutter. Sie holte ein Taschentuch heraus und tupfte.

Karla war nun auch dem Weinen nahe, aber sie riss sich zusammen. »Ich dachte, Britta hätte Streit mit Ihnen gehabt wegen mir. Also weil sie mit mir …«

Brittas Mutter schüttelte den Kopf und streichelte Karlas Hand noch intensiver. »Nein, nein, sie hatte sich mit

Reinhard gestritten, weil er schon wieder ein neues Auto gekauft hat. Britta meinte, mit dem vielen Geld hätte er Menschen helfen sollen, die nichts haben. Wegen Ihnen gab es keinen Streit. Wir wollen ja, dass Britta glücklich ist. Obwohl so zu sein doch sicher sehr schwer ist, nicht wahr? Aber wir haben ja nichts dagegen. Natürlich waren wir damals ein bisschen erschrocken und ängstlich, als Britta von Ihnen erzählt hat. Wir hatten uns schon so auf Enkel gefreut, besonders Reinhard. Britta war immer seine Prinzessin und er ist nur schwer darüber hinweggekommen. Britta hat ihm aber klipp und klar gesagt, wie die Dinge liegen und dass sie mit Ihnen eine Familie haben will. Jetzt regt er sich so furchtbar auf, dass er manchmal nicht weiß, was er sagt. Sie müssen Nachsicht mit ihm haben, er meint das alles nicht so.«

Karla wusste nicht, was sie sagen sollte. Eine Welle schlechten Gewissens überflutete sie und brachte sie zum Schwitzen. Bisher war sie immer davon ausgegangen, dass Britta ihren Eltern gegenüber nur sehr verschämt zu Karla stand. »Mögen Sie noch Kaffee?«, fragte sie verlegen.

»Nein, danke. Ich muss gleich weiterpacken. Sagen Sie, war das wirklich so gefährlich, was Britta für diese Flüchtlinge getan hat?«

»Genau weiß ich das auch nicht«, meinte Karla. »Aber es sieht ganz so aus. Ich weiß jedenfalls keinen anderen Grund, weshalb ihr jemand was tun will. Wussten Sie denn nicht, wie sich Britta engagiert?«

»Ich wusste es schon«, sagte Brittas Mutter, »Reinhard nicht. Ich wollte nicht, dass sie es ihm sagt, er hätte sich bloß aufgeregt, weil er Angst hatte, sie vernachlässigt ihr Studium. Wenn ich bloß gewusst hätte, dass es so gefährlich ist …«

Das Tätscheln und Streicheln wurde Karla zu viel, sie zog ihre Hand weg. »Britta wusste es selbst nicht.« Sie warf einen Blick in die Espressokanne. »Ich wusste es auch nicht. Sie können noch was haben, ich mache noch eine Kanne.«

Brittas Mutter schüttelte den Kopf. »Ich muss jetzt wirklich weitermachen. Vielleicht danach.« Sie stand auf.

»Hier ist ein Brief für Britta.« Karla gab ihr einen Umschlag vom Papierhaufen, der sich auf dem dritten Stuhl stapelte.

Brittas Mutter betrachtete ihn von beiden Seiten. »Der sieht amtlich aus. Ich mache ihn wohl besser auf.« Sie öffnete den Umschlag, faltete das Schreiben auseinander und las. »Oh«, sagte sie, »dann machen wir gerade nicht so viel falsch.« Sie reichte Karla das Blatt. Karla brauchte einen Moment, um zu begreifen, dass es ein Schreiben der Schulverwaltung Hannover war, die Britta einen Referendariatsplatz für das zweite Schulhalbjahr zusagte. Nur noch ein paar Monate bis dahin. Britta hatte also schon längst entschieden, Berlin zu verlassen. So oder so, etwas ging zu Ende und eine tiefe Trauer schnürte ihr den Brustkorb ein.

33

Das Taxi stand hinter zwei anderen Wagen im absoluten Halteverbot. Von dort aus hatten sie den heimelig beleuchteten Eingang zum Mer Rouge diskret im Auge.

»Kannst du dein Gezappel sein lassen? Du machst mich völlig nervös«, fauchte Karla Banks an, der sich auf dem Beifahrersitz bewegte, als ob Sprungfedern herausstachen.

»Wenn du wüsstest, mit wem du zu tun hast, würdest du auch rumzappeln«, erwiderte Banks leise. Er war an diesem Abend besonders blass und hatte die Kapuze seines Pullis so tief wie möglich ins Gesicht gezogen.

Karla betrachtete ihn von der Seite, schnaufte, schlug den Kragen der Bikerjacke hoch und setzte die Schiebermütze auf, die sie für die kalten und regnerischen Tage bereithielt. »Mit wem habe ich es denn zu tun? Das solltest du mir mal erklären. Und mir vor allem sagen, wann die wichtigen Leute drin sind. Zum Beispiel die drei da, mit den Trenchcoats und den Aktentaschen. Gehören die dazu?« Karla zeigte ein Stück die Straße runter.

Banks starrte in die Richtung. »Jedenfalls keine Touristen«, murmelte er.

»Das sehe ich selbst«, sagte Karla. »Schau, die gehen rein. Wer sind die?«

Banks hob die Schultern. »Keine Ahnung. Hab ich noch nie gesehen.«

»Warum weißt du das nicht? Oder tust du nur so?« Karla hatte den Drang, ihn zu schütteln und zu schlagen.

»Seit der letzten Wahl haben wir einen anderen Senat und der hat in der Verwaltung rumgefuhrwerkt. Da wurden einige befördert, andere versetzt. Außerdem bin ich schon seit über zwei Jahren nicht mehr eingeladen worden. Warum auch? Ist doch klar, dass da neue Gesichter auftauchen.«

»Ja, ja, ist ja schon gut«, brummte Karla.

Eine Weile beobachteten sie schweigend die Menschen, die vorbeizogen. Meistens waren es Touristen, die man daran erkannte, dass sie schlenderten, sich ständig umsahen und in Gruppen den Gehweg blockierten. Berliner eilten dagegen mit gesenkten Köpfen und verkniffenen Gesichtern.

»Du hast mir neulich erzählt, dass einer vom Landesamt für Gesundheit und Soziales bei den Treffen dabei war. Vor ein paar Tagen stand in der Zeitung, da gebe es Vetternwirtschaft. Weißt du was davon?«

Banks lachte leise. »Das wissen alle, höchstens der Sozialsenator nicht. Aber nur dann, wenn er's nicht wissen will. Die Betreiber der Heime haben sich schon seit 2010 auf steigende Flüchtlingszahlen vorbereitet. Haben Liegenschaften gekauft und Infrastruktur geschaffen. Jetzt kassieren sie ab und das Amt zahlt jeden Betrag, weil sie sonst nicht wissen, wohin mit den Leuten. Die haben sich mit Verträgen selbst geknebelt und ich weiß, dass dafür Handgeld gezahlt wurde.«

»Flüchtlinge sind also Geschäft?«, fragte Karla.

»Aber hallo«, meinte Banks. »Je mehr, desto besser. Und wenn die Nazis vor den Heimen Krawall machen, ist das noch besser. Dann muss bewacht werden, es braucht mehr Betreuung und mehr dezentrale Unterbringung. Mehr Aufwand, mehr Knete. Alle machen mit, sogar solche gemeinnützigen wie die Wohlfahrt. Das Amt ist völlig überlastet und zahlt nur noch Rechnungen, ohne jede Kontrolle.« Banks schwieg einen Moment. »Das hast du jetzt aber nicht von mir.«

Darauf erwiderte Karla nichts. In Gedanken ging sie ihr Vorhaben durch, das nur daraus bestand, im Restaurant Nowacyk zu suchen und ihm zu sagen, er solle Britta und sie in Ruhe lassen, weil er nichts von ihnen zu befürchten habe. Semret musste selbst sehen, wie sie zurechtkam. Die steckte in Polizeigewahrsam oder schon im Abschiebeknast, darauf hatten sie keinen Einfluss. Banal und naiv, so kam ihr der Plan vor, aber ihr fiel nichts Besseres ein.

Dafür hatte sie einen Riesenbammel, der von Banks noch angeheizt wurde.

»Da!« Banks zeigte auf einen dunklen BMW, der vor dem Mer Rouge anhielt. Zwei Männer stiegen aus und verschwanden im Lokal. Der BMW fuhr weiter.

»Wer war das?«, wisperte Karla.

»Konnte ich nicht so genau erkennen, aber jede Wette, das war jemand Wichtiges.«

»Das möchte ich doch ein bisschen genauer …«, begann Karla.

»Da! Jetzt kommt Nowacyk.« Banks deutete auf ein Grüppchen Männer, die gerade die Straße überquerten. »Nowacyk ist der Dünne mit der schwarzen Jacke. Der große Glatzkopf heißt Bernd, weiter weiß ich nicht. Die anderen beiden …«

»Schon gut«, meinte Karla düster, »ich glaube, die habe ich schon mal gesehen.« Sie erinnerte sich nicht gerne an die Schlägerei in der Nacht vor ihrer Haustür.

Die Männer verschwanden im Mer Rouge.

»Jetzt sollten wir auch langsam reingehen«, sagte Karla, obwohl sie sich nicht danach fühlte. Jetzt, wo es ernst wurde, überwog die Angst. Mit großer Mühe schob sie den Gedanken beiseite, sie könnte stattdessen davonfahren und in die Nachtschicht einsteigen. Einfach im Gekröse der Stadt verschwinden. Für immer.

»Warte«, sagte Banks, als sie die Hand auf den Türgriff legte.

»Warum?«, wollte sie wissen, aber dann sah sie es schon selbst. Zwei Männer kamen wieder heraus. Einer, es war der Glatzkopf, stellte sich direkt neben den Eingang, der andere trabte über die Straße auf ihre Seite.

Karla hielt die Luft an und sank tief in den Sitz. Der Mann schlenderte in die andere Richtung, weg vom Taxi. Dort blieb er bei einem Imbiss stehen und zündete sich eine Zigarette an.

»Das sind die Aufpasser. Ich weiß nicht, ob Bernd dich reinlässt«, sagte Banks.

Karla stieß ihn gegen den Oberarm. »Du kommst mit, dann wird er uns schon lassen.«

»Und wenn er mich auch nicht reinlässt?«

»Sag ihm, es wäre wichtig oder es ginge ums Geschäft. Denk dir halt was aus, der sieht nicht sehr helle aus«, fauchte Karla.

»Unterschätz den mal nicht, das täuscht. Auf den sind schon öfter welche reingefallen«, erwiderte Banks.

»Gut, dann fallen wir auf den nicht rein. Können wir jetzt?«, fragte Karla. Sie war nun ziemlich genervt, weil sie die Anspannung kaum noch aushielt und das Treffen endlich hinter sich bringen wollte.

»Lass uns noch ein paar Minuten warten, bis die da drinnen sich begrüßt haben. Manchmal kommen auch Nachzügler und je mehr Leute dabei sind, umso eher geht die Sache glimpflich ab. Niemand will vor den Augen der anderen irgendwas unternehmen, was ihn angreifbar macht.«

Karla schnaufte. »Na gut, noch fünf Minuten.« Sie wünschte sich eine Zigarette, damit sie was zu tun hatte.

Bernd rauchte inzwischen ebenfalls. Er blickte die Straße auf und ab, genau wie der andere am Imbissstand, der sich eine Flasche Bier hatte geben lassen.

Karla zog ihr Telefon heraus und rief Kaminskis Nummer auf. Sie war sich nicht sicher, ob sie bei ihr anrufen sollte. Es wäre sicher besser, wenn jemand wüsste, was sie zu tun im Begriff war. Für alle Fälle. Nur, was würde die Kommissarin machen, wenn sie hörte, was Karla vorhatte? Mit Blaulicht vorfahren und ihr Vorhaben vereiteln? Oder sollte sie lieber den Zollinspektor anrufen und hoffen, dass der sie ernst nahm?

Banks zog ein Päckchen aus der Jackentasche. Er schnäuzte sich ausgiebig, dann schüttete er eine kleine Menge weißes Pulver auf ein Bruchstück einer CD. Fasziniert sah Karla, wie er das Tütchen mit dem Pulver wegsteckte, sich ein Stäbchen tief in ein Nasenloch steckte und etwa die Hälfte des Pulvers hochzog. Für den Rest bemühte er das andere Nasenloch.

»Wie oft machst du das?«, fragte Karla leise.

Banks hielt sich die Nase zu und schnüffelte. Als er antwortete, klang er verschnupft. »So oft es nötig ist. Zum Beispiel vor einem Match um Geld …«

Es klopfte an die Scheibe der Fahrertür.

Karla fuhr erschrocken herum. Sie blickte in ein Gesicht, das ihr bekannt vorkam. Allerdings fiel der Groschen nicht sofort. Sie wurde abgelenkt von der Bewegung neben sich. Banks riss die Tür auf und rannte davon.

Karla steckte das Telefon ein und öffnete ihre Tür. Der Zollinspektor trat einen Schritt zurück, damit sie aussteigen konnte.

»Sie haben uns erschreckt«, sagte Karla und drehte den Kopf nach Banks. Von ihm war nichts mehr zu sehen, obwohl genügend Straßenleuchten die Dunkelheit vertrieben. Dafür stellte sie fest, dass Bernd, der Glatzkopf, auf sie aufmerksam geworden war. Er starrte über die Straße zu ihr. Karla umrundete das Taxi so ruhig sie konnte und schloss die weit offen stehende Beifahrertür.

»Was machen Sie hier?«, fragte sie Kress, als sie wieder zum Einsteigen bereit war.

»Das wollte ich Sie gerade fragen«, antwortete Kress. »Sie beobachten doch wohl nicht das Restaurant dort drüben?«

Karla stöhnte. »Wie kommen Sie darauf? Ich habe nur gerade jemanden hergefahren …«

»Aha. Dann haben Sie jetzt fast eine halbe Stunde über den Fahrpreis verhandelt, was?«, meinte Kress belustigt.

»Ja, genau, und nun ist er ohne zu bezahlen abgehauen.«

Kress kam näher. »Jetzt mal Klartext. Warum warten Sie hier? Sie gefährden die Ermittlungen«, sagte er leise.

Karla wusste nicht, ob sie sauer oder erleichtert sein sollte. Jedenfalls war ihr Plan durchkreuzt. »Ich wollte da reingehen und dem Oberschmuggler sagen, dass er uns in Ruhe lassen soll. Die haben uns überfallen und meine Freundin angefahren, obwohl denen von uns nichts droht. Wenn die damit nicht aufhören …« Karla brach ab. Sie war drauf und dran zu verraten, dass sie bis jetzt nicht alle ihre Erlebnisse erzählt hatte.

»Sie meinen, Sie wissen etwas, und wenn Sie weiter bedroht werden, sagen Sie es der Ermittlungsgruppe, nicht wahr?«

Karla schwieg. Wenn sie das jetzt zugab, würde sie von der Polizei bedrängt werden, ihren einzigen kleinen Trumpf, das Wissen um ein paar Zusammenhänge und Namen, preiszugeben.

»Nein, ich weiß nichts und ich muss jetzt arbeiten«, sagte sie und hörte selbst, wie unecht das klang.

Kress fasste sie am Arm. »Kommen Sie, ich begleite Sie da rein. Dann können wir die Angelegenheit klären.«

»Wie? Sie wollen einfach da rein?«

Kress lachte leise. »Ja, wieso denn nicht? Die wissen genau, dass wir hier sind. Außerdem ist es normal, dass wir verhandeln. Die müssen solche Auswüchse vermeiden, dann können sie unter Aufsicht ein paar Geschäfte machen. Hauptsache, es gibt keinen Wildwuchs, Schießereien und so. Das hatten wir schon mal, und solange die dafür sorgen, dass alles gesittet abläuft und wir ab und zu einen LKW mit Kippen abfangen können, ist die öffentliche Ordnung sichergestellt. Mehr wollen wir gar nicht.«

Karla brauchte ein paar Augenblicke, um das zu verdauen. »Das gibt's doch gar nicht …«, murmelte sie.

»Ja, so ist das, aber das binden wir nicht jedem auf die Nase. Wichtig ist für uns, dass sich nur berechenbare Akteure auf dem Spielfeld tummeln. Dafür müssen die da drüben sorgen.« Er nickte zum Mer Rouge hinüber. »Gehen wir?«

Karla war völlig überrascht, sagte sich jedoch, lieber mit dem Inspektor in den Laden als mit Banks. Allerdings würde Kress sicher eine Gegenleistung dafür verlangen. Sie würde kreativ sein müssen in dem, was sie an Informationen preisgab. Andererseits wusste sie eigentlich nicht viel. Sie schüttelte den Kopf, verriegelte das Taxi und folgte Kress. Auf dem Gehweg näherte sich der Mann vom Imbissstand. Der Inspektor stoppte ihn mit einer Handbewegung und überquerte mit Karla die Straße. Der Glatzkopf gab unter kritischen Blicken die Eingangstür frei. Dort klebte ein Papier, das »Geschlossene Gesellschaft« verkündete.

Karla spürte Kress' Hand im Rücken, die sie sanft, aber entschlossen in den Gastraum hineinschob.

Links von der Theke war eine lange Tafel aufgebaut, bereit mit Tellern, Gläsern und Besteck. Sogar ein paar Vasen mit echten Schnittblumen in der Mitte.

Männer mit und ohne Krawatten standen in kleinen Gruppen, Gläser in der Hand, wie bei einem alltäglichen Sektempfang. Neugierige Blicke trafen sie und Kress. Wie sie feststellte, war Karla neben einer Bedienung die einzige Frau im Raum.

Ihr Blick blieb an einem Mann hängen. Rundlich, graue Haare, runde, randlose Brille. Ganz formell in dunklem Anzug und Krawatte, eine Hand in der Hosentasche, die andere hielt den Sektkelch. Panke, Herberth. Das Herberth mit einem H, wie sie sich erinnerte. Dieses Detail hatte sich ihr eingeprägt und deswegen erkannte sie ihn überhaupt. Ein Bericht über ihn samt Foto war in der *taz* gewesen. Als Baulöwe wurde er bezeichnet. Er sei der Mann, der genügend Unterkünfte für die Geflüchteten auftreiben könne und eine Sozialindustrie aufgebaut habe, mit der er nun fett absahnen könne. Auch deswegen, weil in seinen Heimen an allem gespart würde, wie Britta behauptet hatte. Für das LAGeSo sei er der Problemlöser, dem sie nur Geld in den Rachen zu werfen brauchten, damit er sie von ihren Sorgen erlöse.

Direkt neben Panke stand ein anderer, der sie von dem Prominenten ablenkte. Hohe Stirn, die mit Grau durchwirkten dunklen Haare straff zurückgekämmt. Der breite Mund entspannter und der Teint gesünder, als sie ihn in Erinnerung hatte. Sie wusste nicht, ob sie erleichtert oder erschrocken sein sollte. Ein Mann, der eine Pistole ziehen und Löcher in Wagendächer schießen konnte, zählte nicht zu ihren Lieblingsbegegnungen. Immerhin war er nicht gestorben, das hatte wiederum etwas Tröstliches.

Karla drehte sich zu Kress, weil sie ihn auf den Mann aufmerksam machen wollte. Der Zollinspektor hatte Blickkontakt zu einem schlanken Typen in dunkler Jacke aufgenommen. Die beiden gestikulierten und zeigten auf eine Tür, die irgendwo ins Haus führte.

Karla fragte sich, ob der Typ Nowacyk war. Als Banks ihn ihr gezeigt hatte, hatte sie ihn nur von hinten sehen können. Auffällig an ihm war der haarlose Spalt in der rechten Augenbraue. Ansonsten sah er aus, wie sich Karla einen Autoersatzteileverkäufer vorstellte. Ein Mann, der überzeugt war, alles zu wissen, es allerdings nie unter Beweis stellen musste.

»Kommen Sie«, sagte Kress und schob Karla in Richtung der Hintertür, »wir werden eine kleine Besprechung abhalten. Aber ganz diskret.«

»War das Nowacyk?«, fragte Karla.

»Sie sind schon sehr gut informiert, was?«, kam es vom Zollinspektor zurück.

»Ja, und da drüben steht der Mann, den ich im Taxi hatte und der das Loch ins Dach …«

»Schon gut«, meinte Kress. »Der kommt dann auch gleich zu unserer Besprechung.«

Er öffnete die Tür. Sie kamen in einen Gang, passierten eine weitere Tür und betraten eine Art Hinterzimmer. Der Raum war mit alten Möbeln wie ein Speisezimmer eingerichtet. Ovaler Tisch mit sechs Stühlen, ein Buffet, Kleiderständer und ein paar Cocktailsessel. Es roch nach kaltem Rauch.

»Nehmen Sie Platz«, sagte Kress. Er stellte sich ans Fenster und zog den Vorhang kurz beiseite. Ein Rollladen versperrte die Sicht hinaus. Langsam kam ihr die Situation fast surreal vor. So unterschwellig bedrohlich wie ein fein dampfender Vulkan.

»Ist Kaminski auch in der Nähe?«, fragte Karla.

Der Zollinspektor sah sie nachdenklich an. »Wozu?«

»Sie haben neulich erzählt, dass es in der Ermittlungsgruppe welche gibt, die die Seiten gewechselt haben.« Als Karla es ausgesprochen hatte, kam ihr der unbehagliche Gedanke, dass dies ebenso auf Kress zutreffen könnte.

Bevor sie diese Überlegung weiterverfolgen konnte, wurde die Tür geöffnet und drei Männer betraten den Raum. Es waren der, den Karla für Nowacyk hielt, ihr unerwünschter Fahrgast und ein dritter, den sie nicht kannte. Der dritte war ziemlich korpulent und hatte mit seiner faltigen Sonnenbräune etwas Bäuerliches an sich, wie jemand, der viel auf dem Feld arbeitete.

Nowacyk bot Plätze an wie ein Gastgeber. Die Männer setzten sich, Kress blieb stehen.

Karla ebenfalls, sie hatte Angst, ihr Herz schlug schneller und Stehen kam ihren Fluchttendenzen entgegen.

»Hinsetzen«, sagte Nowacyk zu ihr. Während sie überlegte, was sie erwidern sollte, schob ihr Kress einen Stuhl in die Kniekehlen. Sie sank darauf, aber die Spannung hielt ihren Oberkörper aufrecht. Der Zollinspektor blieb hinter ihr am Fenster stehen.

»Warum hast du sie hergebracht?«, fragte ihn Nowacyk.

»Sie wäre sowieso gekommen«, meinte Kress. »Ich hielt es für besser, sie gleich mitzunehmen.«

»Besser? Fragt sich, für wen«, sagte Nowacyk. Er wandte sich an Karla. »Wer bist du und was willst du hier?«

Kress räusperte sich. »Das ist die Taxifahrerin.«

»Ach, deswegen kommt sie mir bekannt vor«, sagte der Mann, der das Loch ins Taxidach geschossen hatte.

»Ach so.« Nowacyk betrachtete Karla forschend. »Und was willst du hier?«, fragte er dann.

Karla lehnte sich ein Stück zurück und spürte, wie sich das Shirt gegen ihren schweißnassen Rücken legte. »Sind Sie denn Nowacyk?«

»Ja. Ich hoffe, du hast eine gute Antwort.«

»Ob es Ihnen gefällt oder nicht, ich habe immerhin einen guten Grund. Ich will, dass Sie mich und meine Freundin in Ruhe lassen. Sie haben nichts von uns zu befürchten.« Karla drehte den Kopf kurz zu Kress. Der verzog keine Miene.

»Wenn man sich nicht in unsere Angelegenheiten einmischt, hat man auch nichts zu befürchten«, sagte Nowacyk ruhig.

»Ich kann nichts dafür, dass der da in mein Taxi eingestiegen ist und ein Loch ins Dach geballert hat«, rief Karla und zeigte auf den Pistolenschützen mit den kräftigen Händen.

»Ich auch nicht«, erwiderte Nowacyk. »Aber du hast uns hinterherspioniert und dich mit ein paar Chorknaben zum Singen getroffen.«

»Ihr habt meiner Freundin vor unserer Haustür aufgelauert und sie überfahren«, schrie Karla, »da wollte ich bloß rauskriegen, wem ich sagen muss, dass wir niemanden anschwärzen, und ihr habt auf uns geschossen. Fast hätte es mich auch erwischt!«

Nowacyk runzelte die Stirn. Er sah kurz zu Karlas unerwünschtem Fahrgast. Der zuckte mit den Schultern. »Deine Freundin hätte das mit dem Anwalt lassen sollen. Diese Afrikanerin muss abgeschoben werden. Da gibt es zu viele Verbindungen und die gehen niemanden was an. Eigentlich solltest du auch nicht hier sitzen können. Das war ein ärgerlicher Patzer.« Nowacyk nickte langsam. »Du willst also sagen, das sei alles völlig unnötig gewesen?«, fragte er dann.

»Ach, bei dem Geballer war sie dabei? Gut, dass ich das auch mal erfahre«, meinte Kress. Er schnaufte vernehmlich. »Wegen des Anwaltes wäre es wirklich sinnlos. Der ist nun mal an dem Fall dran und geht davon nicht weg«, fügte er hinzu. »Aber die Schwarze sagt eh keinen Piep und ich denke, wir können sie abschieben lassen. Dann sind wir jegliches Risiko los.«

Karlas Nackenhaare stellten sich auf. Sie fragte sich, ob sie sich verhört hatte. Sie fühlte in der Jackentasche nach ihrem Telefon. Kaminskis Nummer war noch aufgerufen. Sie brauchte nur die Anruftaste zu drücken. Aber das musste funktionieren und es durfte nicht auffallen. Der Schweiß floss nur so an ihr herab.

»Na gut«, sagte Nowacyk, »das mag so sein. Aber was machen wir jetzt? Das war eine ziemlich dumme Idee, hierherzukommen. Was denkst du, Zoran?« Er sah wieder Karlas Fahrgast an, den der Grauhaarige ›Iwan‹ genannt hatte. Eine Zigarettenpackung knisterte zwischen dessen Fingern. »Dumm, ja«, sagte Zoran.

»Kadir?«

Der Sonnengebräunte hob die Hände. »Dein Problem, du entscheidest. Willst du einen Rat? Sicherheit geht vor. Wir machen das immer so.«

Karla erhob sich. »Ich habe gesagt, was ich sagen wollte. Ich gehe dann.«

»Hinsetzen«, sagte Nowacyk. »Kress?«

Der Zollinspektor trat einen Schritt vor und drückte Karla wieder auf den Stuhl. »Nichts Unüberlegtes machen. Die Freundin hat ordentlich was abbekommen und wird in die Reha müssen, falls sie überhaupt wieder auf die Beine kommt. Sie wird sich wahrscheinlich kaum an was erinnern, von daher droht keine Gefahr. Mit unserer Jeanne d'Arc hier ist das was anderes. Sie hat diesen Maletzke aufgetrieben und ihn irgendwie dazu gebracht, sie hierherzulotsen. Dieser Typ ist ein Sicherheitsrisiko. Auch, weil er kokst. Den könnten wir aber einlochen, wegen Drogen …«

»Da muss ich erst mit ein paar Leuten Rücksprache halten«, unterbrach ihn Nowacyk. »Die sind alle so geldgeil, es reicht denen nicht, wenn sie mit ihren Asylantenheimen das Amt abmelken. Die können auf nichts verzichten. Na ja, wenigstens sind die berechenbar.« Er lachte leise. »Aber was machen wir mit der?«

Sie überlegten.

Die verhandelten über ihren Kopf, verdammt, dachte Karla. Es fühlte sich unwirklich an, wie ein schlechter Traum. Dabei saß sie in Berlin-Mitte in einem teuren Restaurant und hatte einen Zollinspektor dabei. Der führte sich jedoch wie ein Ganove auf. Das konnte doch alles nicht wahr sein.

Zoran teilte Zigaretten aus.

»Kann ich auch eine haben?«, fragte sie mit brüchiger Stimme. Sie hoffte, Kaminski hatte den Anruf angenommen und hörte mit. Wenn nicht, saß sie so tief in der Scheiße wie nie zuvor. Es war kein Trost, dass dies in dem Fall das letzte Mal sein könnte.

Sie füllten den Raum mit Qualm.

Nach dem ersten Zug wurde Karla schwindlig. Das auch noch.

»Kann ich nicht einfach gehen und wir vergessen die ganze Angelegenheit? Ich war nie hier und habe niemanden gesehen.«

Karla versuchte, so ruhig und überzeugend zu klingen wie irgend möglich.

»Ich fürchte, das wird nicht mehr möglich sein«, erwiderte Nowacyk ruhig.

»Warum?«, rief Karla.

»Du hast hier zu viel gesehen und du weißt schon zu viel. Niemand kann mir garantieren, dass du die Klappe hältst. Und hier gibt es noch jemanden, der jetzt kompromittiert ist, nicht wahr, Kress?«

Der Zollinspektor gab ein undefinierbares Geräusch von sich.

»Aber, was soll denn …« Karla brach ab.

»Stimmt, das müssen wir besprechen«, sagte Kress.

»Ach, das ist eigentlich ganz einfach«, meinte Nowacyk. »Du und Zoran, ihr macht das.«

»Warum?«, fragte nun auch Kress.

»Euch hat sie bei Aktionen gesehen, bei denen ihr sicher nicht gesehen werden wolltet. Außerdem glaube ich, ihr macht bessere Arbeit als meine Jungs. Die haben kürzlich dauernd Mist gemacht. Ihr werdet das schon aus Eigeninteresse besser hinbekommen.«

Zoran steckte die Zigaretten ein und erhob sich. »Warum ich? Gehe ich jetzt besser.«

»Moment«, sagte Nowacyk, »ich habe mit deinem Chef abgesprochen, dass wir Frieden halten und gemeinsam aufräumen. So als vertrauensbildende Maßnahme. Von euch ist jetzt außer dir keiner hier. Also musst du ran, klar?«

Zoran kaute unwillig auf seiner Unterlippe herum. »Gut«, sagte er dann, »ich mache.«

»Lasst es aber wie einen Unfall aussehen. So mit Koks und Alk, oder so.«

Karla sprang auf und wollte zur Tür. Sie stieß mit Zoran zusammen und dann hatte Kress sie schon gepackt. Er drehte ihr den rechten Arm auf den Rücken. »Ganz ruhig«, sagte er, »sonst muss ich dir wehtun.«

»Arschloch!«, schrie Karla. Sie versuchte sich zu befreien. Kress drückte ihren Arm weiter nach oben. Ein heftiger Schmerz ließ sie aufschreien. Dann polterte ihr Handy auf den Boden.

34

»Hallo? Hallo, wer ist da?«, rief Kaminski. Niemand antwortete, stattdessen hörte sie dumpf einen Wortwechsel. Die Nummer kam ihr vage bekannt vor. Sie schaltete den Lautsprecher ein, richtete sich vom Sofa auf und suchte im Anrufspeicher. Sie verstand nicht viel, der Ton war zu gedämpft. Aber sie vernahm deutlich, dass der Name Kress fiel. Dann hörte sie, wie von Koks und Alk gesprochen wurde, und gleich darauf folgte Getöse. Eine Stimme erklang lauter und deutlicher. Ihr Kollege Kress. Ein schrilles Schimpfwort. Vor Schreck fuhr Kaminski in die Höhe. Sie hörte ein Poltern, dann nichts mehr.

»Hallo?« Nichts. Kaminski fuhr sich durch die Haare. »Scheiße«, flüsterte sie. Sie hielt das Smartphone auf Empfang, bis eine Ansage kam. »The person you've called is temporarily not …« Sie drückte das weg und probierte einen Rückruf. Nichts.

Als Nächstes wählte sie Kress an, aber er ging nicht ran. Die Sache kam ihr merkwürdig vor und ließ ihr keine Ruhe.

Die Anrufnummer fand sie tatsächlich im Speicher. Sie erinnerte sich, dass sie an diesem Tag Überstunden abgefeiert hatte. Die Taxifahrerin, na klar. Irgendwas stimmte da nicht. Sie rief ihre Dienststelle an. Der Kollege Cybinski war dran.

»Kaminski hier. Sag mal, hat Kress Dienst?«

»Nö, wieso?«

»Ich habe gerade einen komischen Anruf von dem Handy einer Zeugin bekommen. Ich habe Danilo reden gehört und dann klang es nach Handgreiflichkeiten. Ich mache mir Sorgen …«

Cybinski räusperte sich. »Weißt du, von wo das kam? Soll ich jemanden dahinschicken?«

»Nein, keine Ahnung, von wo der Anruf kam. Kannst du das Handy orten lassen? Am besten auch gleich Danilos, ich gebe dir die Nummern.«

Cybinski notierte. »Hast du probiert, Danilo anzurufen?«

»Ja klar, aber er geht nicht ran. Bei der anderen Nummer erreiche ich auch niemanden.«

»Tja«, meine Cybinski, »ich kann's versuchen. Orten geht aber nur, wenn die Handys an sind.«

»Gut, aber mach bitte flott, das klang dramatisch.«

Cybinski versprach, sich zu beeilen.

»Am besten, ich komme zu euch. Ruf mich an, wenn du Bescheid weißt und ich noch nicht da bin«, sagte Kaminski und legte auf.

Sie hob die Decke hoch, unter der sie sich eingekuschelt hatte, und hielt nach ihren Socken Ausschau.

Eine interessante Person, diese Karla Lehwalder, dachte sie dabei. Sie hat so etwas Widerborstiges und Aufmüpfiges. Sie gerät bestimmt oft in Probleme, weil sie schnell aneckt. Kein Wunder, dass sie so unglücklich aussieht.

Die Kommissarin schüttelte den Kopf, um sich zu konzentrieren. Sie sollte sich beeilen und musste Nicki einen Zettel schreiben, falls er aufwachte und feststellte, allein zu sein.

Und dann los.

35

Das Kratzen der Küchenschaben ätzte wie Säure in Karlas Gehörgängen. Sie wollte gerne weghören, aber dann knautschte Zorans Lederjacke so laut, dass sie auf ihrer

Zunge kauen musste, um es zu ertragen. Sie wagte nicht, ihn anzuschauen, denn er wirkte wie ausgestanzt, ohne jede Verbindung zum Raum, der ihn umgab. Überhaupt, es war sehr viel angenehmer, die Augen geschlossen zu halten. Logisch, denn jedes Licht emittierende Atom des Leuchtfadens erkennen zu können, machte aus dem Blick in die Deckenlampe eine masochistische Grenzerfahrung.

Karla wusste schon, dass diese Sinneswahrnehmungen vom Kokain kamen, das ihr Kress in die Armvene gedrückt hatte. Sie wusste auch, dass diese Flashs recht schnell nachließen, aber im Moment half das wenig. Dass die sie umbringen wollten, war klar, trotzdem fühlte sie sich eigentlich gut. Immerhin lebte sie noch, und wenn sie Kress endlich erklären konnte, warum das so bleiben musste, standen ihre Chancen nicht schlecht.

Es gluckerte in Zorans Magen und Karla musste kichern. Sie stellte sich vor, wie ein Projektil durch seine Gedärme sauste. Klackernd würde es irgendwann in der Kloschüssel landen, wenn es nicht vorher durch einen Furz den Hosenboden zerriss …

»Was lachst du?«, fragte Zoran. Er stand auf und kontrollierte Karlas Fesseln.

Kress hatte sie mit Handschellen im Rücken fixiert und einen Holm der Stuhllehne mit einbezogen. Danach war er mit der Bemerkung verschwunden, er müsse ein paar Dinge organisieren und komme gleich wieder. Karlas Handy hatte er eingesteckt.

Karla öffnete vorsichtig die Augen. Der ausgestanzte Zoran setzte sich wieder hin und zündete sich eine weitere Zigarette an. Karla überlegte, ob sie sich auch eine geben lassen sollte. Die Vorstellung, das Knistern des brennenden Tabaks dicht an ihrem Kopf erdulden zu müssen, hielt sie davon ab.

Auf dem Tisch lag immer noch die Spritze samt Besteck. Wenn Karla sie ansah, wurde sie größer.

Sie ließ die Oberlider nach unten rutschen und Kress betrat den Raum.

»Alles klar, wir können los«, sagte er.

»Was machen wir, wenn sie schreit?«, fragte Zoran. »Am besten geben wir ihr K.o.-Tropfen.«

Kress hob die Arme. »Ich habe keine. Kannst du welche besorgen?«

Zoran brummte »Ja« und verschwand.

Kress hockte sich zu Karla. »Wie geht's Ihnen? Das Anfixen konnte ich leider nicht verhindern.«

Karla sah ihn kurz an. Er hatte die Stirn in Falten gelegt und wirkte ernstlich besorgt.

»Ich versuche jetzt, Sie unbeschadet hier rauszubringen. Sie würden mir helfen, wenn Sie sich ruhig verhielten. Von den K.o.-Tropfen möchte ich den Albaner gerne abbringen. Das geht aber nur, wenn wir ihn überzeugen, dass Sie keine Schwierigkeiten beim Verfrachten ins Auto machen. Ich halte Zoran für ziemlich gefährlich. Wir müssen mitspielen, bis wir ihn überrumpeln können. Das machen nachher die Kollegen, ich habe die verständigt …«

Zoran kam herein.

»Also, keinen Ärger machen. Kapiert?«, sagte Kress laut und drohend.

»Ja, gut«, erwiderte Karla leise und hielt den Kopf tief gesenkt, damit Zoran ihr Grinsen nicht sah.

»Ich glaube, wir lassen das mit den Tropfen besser«, meinte Kress, nachdem er sich erhoben hatte. »Die sind im Blut nachweisbar und das ist immer verdächtig.«

»Und wenn doch Ärger?«, wollte Zoran wissen.

»Ich habe ihr gesagt, dass sie eine Chance hat, wenn sie uns keinen Ärger macht und uns überzeugt, dass das auch so bleibt«, antwortete Kress.

Karla gluckste unterdrückt.

»Gut«, sagte Zoran, dem wohl nichts auffiel, »du musst wissen. Ich hab das, für alle Fälle.«

Die Lederjacke quietschte schrill. Karla hob die Lider. Er zeigte Kress ein Springmesser.

»Schön. Dann lass uns verschwinden.« Kress öffnete die Handschellen, schloss sie aber wieder, als Karla von der Stuhllehne befreit war. Er griff ihren rechten Arm, zog sie hoch und führte sie zur Tür. »Nimmst du das Besteck?«, fragte er Zoran und zeigte dabei zum Tisch.

Aus dem Flur ging es durch eine Hintertür in einen Hof. An übel riechenden Mülltonnen vorbei, kamen sie in einen Durchgang, der zur Straße führte.

Karla fühlte sich schwer und unförmig. Offenbar ließ die Wirkung des Kokains nach.

Kress ging dicht hinter Karla, während er sie am Arm hielt, und Zoran sorgte für den Sichtschutz von vorne.

Sie mussten um eine Ecke in die Glinkastraße. Dort steckte Kress Karla in einen dunklen Audi Q7 und schnallte sie an. Genau die Sorte Auto, die Karla hasste. Wozu sollte man in der Stadt einen Geländewagen fahren? Das war reine Angeberei. Sie verkniff sich jedoch jede Bemerkung darüber, auch weil sie bei Kress' nächster Ansage hellhörig wurde.

»Nimm du das Taxi mit. Hier ist der Schlüssel.« Er reichte Zoran den Autoschlüssel, den er Karla abgenommen hatte, als sie angebunden war.

»Bitte vorsichtig, keine Beulen und so«, sagte Karla.

»Schnauze«, knurrte Zoran. »Kann ich fahren schon lange.«

Kress drückte die Beifahrertür zu. Karla hörte ihn noch reden.

»Den Dammweg rein, von der Krugallee aus, weißt du? Da am Ende warte ich auf dich. Okay?«

Der Zollinspektor klemmte sich hinters Steuer. »Prima, Frau Lehwalder, das haben wir gut hinbekommen. Jetzt fahren wir dorthin und das wird eine hübsche Überraschung.« Er rieb sich die Hände, dann warf er den Motor an.

»Sie könnten mich mal von den Handschellen befreien«, sagte Karla.

»Ach, vergessen. Mach ich nachher.« Kress lenkte den Wagen schon in den Verkehr. Es sah aus, als hätte er es eilig.

Der will mich verscheißern, dachte Karla, als Kress den Audi in den Dammweg hineinlenkte. Warum sonst hatte er ihr die Handschellen nicht abgenommen, obwohl sie ihn mehrfach darum gebeten hatte? Außer seinen lauen Ausreden, sie sollten Zoran nicht misstrauisch machen, schwieg er.

Kress fuhr nun sehr langsam den Weg entlang, der sich in den Plänterwald hineinbohrte. Obwohl die Schneise unbelebt und dunkel dalag, sah er sich dauernd um.

»Wo sind denn nun Ihre Kollegen?«, fragte Karla, die es nicht mehr ertrug und Kress zu einer definitiven Aussage zwingen wollte.

»Werden schon irgendwo sein«, lautete die mürrische Antwort.

Der Dammweg endete an einem quer verlaufenden Fahrweg. Er ließ den Wagen ausrollen und stellte den Motor ab.

»Ja, wo denn? Habt ihr das nicht abgesprochen?«

»Ruhe!«, zischte Kress. Er stieg aus, drehte Ausschau haltend eine Runde um das Fahrzeug.

Nicht mal die üblichen Hundehalter. Denen begegnete man nur, wenn man zu Fuß oder mit dem Rad unterwegs war und die ihre Leinen und Kackebeutel zu Hause vergessen hatten. Karla überlegte, ob sie einfach losschreien sollte oder irgendwie sonst Radau schlagen könnte.

Scheinwerferlicht stach von der Krugallee her in die überwachsene Röhre des Dammwegs. Der kleine Hoffnungsfunke, es könnte Hilfe kommen, zerstob schnell. Das linke Fahrlicht des ankommenden Wagens funktionierte nicht und Karla wurde sofort klar, dass es ihr Taxi war.

Der elfenbeinfarbene Wagen stoppte hinter dem Audi. Zoran stieg aus und gesellte sich zu Kress. Karla konnte erkennen, dass Kress etwas erklärte. Er deutete mit den Armen den Fahrweg entlang. Seine anderen Handbewegungen konnte sie nicht interpretieren und aus den Gesprächsfetzen wurde sie nicht schlau. Offenbar war die Wirkung des Kokains inzwischen völlig verpufft, denn das Scharfsehen und -hören war einem dumpfen Katergefühl gewichen. Sie fühlte sich schlapp und kraftlos.

Ihre letzte Hoffnung bestand darin, dass Kress sie doch nicht belogen hatte und sie das nur wegen ihres depressiven Erschöpfungszustands vermutete.

Ansonsten wären alle Anstrengungen, Gewicht zu verlieren, die sie die letzten Monate durchlitten hatte, sinnlos gewesen. Und Britta wäre dem Diktat ihrer Eltern ohne jeden Beistand ausgeliefert.

Türenschlagen riss Karla aus ihren abstrusen Gedanken. Das Taxi setzte sich in Bewegung, rollte ohne Licht am Geländewagen vorbei und verschwand etliche Meter weiter hinter einer Biegung.

Jetzt, dachte Karla, jetzt stellt sich heraus, was hier gespielt wird.

Kress stieg ein. Wortlos ließ er den Audi an und folgte dem Taxi. Ebenfalls ohne Licht.

Karla traute sich nicht zu fragen. Sie fürchtete sich vor der Antwort.

An der Stelle, wo das Taxi abgebogen war, hielt Kress an. Er schaute zum Seitenfenster hinaus. Dort glänzte matt das Taxielfenbein und dahinter war dunkel die Spree zu erkennen.

Karla bemerkte einen teilweise überwucherten Bauzaun, der ein dunkles Gebäude einfriedete. Über dessen Dach ragte ein Turm auf. Sie war noch nie an dieser Stelle gewesen, aber irgendwie passte alles. Bäume, Dunkelheit, eine Ruine, keine Polizei. Scheiße.

Zoran trat an den Audi heran. Er trug weiße Latexhandschuhe, die obszöne Helligkeitsflecken bildeten.

»Hilfe!«, schrie Karla, als er die Tür auf ihrer Seite öffnete.

»Still, sonst …« Zoran ließ die Messerklinge herausschnellen.

Karla versuchte, ruhiger zu reden. »Das ist doch Scheiße, was ihr macht! Ihr werdet bestimmt erwischt …«

Schnalzende Geräusche vom Fahrersitz. Kress streifte sich ebenfalls Latexhandschuhe über. »Tut mir leid«, sagte er dabei. »Meine Frau hat sich scheiden lassen, trotz der Kinder, und das Haus ist noch nicht abbezahlt. Ich brauche die Kohle von Nowacyk.«

»Für so einen Unsinn setzt du deinen Job aufs Spiel? Willst du für Mord eingelocht werden?« Karlas Gedanken rasten. Ich muss ihn überzeugen. Bestimmt will er das eigentlich nicht, aber er sieht keinen Ausweg. Ich muss ihm eine Alternative aufzeigen. »Wenn du jetzt damit aufhörst, kannst du einen Ganoven schnappen und eine Zeugin retten. Ich halte die Klappe, versprochen. Oder du lässt mich einfach abhauen, ich verschwinde und du siehst und hörst nichts mehr von mir …«

Zoran unterbrach sein Gefummel, von dem Karla kaum etwas mitbekommen hatte. Er beugte sich herunter und starrte in den Wagen.

»Mach den Schuss fertig«, knurrte Kress. Er wandte sich Karla zu. »Selbst, wenn ich wollte, ginge das nicht. Wir würden das nicht überleben. Da gibt es etliche MEM-Personen, so nennen wir die. Mobile ethnische Minderheit. Kadir, zum Beispiel, steckt mit seinem ganzen Clan im Geschäft. Die räumen alles ab, was im Weg steht. Ich kann da nichts machen.«

In einem Impuls warf sich Karla gegen Zoran, der gerade die Spritze aufzog. Zoran torkelte zurück und Karla wollte hinaus. Sie stieß dabei so fest mit dem Kopf gegen den oberen Türholm, dass sie zurück auf den Sitz sackte.

Kress warf sich auf sie und hielt sie fest. »Das ist eine blöde Idee«, sagte er keuchend. »Willst du, dass Zoran dich absticht? Halt still und du bekommst einen Schuss gesetzt. Das ist viel angenehmer, glaub mir. Schöne Träume, einschlafen und ex, heißt es.«

Zoran unterstrich diese Worte, indem er die blanke Messerklinge direkt neben Karla matt aufleuchten ließ.

Ein dünnes Rinnsal sickerte durch ihr Schläfenhaar. Dem Schmerz nach zu urteilen, hatte sie sich eine Platzwunde zugezogen.

»Nicht zustechen, ich hab sie! Bist du so weit?«, fragte Kress.

»Hab verschüttet. Ist jetzt vielleicht zu wenig.« Zoran klang betrübt.

»Gib her, den verpasse ich ihr. Mach noch eine Portion fertig.« Kress quetschte Karla nach vorne gegen das Handschuhfach, krempelte einen Jackenärmel auf und schlang einen kurzen Gurt über die Armbeuge um den Oberarm.

Schon im Hinterzimmer war Karla aufgefallen, wie routiniert er das machte. Wilde Gedanken zuckten durch ihren lädierten Schädel. Ich werde sterben und nichts hinterlassen. Kein Kind, kein Buch, kein Gemälde. Nichts, in dem ich fortlebe. Wie zum Beispiel Lou Reeds Stimme, wenn sie *Walk on the Wild Side* im Radio hörte.

Dann der Einstich und fast unmittelbar darauf der Flash.

In ihrer ersten Benommenheit bugsierten die Männer sie aus dem Audi und zerrten sie zum Taxi.

Karla registrierte, dass die Innenbeleuchtung ausgeschaltet war, denn es blieb dunkel, als die Fahrertür geöffnet wurde.

Das Plätschern des Spreewassers hatte sie noch nie so laut gehört. Es beschwor in Karla eine Vision von Strand und Meer herauf. Sie würde sich etwas einfallen lassen müssen, wenn sie Strand und Meer noch mal erleben wollte. Nie schien ihr das so attraktiv wie jetzt. Im Badeanzug hatte sie sich seit jeher pummelig und unförmig gefühlt, aber in den letzten Wochen hatte sie mehrere Kilo verloren. Das konnte doch nicht alles umsonst gewesen sein.

Sie wurde hinter das Lenkrad gesetzt. Kress ließ den Motor an. Sie sackte mit dem Kopf nach vorne. Jede Körperspannung war weg.

»Was ist denn nun los?«, meinte Kress. »Hat sie schon genug? Wir verpassen ihr aber trotzdem die zweite Portion. Ich schalte dann in den Fahrbetrieb und du musst schieben. Gib mir die Spritze.«

Zoran gab ein undeutliches Gebrummel von sich.

Karla vernahm es wie durch eine Röhre. Dann machte sich der Zollinspektor an ihrem Arm zu schaffen.

Der Einstich. Wärmegefühl. Explosionen im Hirn.

»Scheiße, das hätte ich fast vergessen.«

Die Stimme des Zollinspektors dröhnte. Karla spürte, wie er sie nach vorne drückte, den Gurt um den Oberarm löste und dann die Handschellen abnahm. Das Taxi federte nach oben, als Kress ausstieg.

Jahrelanges Fahren sorgte dafür, dass alles automatisch funktionierte. Ihre rechte Hand zuckte nach dem Ganghebel und drückte ihn nach vorne. Ihr Fuß fand das Gaspedal.

»He!«, schrie Kress.

Es war zu spät. Mit halboffenen Türen sprang das Taxi nach vorne. Ein kleines Gefälle hinab. Über den Uferweg.

Zum Fluss. Die Ufermauer kein Hindernis. Im kurzen Moment des Fliegens dachte Karla nur: Raus! Der Wagen schlug flach auf das Wasser. Dabei schwangen die Türen weit auf. Karla wurde nach vorne gegen das Lenkrad geworfen. Sie kippte zur Seite und stürzte hinaus.

Kalte Nässe. Unter Wasser. Nur Instinkte sorgten dafür, dass sie sich nach oben strampelte.

Zorans Stimme gellte. »Da! Hast du Knarre? Schieß!«

Karla sah sich um. Sie war nur ein paar Meter vom Ufer entfernt. Aber da standen die Männer. Sie tauchte.

Ob Kress wirklich schießen würde? Sie wollte es nicht herausfinden. Zwei, drei schwerfällige Schwimmzüge. Weg vom Ufer. Die Klamotten wurden immer schwerer. Wollten auf den Grund. Karla wollte gerne mit. Aber irgendwas sagte ihr, das ginge nicht. Tot weiterleben, attraktiv schon, bloß ungewiss.

Sie tauchte wieder auf. Schnappte Luft. Das Ufer immer noch zu nah.

»Da!«

Ein lauter Knall. Noch einer. Wasser spritzte. Runter und schwimmen. Mit oder gegen die Strömung? Kopf über Wasser. Luft. Da, die Insel. Gegen die Strömung.

Karla keuchte. Sie hatte Kraft für zwei, nur keine Luft. Scheiße. Was sollte das alles? Einfach absinken und gut. Wie die Taxe. Metin bringt sich um. Mich auch. Und Britta? Ich muss weiterleben. Das ist meine Pflicht.

Luft. Luft! Karla schluckte Wasser. Husten. Schmerzen. Kälte, jetzt drang sie ein. Auf einmal war sie vor ihr. Die Insel, ein überwachsener Dreckhaufen. Eine Boje, rot, selbst im Dunklen. Sie hielt sich daran fest. Durchatmen, das Zittern bekämpfen. Drüben am Ufer waren bestimmt noch die Männer. Karla konnte nichts erkennen. Ich muss raus aus dem Wasser, dachte sie. Sie ließ die Boje los. Ein Schwimmzug und schon breiteten sich Äste mit welken Blättern über ihr aus.

Ein Schild, Betreten verboten. Scheißegal, Arschlöcher. Schwerfällig zog sie sich an einer glitschigen Baumwurzel aus der Spree. Kroch ein Stück weiter und blieb liegen. Lange. Irgendwann hatte die Kälte sie am Wickel. Sie fror entsetzlich, die Zähne klapperten. Selbst in ihrem halb bewusstlosen Zustand spürte sie, dass sie dringend Wärme und trockene Sachen brauchte. Zwischen ihr und den trockenen Klamotten lagen der Fluss und ihre Erschöpfung. Sie konnte sich nicht vorstellen, noch mal in das nachtschwarze Wasser einzutauchen und zum Ufer zu schwimmen. Nur noch ein bisschen ausruhen, dachte sie, dann finde ich eine Lösung.

Ihre erste klare Überlegung war, ob Zoran und Kress mitbekommen hatten, dass sie diesen feuchten Flecken mitten in der Spree erreicht hatte. Wenn ja, könnten sie sich ein Boot besorgen und nach ihr suchen.

War da nicht was? Sie quälte sich auf den Rücken und setzte sich auf. Ja, da tuckerte was und es wurde langsam lauter. Durch das Geäst konnte sie matt schimmerndes Weiß erkennen. Ein Boot. Von Rummelsburg her flussaufwärts näher kommend. Es hielt ziemlich genau auf ihre Insel zu.

»Verdammte Pest«, flüsterte Karla schlotternd.

Sie behielt das Boot im Blick, bis sie anhand der Stimmen hören konnte, dass mehrere Personen an Bord waren. Kurz danach wurde der Motor gedrosselt und sie verstand etwas.

»Zoran und ich steigen aus und sehen nach. Du bleibst abfahrbereit und machst die Augen auf. Wenn jemand da drüben auftaucht, hauen wir sofort ab.«

Karla schlug sich mit den Fäusten auf die Oberschenkel. Natürlich waren das diese Scheißkerle. Sie wollten ihr Mordwerk vollenden, falls es noch nicht getan war. Der Motor tuckerte nur noch sehr leise. Es knackte und leises Gefluche ertönte, als das Boot unter die überhängenden Äste manövriert wurde.

Karla stemmte sich hoch und schlich ein Stück vom Ufer weg. Es war schwer, leise zu sein. Überall wucherndes Unterholz auf dem morastigen Boden.

Geplätscher und Trampeln. Dann waren die Stimmen ziemlich nah.

»Ich suche hier lang und du nach da.« Kress, schon fast neben ihrem Ohr, wie es schien. Karla atmete so flach wie nur möglich. Schwer, den Körper ruhig zu halten, mit dieser unerträglichen Spannung. Es raschelte laut, aber die Geräusche entfernten sich. Lichtkegel strichen durchs Gestrüpp.

Karla spähte zum Boot. Eine Lücke im Laub machte es möglich. Einer stand darin und hielt einen dickeren Ast umklammert.

Keine Chance, sich unbemerkt zu nähern. Zumal ihre Kraft gerade reichte, um sich auf den Beinen zu halten. Wegschwimmen würde den Tod bedeuten. Aber vielleicht könnte sie sich im Uferwasser verstecken. Nur ein Stückchen weg. Karla versuchte ein paar sehr vorsichtige Schritte. Sie zitterte vor Kälte und musste die Zähne fest aufeinanderpressen, damit sie nicht klapperten. Die werden mich erwischen, dachte sie. Diese Insel ist zu klein, um sich zu verstecken. Ihr blieb nur das Wasser.

»Was ist denn nun ...«, hörte sie den Mann im Boot sagen. Sie kannte die Stimme. Der hatte ihr in der Hobrechtstraße die Pistole gezeigt.

»Verfluchte Sauerei!«

Karla wurde sofort klar, dass er nicht sie bemerkt hatte, sondern das Blaulicht, das drüben am Ufer aufleuchtete. Zusammen mit blendendem Scheinwerferlicht. Da, wo das Taxi in die Spree gestürzt war.

»Kommt zurück«, rief der Mann halblaut über die Insel. Er drehte sich wieder zum Blaulicht.

Karla hörte Krachen im Unterholz. Es kam genau auf sie zu. Sie sprang vorwärts. Ein Wunder, dass es funktionierte. Setzte über die Bordwand, warf sich gegen den Mann. Der ließ den Ast los, ruderte mit den Armen. Wildes Geschaukel. Er konnte sich nicht halten. Kippte über und klatschte ins Wasser. Karla hatte Mühe, nicht hinterherzufallen. Sie schwankte herum zu Steuerrad und Gashebel. Der Motor drehte hoch. Sie nutzte die kleine Lücke, die sich zum Inselufer aufgetan hatte, für Vorwärtsschub.

»He!«, brüllte jemand hinter ihr her. Karla scherte sich nicht drum. Sie wendete das Boot und steuerte auf das Blaulicht zu.

Jemand packte ihr Bein. Sie sah nach unten. Der Mann klammerte sich noch an der Bordwand fest. Zerrte an ihr. Karla gab Vollgas. Der Zug am Bein wurde stärker. Sie ließ das Lenkrad los, hielt sich an der Windschutzscheibe fest und trat mit dem freien Bein nach dem blassen Gesicht. Beim zweiten Versuch traf sie. Arme und Gesicht verschwanden, Karla fiel auf den Boden. Sie rappelte sich sofort auf, obwohl das Boot wild bockte. Zog sich an der Steuerkonsole hoch. Die Ufermauer raste auf sie zu. Gas weg. Bremse? Keine Ahnung. Karla riss das Lenkrad herum. Das Boot beschrieb eine Parabel. Trieb einen Wasserschleier in die Höhe und knallte seitlich gegen den Beton. Der Schwung schleuderte auch Karla gegen die Wand. Die Beine gaben unter ihr nach und sie stürzte zurück auf die Planken.

Nur undeutlich bekam sie mit, wie das Boot zum Ufer gezogen wurde. Sie wurde hochgehoben und hingelegt. Schmerzen, sie hörte ein Wimmern. Vermutlich kam es von ihr selbst. Egal. Sie wollte nur liegen und wegdämmern.

Ein Gesicht erschien über ihr. Dunkle Haare. Eine warme Hand auf ihrer Wange. Kaminski.

»Der Rettungswagen kommt.«

»Holt das Taxi raus«, sagte Karla. Vielleicht dachte sie es auch nur. Die Polizistin reagierte nicht.

36

Erol sah auf sein Handy. »Wann kommt sie denn? Ich kann nicht mehr lange bleiben.«

Karla zuckte mit den Schultern. »Autsch.« Sie verzog das Gesicht. »Sie müsste jeden Augenblick rauskommen.«

»Ja, wo denn? Hier oder dort?« Erol sah von dem offenstehenden Tor zu der höhlenartigen Eingangsöffnung des Flachbaus.

»Keine Ahnung. Aber wenn sie rauskommt, sehen wir sie schon.« Diesmal vermied Karla das Schulterzucken. Sie rückte die Schlinge mit dem eingegipsten Arm zurecht.

Ein Windstoß fuhr die Straße entlang, riss welkes Laub von den Bäumen und trieb es vor sich her. Karla fröstelte. Sie hielt ein neues Taschentuch bereit für den nächsten Nieser.

»Ich finde das Warten hier ziemlich bedrückend«, meinte Erol, während er seinen Blick über vergitterte Fensterbänder und hohe, von Natodraht gekrönte Mauern wandern ließ.

»Du hast nichts Schlimmes angestellt und nichts zu befürchten, soweit ich weiß«, erwiderte Karla. Sie schnäuzte sich ausgiebig. Allerdings gab sie ihm recht. Das Moabiter Gefängnis war in seiner gewalttätigen Massigkeit und wehrhafter Einfriedung ein beängstigendes Bauwerk. Sie fragte sich, mit wie vielen Tränen und Depressionen es schon aufgeladen worden war.

»Mein Papa sieht das aber ganz anders«, murmelte Erol. Er war wegen des Verkehrslärms auf der Moabiter Magistrale kaum zu verstehen.

»Ich begreife nicht, warum du nicht bei mir einziehen willst«, sagte Karla. »Du hättest deine Ruhe und könntest rumlaufen, wie du willst.«

»Lass mal, ich komme zuerst für eine Weile bei einem Freund unter, bis sich Papa wieder beruhigt hat. Er muss ja nicht noch wütender auf dich werden, als er es schon ist.«

»Ach, mehr als mich rausschmeißen kann er nicht machen und das hat er schon getan«, erwiderte Karla mit einem kleinen Lachen. »Ich bin diejenige, die seinem Taxi Unglück bringt. Er konnte seinen Schmerz nicht anders ausdrücken.«

Erol hob die Hände in einer bedauernden Geste und sah ihr mit betrübter Miene in die Augen. »Soll ich mich nach einem anderen Job für dich umhören? Zuverlässige Fahrerinnen werden immer gebraucht.«

»Ach, lass mal. Im Augenblick kann ich sowieso nicht fahren und ganz nebenbei habe ich die Nase davon ziemlich voll. Ein bisschen Geld von Zoran habe ich auch noch über.« Sie musste ein neues Taschentuch bemühen.

Erol nickte nachdenklich. »Warum fragst du nicht Semret, ob sie bei dir wohnen will? Ich kann mir vorstellen, dass sie froh ist, wenn sie aus dem Heim rauskommt.«

Karla bekam eine Gänsehaut. Sie drehte dem Wind den Rücken zu und seufzte. Diesen Gedanken hatte sie auch schon gehabt. Ihn zu Ende zu denken hatte sie sich bisher nicht gestattet. Aber sie brauchte dringend jemanden für die freie Hälfte der Wohnung. Britta würde so schnell nicht zurückkommen. Wenn überhaupt. Könnte Karla Semret als Mitbewohnerin gewinnen, würde das zudem die Eritreerin davon abhalten, Britta zu folgen. Stattdessen würden Karla und sie sich vielleicht in der Hilfe für Geflüchtete engagieren. Ein Pluspunkt für das Gewissen und … ja, auch für sie in Brittas Augen.

Trotzdem, ein Mutsprung. Mindestens vom Gefühls-Fünf-Meter-Brett.

»Da«, sagte Erol.

Karla sah auf und erblickte Kaminski, die mit wehender Mähne über die Fahrbahnen zu ihnen herübersprintete.

»Wie geht es Ihnen?«, fragte die Kommissarin, als sie vor Karla stand.

Bei dieser Frage stieg Ärger in Karla auf. »Wie soll's mir schon gehen, wenn ihr die Saubande nicht einlocht? Die machen immer noch die Stadt unsicher und ich hab Stress. Anklage wegen Körperverletzung und Drogen und dann noch Schadensersatz! Das ist doch eine Riesenscheiße!«

»Schadensersatz?«, fragte die Kommissarin. »Das wusste ich nicht.«

»Na klar, das Boot habe ich gegen die Ufermauer gesetzt. Und in der Taxe saß ich mit Koks intus. Dass euer Zollinspektor mich killen wollte, glaubt ihr ja nicht.« Karla redete sich langsam in Rage. »Der andere Scheißtyp hat behauptet, ich wollte mit ihm eine Spritztour auf der Spree machen, deswegen hätte er sich das Boot geliehen. So ganz romantisch bei Mondschein und so. Dann wäre ich aber zugedröhnt gewesen und hätte Ärger gemacht. Als ob ich mit so einem Drecksack ... Ich bin Lesbe! Schon seit gefühlten hundert Jahren. Und ihm wird geglaubt, mir nicht! Das ist sexistische Scheiße!« Karla wusste, dass sie vor Ärger einen roten Kopf bekam, aber es war ihr egal. Sie fühlte sich angeschmiert und im Stich gelassen. Dazu die Schmerzen durch die vielen Prellungen an Hüfte und Oberschenkel.

»Ich brauche eben Beweise, Frau Lehwalder. Ihre Idee mit dem Handy war nicht schlecht, bloß, was ich da hören und verstehen konnte, war nicht so eindeutig, wie Sie behaupten. Der Kollege Kress hat was ganz anderes ausgesagt, wie ich Ihnen schon bei der Vernehmung neulich erklärt habe. Sie seien weggefahren und er bis zum Dammweg hinter Ihnen her, um sicherzustellen, dass Sie in Sicherheit seien. Ich habe sein Handy orten lassen, als Ihres plötzlich aus war. So sind wir dorthingekommen. Kress meinte, er habe sein Handy da beim Aussteigen irgendwo verloren. Nachdem er es nicht mehr finden konnte, ist er nach Hause.«

»Das ist doch alles Lüge! Ich wette, der hat seinen Kumpanen angerufen, dass der ein Boot besorgen soll. Dabei ist ihm eingefallen, dass er sein Handy loswerden muss. Verloren, so ein Blödsinn. Garantiert hat er das in die Spree geschmissen, aus Angst, dass er ’ne Spy-App drauf hat, und meins gleich hinterher.«

Kaminski schüttelte ungläubig den Kopf. »Wieso sollte er Angst vor einer Spy-App gehabt haben? Das ist doch unlogisch …«

»Der kennt eure Methoden«, rief Karla dazwischen.

Die Kommissarin hob begütigend die Hände. »Sie bilden sich da was ein, Frau Lehwalder. Sicher haben wir unsere Methoden, aber nur bei Observierungen. Übrigens hat Kress auch nicht telefoniert. Weder von dort noch im Lauf des Abends.«

»Dann hat eben Zoran das Scheißboot bestellt! Überprüft doch das mal. Außerdem, wenn ihr sofort auf der Insel nachgesehen hättet, wären die nicht entkommen. Aber diese Methode war euch wohl zu einfach. Wenigstens müsste es doch Spuren in dem beschissenen Gelände-Audi geben«, schnauzte Karla.

»Der Kollege Kress fährt einen Kia und keinen Audi. Dafür, dass wir nicht gleich auf Bullenbruch nachgesehen haben, kann ich nichts. Wir wussten nicht, was los war. Sie waren weggetreten und wir haben diesen Wolfgang Mikula, dem Sie die Nase gebrochen haben, aus der Spree gefischt. Erst am Tag drauf haben Sie uns Ihre Version erzählt und wir haben uns die Insel angesehen. Da war niemand, nur eine ganze Menge Fußspuren. Ich habe mir sagen lassen, dass da trotz des Verbots immer wieder Boote anlegen, die keine Toilette an Bord haben. Und es wurde tatsächlich aus der Gegend um die Zeit telefoniert, aber wir können weder den Anrufer noch dem Empfänger identifizieren. Die Nummern sind unbekannt. Von einem Boot war auch nicht die Rede.«

»Ja, ja, Scheiße. Die wissen bestimmt, wie sie sich unverdächtig verständigen können und euch ganz alt aussehen lassen. Und Maletzke, der gesehen hat, wie Kress vor dem Mer Rouge an die Taxe gekommen ist, ist nicht auffindbar, was?«

Die Kommissarin schob sich die verwehten Haare aus der Stirn. An ihrem verkniffenen Mund konnte Karla erkennen, wie sehr sie das Gespräch nervte. »Genau, deswegen wissen wir nicht, was er gesehen hat. Aber der Kollege Kress hat das nicht bestritten. Er wollte Sie raushauen, hat er ausgesagt.«

Karla schnaubte unwillig. »Was sagt Zoran? Auch so einen Scheißdreck?«

Kaminski zog die Augenbrauen hoch. »Wir wissen nicht genau, wer das ist. Es gibt in der Szene einen Zoran Stevic, aber der soll sich in Mazedonien aufhalten. Da läuft ein Auskunftsersuchen, aber erfahrungsgemäß ist das schwierig …«

»Ach, Scheiße! Und die Gegenüberstellung mit Erol?« Karla zeigte auf Metins Sohn. »Erol hat Mikula doch als falschen Bullen erkannt.«

»Stimmt«, meinte Kaminski, »aber was beweist das? Mikula hat ausgesagt, dass er sauer war, weil das Taxi ihm die Vorfahrt genommen hat. Da hätte er sich eben ein bisschen aufspielen wollen. Danach hätte er sich in Sie verguckt. Das gibt ein Verfahren wegen Amtsanmaßung, aber mehr liegt gegen ihn nicht vor.«

Karla schüttelte den Kopf. »Das ist doch zum Kotzen. Nur an mir bleibt was hängen. Nachher drehen mir die Verbrecher noch den Hals um. Aber dann brauche ich wenigstens keine Schadensersatzansprüche zu befürchten.«

Die Kommissarin fasste Karla leicht am Unterarm. »Es ist nun mal so: Unsere Ermittlungsgruppe arbeitet oft verdeckt und undercover. Wir haben V-Leute in der Szene. Unsere Führung ist sehr darauf bedacht, keine Skandale oder Schlagzeilen zu produzieren. Wenn keine glasklaren Beweise vorliegen, passiert wenig, außer dass wir ein Auge auf mögliche Verstrickungen von Kollegen haben. Das wird dann intern geklärt, wenn irgend möglich. Wegen des Kokains werde ich Sie auch noch mal vorladen müssen. Es tut mir wirklich leid für Sie …«

»Glauben Sie mir denn wenigstens?«, fragte Karla matt.

»Ist das wichtig?«, entgegnete Kaminski. »Es ändert nichts. Nicki, mein Sohn, fragt mich das auch immer, wenn es Stress in der Schule gab. Darauf kommt es aber nicht an. Die Lehrer verteilen die Strafen. Ich habe ihn trotzdem lieb.«

»Na super«, knurrte Karla.

»Ich glaube, da kommen sie«, rief Erol. Er winkte mit beiden Armen.

Semret kam mit ihrem Anwalt auf sie zu. Karla fand, die Eritreerin sah noch schmaler und blasser aus als bei ihrem letzten Zusammentreffen. Sie trug eine Plastiktüte, in der sie offenbar ein paar Habseligkeiten transportierte. Neben dem großgewachsenen Anwalt wirkte sie fast wie ein Kind.

»Hallo, Semret.« Karla reichte ihr die Hand. Semret berührte nur kurz ihre Finger und nickte dabei.

»Wie geht es dir?«, fragte Karla auf Englisch.

»Gut. Wie geht es Britta?«, erwiderte Semret.

»Britta? Sie ist in einer Rehaklinik in Hannover. Sie wohnt jetzt bei ihren Eltern.« Semret verstand nicht ganz und Karla musste erklären, was Rehaklinik bedeutet.

Der Anwalt stand dabei und schlackerte ungeduldig mit seiner Aktentasche.

Karla bemerkte, wie Erol, der es anscheinend nicht mehr eilig hatte, ihn anstarrte. Logisch, sein Beuteschema. Jung, groß, schlank und die langen Haare zu einem Schnörpsel am Hinterkopf hochgebunden. Britta hatte also den Richtigen aus dem Unterstützerkreis des Flüchtlingsrats gewählt. Zumindest für Erol.

»Kann ich Sie irgendwo hinbringen?«, fragte Erol versonnen.

»Du kannst auch Semret und mich wo hinbringen«, bemerkte Karla. Ein Grinsen konnte sie unterdrücken, beim süffisanten Tonfall gelang es ihr nicht. »Kommst du mit zu mir, Semret? Wenn du magst, kannst du bei mir wohnen. Britta ist ja nicht mehr da.«

Semret hob überrascht die Augenbrauen. Es war deutlich, dass sie dies nicht erwartet hatte.

»Das müsst ihr aber der Ermittlungsbehörde mitteilen. Frau Mahtai hat nur Haftverschonung unter Auflagen bekommen«, sagte der Anwalt.

»Haftverschonung unter Auflagen …«, murmelte Erol. Mit seiner hängenden Unterlippe wirkte er leicht entrückt.

»Was ist eigentlich mit der Abschiebung? Kress hat damit gedroht«, fragte Karla.

»Das ist Unsinn«, meinte Kaminski.

Der Anwalt pflichtete ihr bei. »Solange das Asylverfahren läuft, wird nicht abgeschoben. Es sei denn, es ginge eine Gefahr für die Bundesrepublik Deutschland von einem weiteren Verbleib Frau Mahtais aus. Das trifft hier jedoch nicht zu.«

»Aber es ist noch nicht raus, ob ich und Semret weiter Schwierigkeiten mit diesen Gaunern haben werden. Wie sollen wir uns schützen?«, meinte Karla. Sie übersetzte für Semret kurz, wovon sie sprach.

Der Anwalt sah die Kommissarin an und hob dabei die Schultern.

»Ich glaube nicht, dass da noch etwas kommt. Es gibt keine konkreten Verdachtsmomente«, meinte Kaminski.

»*They are street sharks and will be constantly around*«, sagte Semret leise.

»Was sagt sie?«, wollte Erol wissen.

»Die seien so was wie Straßenhaie, die sich immer herumtreiben werden, und damit könnte sie verdammt richtig liegen«, erwiderte der Anwalt mit hochgezogenen Brauen.

Kaminski schüttelte den Kopf. »Machen Sie es nicht so dramatisch, außerdem sind wir auch noch da.«

»Das ist ja sehr beruhigend«, sagte Karla. »Eine super Hilfe, das weiß ich aus eigener Erfahrung.« Sie blickte sich unwillkürlich um. Aus jeder Ecke könnte jemand kommen, der ihr ans Leder wollte. Sie fröstelte. »Zumal die Saukerle überhaupt keine Verbindungen zur Polizei, Politik, Justiz oder sonst wohin haben«, fuhr sie sarkastisch fort. »Können wir los, Erol?«

Erol nickte wie ein Wackeldackel, straffte sich und drückte dem Anwalt, der sich verabschieden wollte, ausgiebig die Hand. Dabei fragte er, ob er sich bei ihm melden dürfe, wenn er einen Rechtsbeistand brauche.

Karla grinste in sich hinein. Dass Erol binnen Kurzem den Beistand brauchte, war klar. Sicher sollte sich der Beistand nicht nur auf Rechtssachen beschränken.

Die Kommissarin versprach, dass sie Karla auf dem Laufenden halten würde, was die Ermittlungen anginge. Sie winkte kurz und joggte über die Fahrbahnen zurück auf die andere Straßenseite.

»Wenn du bei mir wohnen willst, haben wir einiges zu erledigen«, erzählte Karla Semret, als sie endlich im Van saßen und losfuhren. »Das Zimmer für dich einrichten. Wir müssen zur Meldebehörde. Und am LAGeSo kommen immer mehr Geflüchtete an, die brauchen Hilfe. Die müssen draußen in der Grünanlage warten, viele übernachten sogar da. Ich dachte, da wir beide keinen Job haben, können wir dort helfen. Getränke und Essen austeilen und so. Was meinst du?«

Semret schloss die Augen und lehnte sich im Sitz zurück. Nach einer Weile drückte sie Karlas Hand und nickte. »Wir müssen auch einen Platz für Safiye finden. Und ich will herausfinden, wo Lula steckt, und brauche dafür Unterstützung. Hilfst du mir?«

Karla unterdrückte ein Seufzen. Ihr schlechtes Gewissen gegenüber Semret diktierte die Antwort. »Ja, natürlich. Wir werden sie finden.«

Der Van bog in den Kreisverkehr um die Siegessäule ein. Semret wandte sich vom Seitenfenster ab zu Karla. »Nimmst du mich mit, wenn du Britta besuchst? Ich möchte sie gerne wiedersehen.«

Alle Figuren in dieser Geschichte sind ausgedacht. Sollte sich jemand wiederzuerkennen glauben, wäre dies Zufall und lediglich ein Beleg für die Realitätsnähe der Fiktion.

Verschärfter Dank an:

Thea Krüger für Testlesen und Kritik

das Team vom Querverlag in persona von
Ilona Bubeck
Lara Ledwa
Jim Baker
Regina Nössler
für alles, was aus einem Manuskript ein Buch werden lässt

das Medibüro Berlin
den Flüchtlingsrat
diverse Zeitungen
die politisch Verantwortlichen in der Bundesregierung und im Berliner Senat für den Stoff, aus dem Geschichten entstehen, und für Gründe, sich zu engagieren.

Berlin, März 2017
Ria Klug